光文社文庫

【怪談コレクション】

中国怪奇小説集

新装版

岡本綺堂《きどう》

JN285357

光　文　社

綺堂先生に感謝する

海音寺《かいおんじ》潮五郎《ちょうごろう》

綺堂先生がなぜこんな仕事をされたかは、本書の冒頭の文章と各篇のはじめにある文章とを読めば明らかかだ。こうした支那の怪奇小説の日本文学におよぼした影響を世に知らせるためであったに相違ない。

日本の文学はずいぶん強い影響を受けている。正史である日本書紀《にほんしょき》にすら、それがある。雄略紀の水江《みずのえ》の浦島子《うらしまのこ》の話もそうだが、やはり同紀の飛鳥部《あすかべ》郡《のこおり》田辺《たなべ》の史《ふひと》伯孫の話もそうだ。

伯孫の娘は古市《ふるいち》郡の書首《ふみのおびと》加龍に嫁していたが、女の子を生んだ。伯孫は祝儀のために婿の家に行き、酒などご馳走になり、ほろ酔って、帰途についた。あたかも月夜である。黒葦毛《くろあしげ》の馬に乗って、とことこと歩かせ、誉田《ほんだ》陵（応神天皇陵）の下まで来ると、うしろから馬を駆けさせて来る者がある。忽《たちま》ち追いついた。その馬は鹿毛《かげ》だ。すばらしく骨骼《こっかく》よくすばらしく速い馬だ。馬首をならべて走らせながら、伯孫がなんと立派な馬だろうとおどろいているうちに、相手は忽ち追いぬいて先に立った。追いかけたが、およぶものではない。向うは飛ぶはやぶさのようであり、こちらは地べたを這《は》う虫けらのようにさえ思われた。忽ち月光の中にとけこみ、姿を見失った。

「ああ、ええ馬やった。あげいまでええ馬が、世の中にはいるのやなあ」

と、驚嘆しながら、馬足《ばそく》をゆるめてとことこと行くと、先方は馬をとめて待っていた。言う。

「あんた、えらいこの馬が気に入ったようやな」

「そらそうですわい。それほどの馬がほしない人がいるものですかい」

「ほなら、とりかえてあげよか」

「なんですて？」

「とりかえてあげよう言うのですわい」

「ほんまかいな。ありがたいことやが、かつぎなさるのやないやろな」

「何でウソ言いますかい。ほんま、とりかえて進ぜますわ」

ほんとにとりかえてくれた。伯孫のよろこびは言うまでもない。百万べんも礼を言って、立ちわかれた。

伯孫はうれしさに身も心もそぞろで、月光の下を家にかえった。鞍《くら》をおろし、厩《うまや》に入れ、まぐさをやり、いく度も首筋を撫《な》でていたわって、やっとわかれて家に入って寝た。

夜が明けると、早速、厩に行って見ると、なんと、馬はハニワの馬に化《か》していた。これはまた、何としたことぞ、あるべくもないことや、誰ぞが盗みさらしてこの土器《かわらけ》をおいて行ったか、逃げられたかに相違あるまいと、その土器を持って、昨夜最初に出会った誉田陵まで行ってみると、自分の黒葦毛が、立てならべてあるハニワの間にうっそりと立っているのを見つけたので、ハニワをおいて、引いて帰ったというのである。

これと同じような話を、ぼくは昔支那の怪奇小説の中で読んで、なるほどこれが書紀のこのくだりの原話かと合点したものだが、それが何の書にあったか、今は忘れてしまった。

正史第一号である書紀すら、こんな風であるから、以後の日本文学は江戸期に至るまで、無数といってよいほど、換骨奪胎《かんこつだったい》や剽窃《ひょうせつ》が行われている。綺堂先生が、「甚《はなは》だしきは歴史上実在の人物の逸事《いつじ》として伝えられていることが、実は支那小説の翻案であったというようなことも、往々《おうおう》に発見されるのでございます」と書いておられる通りである。

先年、ぼくは「仙女伝」という随筆を書いたことがある。名将言行録に福島正則《ふくしままさのり》の臣大崎玄蕃《おおさきげんば》のこととして書かれているのを材料としたのであるが、明らかに支那小説の換骨奪胎である。言行録の著者岡谷《おかや》繁実《しげざね》は気がつかないで、採録したのである。

支那の怪奇小説は昔から近世に至るまでずいぶんあり、支那においてはそのはじめは小説とは怪奇物語のことではなかったかと思われるほどであるが、これらの筆録者たちの気持は実に大らかなものであったように見受けられる。日本人ならば何とかして合理的(もちろんその時代の合理だが)に説明しようとするであろうところを、伝聞のまま、読んだままを、ごく素直に書きつけたもののようである。それはその書きぶりでわかる。もちろん信じ切って書いたものに相違ない。でなければ、こんな大らかな味が出るわけがない。

もっとも、支那人は歴史書にすら、怪異談を平気で、ごく大量にとり入れている。春秋左氏伝《しゅんじゅうさしでん》など、だからおもしろいのである。ぼくは支那の小説のはじまりは左伝ではないかと思っているほどである。この書にも、母がスッポンに化して、ごそごそと川に這いこんで行った話が出ているが、左伝には夏《か》王朝の第一世禹《う》の父鯀《こん》が三足の大亀になって川に入りこみ、そこの主になった話を伝えている。その他、幽霊談や、猪が人間に化した話や、いろいろ出て来る。恋愛談や情事談は言うまでもない。

信じ切って疑わず、ごく大様《おおよう》な気持で書かれているからであろう、文学的にもすぐれたところが多い。この書の捜神後記の「白帯の人」の章に、

「果たして渓《たに》の北方から風雨《あらし》のような声がひびいて来て、草も木も皆ざわざわと靡《なび》いた。南の方も同様である。やがて北からは黄いろい蛇、南からは白い蛇、いずれも長さ十余丈《じょう》、渓の中ほどで行き合って、たがいに絡み合い咬み合って戦ったが……」

というくだり、「白亀」の末尾の
「亀はむかしの恩人を載せて、むこうの岸まで送りとどけ、その無事に上陸するのを見て泳ぎ去ったが、中流まで来たときに再び振り返ってその人を見て、しずかに水の底に沈んだ」

というくだりなど、至妙の文章である。とりわけ、「中流まで来たとき」以下など、何ともいえないほどよい。

宣室志《せっしつし》の「柳《りゅう》将軍の怪」というのも、実によい。「柳将軍、御意《ぎょい》を得《え》申す」とものものしく言って出て来るところなど、気味悪くて、そのくせ滑稽《こっけい》で、いい味だ。

この柳将軍は大きなフクべをたずさえているのだが、そのフクべを何のためにたずさえているのか、何の説明もない。これが何ともいえずとぼけた味になってよい。

昔、戦争中報道班員にされてマレーに行っていた時見た支那映画に、仙術を使う道士がフクべを持っていて、これに何でも吸いこんでしまうのがあった。柳のばけものである柳将軍のフクべも、敵を吸いこむためのものであるかも知れず、それは支那人には常識になっていることなので説明を加えなかったのかも知れないが、ぼくにはこのとぼけた味がまことにうれしいのである。

この書に上っている書目のうち、現在ぼくの持っているのは、録異記、稽神録、剪燈新話、子不語の四種類しかないが、この四つに収められている話のうちここに訳出されている話は、最もおもしろいものばかりである。きっと他の書物のもそうだろう。きびしい選択が行われているのである。

訳文も正確でありながら、十分にこなれていて読みやすい。ものによっては原作よりいい味の出ているものもある。名訳というべきだ。綺堂先生はいい仕事をしておいて下さったと、感謝したい。

凡例

一、この一巻は六朝・唐・五代・宋・金・元・明・清の小説筆記の類から二百二十種の怪奇談を抄出した。敢《あえ》て多しというではないが、これに因《よ》って支那《しな》のいわゆる「志怪の書」の大略は察知し得られると思う。

一、この一巻を成したのは、単に編者の猟奇趣味ばかりでない。編者の微意は本文中の「開会の辞」に悉《つく》されているから、ここに重ねて言わない。

一、訳筆は努めて意訳を避けて、原文に忠ならんことを期した。しかも原文に拠《よ》ればとかくに堅苦しい漢文調に陥るの弊《へい》あり、平明通俗を望めば原文に遠ざかるの憾《うら》みあり、その調和がなかなかむずかしい。殊に浅学の編者、案外の誤訳がないとは限らない。謹んで識者の叱正を俟《ま》つ。

一、同一の説話が諸書に掲出されている例は少なくない。甲に拠るか、乙を探《さぐ》るか、時代の先後によるか、その採択に迷う場合もしばしばあったが、それは編者が随意に按《あん》排《ばい》することにした。

一、支那には狐、鬼、神仙の談が多い。しかも神仙談は我が国民性に適しないと見えて、比較的に多く輸入されていない。したがって、この集にも神仙談は多く採らなかった。

昭和十年九月、古中秋無月の夕

岡本綺堂

目次

解説…………………………………………………………岡本経一《おかもときよういち》　四〇三

中国怪奇小説集

開会の辞

青蛙堂《せいあどう》は小石川《こいしかわ》の切支丹坂《きりしたんざか》、昼でも木立ちの薄暗いところにある。広東《カントン》製の大きい竹細工の蝦蟆《がま》を床の間に飾ってあるので、主人みずから青蛙堂と称している。蝦蟆は三本足で、支那《しな》の一部に崇拝される青蛙神を模造したものである。

この青蛙堂の広間で、俳句や書画《しょが》の会が催されることもある。怪談や探偵談などの猟奇趣味の会合が催されることもある。ことしの七月と八月は暑中休会であったが、秋の彼岸も過ぎ去った九月の末、きょうは午後一時から例会を開くという通知を受取ったので、あいにくに朝から降りしきる雨のなかを小石川へ出てゆくと、参会者はなかなかの多数で、いつもの顔触れ以外に、男おんなをまぜて新しい顔の人びとが十人あまりも殖《ふ》えていた。

主人からそれぞれに紹介されて、例のごとくに茶菓《さか》が出る。来会者もこれで揃ったという時に、青蛙堂主人は一礼して今日《こんにち》の挨拶《あいさつ》に取りかかった。

「例会は大抵午後五時か六時からお集まりを願うことになって居りますが、こんにちはお話し下さる方々《かたがた》が多いので、いつもよりも繰り上げて午後一時からおいでを願った次第でございます。そこで、こんにちの怪談会はこれまでと少しく方針をかえまして、すべて支那の怪奇談を主題に致したいと存じます。しかし、支那のことはわたくしも何分不案内でございますので、その方面に詳しい方々に御出席をねがいまして、順々におもしろいお話を聞かせていただく筈《はず》でございますから、左様《さよう》御承知を願います」

きょうの席上に新しい顔の多い子細《しさい》もそれで判《わか》った。主人はつづいて言った。

「支那の怪奇談と申しましても、ただ漫然と怪談を語るのも無意義であるというお説もございますので、皆様がたにお願い申しまして、遠くは六朝《りくちょう》時代より近くは前清《ぜんしん》に至るまでの有名な小説や筆記の類に拠《よ》って、時代を趁《お》って順々に話していただくことに致しました。ともかくもこれに因《よ》って、支那歴代の怪奇小説、いわゆる〈志怪《しかい》の書〉がどんなものであるかということを御会得《ごえとく》くだされば、こんにちの会合もまったく無意義でもなかろうかと存じます。

さらに一言申し添えて置きたいと存じますのは、それらの〈志怪の書〉が遠い昔から我が国に輸入されまして、わが文学や伝説にいかなる影響をあたえたかということでございます。かの『今昔物語』を始めとして、室町時代、徳川時代の小説類、ほとんどみな支那小説の影響を蒙《こうむ》っていない物はないと言ってもよろしいくらいで、わたくしが一々《いちいち》説明いたしませんでも、これはなんの翻案《ほんあん》であるか、これはなんの剽窃《ひょうせつ》であるかということは、少しく支那小説を研究なされた方々には一目瞭然《いちもくりょうぜん》であろうと考えられます。甚だしきは、歴史上実在の人物の逸事《いつじ》として伝えられていることが、実は支那小説の翻案であったというような事も、往々《おうおう》に発見されるのでございます。

そんなわけでありますから、明治以前の文学や伝説を研究するには、どうしても先《ま》ず隣邦《りんぽう》の支那小説の研究から始めなければなりません。彼を知らずして是を論ずるのは、水源《みなもと》を知らずして末流《すえ》を探るようなものであります。と言いましても、支那の著作物は文字通りの汗牛充棟《かんぎゅうじゅうとう》で、単に〈志怪の書〉だけでも実におびただしいのでありますから、容易に読破されるものではありません。わたくしが今日《こんにち》の会合を思い立ちましたのも、一つはそこにありますので、現代のお忙がしい方々に対して、支那小説の輪郭《りんかく》と、それが我が文学や伝説に及ぼした影響とを、いささかなりともお伝え申すことが出来れば、本懐の至りに存じます。

ひと口に小説筆記と申しましても、その範囲があまりに広汎《こうはん》になりますので、こんにちは専《もっぱ》ら〈志怪の書〉すなわち奇談怪談を語っていただくことに致しました。勿論、支那の小説なるものは大抵は幾分の志怪気分を含んで居るようでありますが、ここでは明らかに〈志怪〉に限りました。実際、これらの〈志怪の書〉が早く我が国に輸入されまして、最もひろく我が国の人びとに読まれているのでございますから、その紹介が単なる猟奇趣味ばかりでないことは、先刻からの口上で御諒解を得たかと存じます。では、これから御《ご》順々にお願い申します」

主人の挨拶はまだ長かったが、大体の趣意はこんなことであったと記憶している。それが終って、きょうの講演者が代るがわるに講話を始めた。火ともし頃に晩餐が出て、一時間ほど休憩。それから再び講話に移って、最後の『閲微草堂筆記』を終ったのは、夜の十一時を過ぐる頃であった。さらに茶菓の御馳走になって、十二時を合図に散会。秋雨瀟々《しょうしょう》、更《ふ》けても降り止《や》まなかった。

この日の講話が速記者幾人によって速記されていたことを知っているので、わたしはその後に青蛙堂を訪問して、その速記の原稿を借り出して来て、最初から繰り返して読んだ。速記のやや曖昧《あいまい》なところは原本と対照して訂正した。そうして出来あがったのが此の一巻である。仮りに題して『支那怪奇小説集』という。さらに主人や講演諸氏の許可を得て、これを世間に発表することにした。諸氏に対して彼氏、彼女氏の敬称を用いず、単に男とか女とか記載したのは、わたしの無礼、御勘弁を願いたい。

言うまでもないことであるが、これらの書はみなその分量の多いものであるから、勿論その全部が紹介されているわけではない。取捨《しゅしゃ》は講演者の自由に任せたのである。が、その話はなるべく原文に拠ることにして、みだりに増補や省略を施さず、ただ日本の読者に判りにくいかと思われる件《くだり》だけに、あるいは多少の註解を加え、あるいは省略するの程度にとどめて置いたのであるから、その長短は原文のままであると思ってもらいたい。

原本には小標題《こみだし》を付けてあるものと、付けていないものとがある。それは統一の便宜上すべて小標題を付けることにした。たとい原本に小標題があっても、それが判りかねるものや、面白くないと思われるものは、わたしが随意に変更したのもある。これも私の無礼、地下の原作者にお詫びを申さなければならない。

捜《そう》神《じん》記《き》

主人の「開会の辞」が終った後、第一の男は語る。

「唯今御主人から御説明がありました通り、今晩のお話は六朝《りくちょう》時代から始める筈で、わたくしがその前講《ぜんこう》を受持つことになりました。なんといっても、この時代の作で最も有名なものは『捜神記』で、ほとんど後世《こうせい》の小説の祖をなしたと言ってもよろしいのです。

この原本の世に伝わるものは二十巻で、晋《しん》の干宝《かんぽう》の撰《せん》ということになって居ります。干宝は東晋の元帝《げんてい》に仕えて著作郎《ちょさくろう》となり、博覧強記をもって聞えた人で、ほかに『晋紀』という歴史も書いて居ります。但し今日になりますと、干宝が『捜神記』をかいたのは事実であるが、その原本は世に伝わらず、普通に流布するものは偽作《ぎさく》である。たとい全部が偽作でなくても、他人の筆がまじっているという説が唱えられて居ります。これは清朝《しんちょう》初期の学者たちが言い出したものらしく、また一方には、たといそれが干宝の原本でないとしても、六朝時代に作られたものに相違ないのであるから、後世の人間がいい加減にこしらえた偽作とは、その価値が大いに違うという説もあります。

こういうむずかしい穿索《せんさく》になりますと、浅学のわれわれにはとても判りませんから、ともかくも昔から言い伝えの通りに、晋の干宝の撰ということに致して置いて、すぐに本文《ほんもん》の紹介に取りかかりましょう」

首の飛ぶ女

秦《しん》の時代に、南方に落頭民《らくとうみん》という人種があった。その頭《かしら》がよく飛ぶのである。その人種の集落に祭りがあって、それを虫落《ちゅうらく》という。その虫落にちなんで、落頭民と呼ばれるようになったのである。

呉《ご》の将、朱桓《しゅかん》という将軍がひとりの下婢《かひ》を置いたが、その女は夜中に睡《ねむ》ると首がぬけ出して、あるいは狗竇《いぬくぐり》から、あるいは窓から出てゆく。その飛ぶときは耳をもって翼《つばさ》とするらしい。そばに寝ている者が怪しんで、夜中にその寝床を照らして視《み》ると、ただその胴体があるばかりで首が無い。からだも常よりは少しく冷たい。そこで、その胴体に衾《よぎ》をきせて置くと、夜あけに首が舞い戻って来ても、衾にささえられて胴に戻ることが出来ないので、首は幾たびか地に堕《お》ちて、その息づかいも苦しく忙《せわ》しく、今にも死んでしまいそうに見えるので、あわてて衾を取りのけてやると、首はとどこおりなく元に戻った。

こういうことがほとんど毎夜くり返されるのであるが、昼のあいだは普通の人とちっとも変ることはなかった。それでも甚だ気味が悪いので、主人の将軍も捨て置かれず、ついに暇《ひま》を出すことになったが、だんだん聞いてみると、それは一種の天性で別に怪しい者ではないのであった。

このほかにも、南方へ出征の大将たちは、往々《おうおう》こういう不思議の女に出逢った経験があるそうで、ある人は試みに銅盤をその胴体にかぶせて置いたところ、首はいつまでも戻ることが出来ないで、その女は遂に死んだという。

玃猿

蜀《しょく》の西南の山中には一種の妖物《ようぶつ》が棲《す》んでいて、その形は猿に似ている。身のたけは七尺ぐらいで、人の如くに歩み、且《か》つ善く走る。土地の者はそれを猳国《かこく》といい、又は馬化《ばか》といい、あるいは玃猿《かくえん》とも呼んでいる。

かれらは山林の茂みに潜《ひそ》んでいて、往来の婦女を奪うのである。美女は殊《こと》に目指される。それを防ぐために、ここらの人たちが山中を行く時には、長い一条の縄をたずさえて、互いにその縄をつかんで行くのであるが、それでもいつの間にか、その一人または二人を攫《さら》って行かれることがしばしばある。

かれらは男と女の臭《にお》いをよく知っていて、決して男を取らない。女を取れば連れ帰って自分の妻とするのであるが、子を生まない者はいつまでも帰ることを許されないので、十年の後には形も心も自然にかれらと同化して、ふたたび里へ帰ろうとはしない。

もし子を生んだ者は、母に子を抱かせて帰すのである。しかもその子を育てないと、その母もかならず死ぬので、みな恐れて養育することにしているが、成長の後は別に普通の人と変らない。それらの人間はみな楊《よう》という姓を名乗っている。今日、蜀の西南地方で楊姓を呼ばれている者は、大抵その妖物の子孫であると伝えられている。

琵琶鬼

呉《ご》の赤烏《せきう》三年、句章《こうしょう》の農夫楊度《ようたく》という者が余姚《よちょう》というところまで出てゆくと、途中で日が暮れた。

ひとりの少年が琵琶《びわ》をかかえて来て、楊の車に一緒に載せてくれというので、承知して同乗させると、少年は車中で琵琶数十曲をひいて聞かせた。楊はいい心持で聴いていると、曲終るや、かの少年は忽《たちま》ち鬼のような顔色に変じて、眼を瞋《いか》らせ、舌を吐いて、楊をおどして立ち去った。

それから更に二十里（六丁《ちょう》一里。日本は三十六丁で一里）ほど行くと、今度はひとりの老人があらわれて、楊の車に載せてくれと言った。前に少しく懲《こ》りてはいるが、その老いたるを憫《あわ》れんで、楊は再び載せてやると、老人は王戒《おうかい》という者であるとみずから名乗った。楊は途中で話した。

「さっき飛んだ目に逢いました」

「どうしました」

「鬼がわたしの車に乗り込んで琵琶を弾きました。鬼の琵琶というものを初めて聴きましたが、ひどく哀《かな》しいものですよ」

「わたしも琵琶をよく弾きます」

言うかと思うと、かの老人は前の少年とおなじような顔をして見せたので、楊はあっと叫んで気をうしなった。

兎《と》　怪《かい》

これも前の琵琶鬼とやや同じような話である。

魏《ぎ》の黄初《こうしょ》年中に或る人が馬に乗って頓邱《とんきゅう》のさかいを通ると、暗夜の路ばたに一つの怪しい物が転《ころ》がっていた。形は兎《うさぎ》のごとく、両眼は鏡の如く、馬のゆくさきに跳《おど》り狂っているので、進むことが出来ない。その人はおどろき懼《おそ》れて遂に馬から転げおちると、怪物は跳りかかって彼を摑《つか》もうとしたので、いよいよ懼れて一旦は気絶した。

やがて正気に戻ると、怪物の姿はもう見えないので、まずほっとして再び馬に乗ってゆくと、五、六里の後に一人の男に出逢った。その男も馬に乗っていた。いい道連れが出来たと喜んで話しながら行くうちに、彼は先刻の怪物のことを話した。

「それは怖ろしい事でした」と、男は言った。「実はわたしも独りあるきはなんだか気味が悪いと思っているところへ、あなたのような道連れが出来たのは仕合わせでした。しかしあなたの馬は疾《はや》く、わたしの馬は遅い方ですから、あとさきになって行きましょう」

彼の馬をさきに立たせ、男の馬があとに続いて、又しばらく話しながら乗ってゆくと、男は重ねてかの怪物の話をはじめた。

「その怪物というのは、どんな形でした」

「兎のような形で、二つの眼が鏡のように晃《ひか》っていました」

「では、ちょいと振り返ってごらんなさい」

言われて何心なく振り返ると、かの男はいつの間にか以前の怪物とおなじ形に変じて、前の馬の上へ飛びかかって来たので、彼は馬から転げおちて再び気絶した。

かれの家では、騎手《のりて》がいつまでも帰らず、馬ばかりが独り戻って来たのを怪しんで、探しに来てみると右の始末で、彼はようように息をふき返して、再度の怪におびやかされたことを物語った。

宿命

陳仲挙《ちんちゅうきょ》がまだ立身《りっしん》しない時に、黄申《こうしん》という人の家に止宿《ししゅく》していた。そのうちに、黄家の妻が出産した。

出産の当時、この家の門を叩《たた》く者があったが、家内の者は混雑にまぎれて知らなかった。暫《しばら》くして家の奥から答える者があった。

「客座敷には人がいるから、はいることは出来ないぞ」

門外の者は答えた。

「それでは裏門へまわって行こう」

それぎりで問答の声はやんだ。それからまた暫くして、内の者も裏門へまわって帰って来たらしく、他の一人が訊《き》いた。

「生まれる子はなんという名で、幾歳《いくつ》の寿命をあたえることになった」

「名は奴《ど》といって、十五歳までの寿命をあたえることになった」と、前の者が答えた。

「どんな病気で死ぬのだ」

「兵器で死ぬのだ」

その声が終ると共に、あたりは又ひっそりとなった。陳はその問答をぬすみ聴いて奇異の感に打たれた。殊にその夜生まれたのは男の児で、その名を奴と付けられたというのを知るに及んで、いよいよ不思議に感じた。彼はそれとなく黄家の人びとに注意した。

「わたしは人相《にんそう》を看《み》ることを学んだが、この子は行くゆく兵器で死ぬ相がある。刀剣は勿論《もちろん》、すべての刃物を持たせることを慎まなければなりませんぞ」

黄家の父母もおどろいて、その後は用心に用心を加え、その子にはいっさいの刃物を持たせないことにした。そうして、無事に十五歳まで生長させたが、ある日のこと、棚の上に置いた鑿《のみ》がその子の頭に落ちて来て、脳をつらぬいて死んだ。

陳は後に予章《よしょう》の太守《たいしゅ》に栄進して、久しぶりで黄家をたずねた時、まずかの子供のことを訊くと、かれは鑿に打たれたというのである。それを聞いて、陳は嘆息した。

「これがまったく宿命というのであろう」

亀の眼

むかし巣《そう》の江水がある日にわかに漲《みなぎ》ったが、ただ一日で又もとの通りになった。そのときに、重量一万斤《きん》ともおぼしき大魚が港口に打ち揚げられて、三日の後に死んだので、土地の者は皆それを割いて食った。

そのなかで、唯ひとりの老女はその魚を食わなかった。その老女の家へ見識《みし》らない老人がたずねて来た。

「あの魚《さかな》はわたしの子であるが、不幸にしてこんな禍《わざわ》いに逢うことになった。この土地の者は皆それを食ったなかで、お前ひとりは食わなかったから、私はおまえに礼をしたい。城の東門前にある石の亀に注意して、もしその眼が赤くなったときは、この城の陥没《かんぼつ》する時だと思いなさい」

老人の姿はどこへか失《う》せてしまった。その以来、老女は毎日かかさずに東門へ行って、石の亀の眼に異状があるか無いかを検《あらた》めることにしていたので、ある少年が怪しんでその子細を訊くと、老女は正直にそれを打ち明けた。少年はいたずら者で、そんなら一番あの婆さんをおどかしてやろうと思って、そっとかの亀の眼に朱を塗って置いた。

老女は亀の眼の赤くなっているのに驚いて、早々にこの城内を逃げ出すと、青衣《せいい》の童子が途中に待っていて、われは龍の子であるといって、老女を山の高い所へ連れて行った。

それと同時に、城は突然に陥没して一面の湖《みずうみ》となった。

もう一つ、それと同じ話がある。秦《しん》の始皇《しこう》の時、長水県《ちょうすいけん》に一種の童謡がはやった。

「御門《ごもん》に血を見りゃお城が沈む――」

誰が謡《うた》い出したともなしに、この唄がそれからそれへと拡がった。ある老女がそれを気に病んで毎日その城門を窺《うかが》いに行くので、門を守っている将校が彼女をおどしてやろうと思って、ひそかに犬の血を城門に塗って置くと、老女はそれを見て、おどろいて遠く逃げ去った。

そのあとへ忽ちに大水が溢れ出て、城は水の底に沈んでしまった。

眉間尺

楚《そ》の干将莫邪《かんしょうばくや》は楚王の命をうけて剣を作ったが、三年かかって漸《ようや》く出来たので、王はその遅延を怒って彼を殺そうとした。

莫邪の作った剣は雌雄一対《しゆういっつい》であった。その出来たときに莫邪の妻は懐妊して臨月に近かったので、彼は妻に言い聞かせた。

「わたしの剣の出来あがるのが遅かったので、これを持参すれば王はきっとわたしを殺すに相違ない。おまえがもし男の子を生んだらば、その成長の後に南の山を見ろといえ。石の上に一本の松が生えていて、その石のうしろに一口《ひとふり》の剣が秘めてある」

かれは雌剣一口だけを持って、楚王の宮へ出てゆくと、王は果たして怒った。かつ有名の相者《そうしゃ》にその剣を見せると、この剣は雌雄一対あるもので、莫邪は雄剣をかくして雌剣だけを献じたことが判ったので、王はいよいよ怒って直ぐに莫邪を殺した。

莫邪の妻は男の子を生んで、その名を赤《せき》といったが、その眉間が広いので、俗に眉間《みけん》尺《じゃく》と呼ばれていた。かれが壮年になった時に、母は父の遺言を話して聞かせたので、眉間尺は家を出て見まわしたが、南の方角に山はなかった。しかし家の前には松の大樹があって、その下に大きい石が横たわっていたので、試みに斧《おの》をもってその石の背を打ち割ると、果たして一口の剣を発見した。父がこの剣をわが子に残したのは、これをもって楚王に復讐せよというのであろうと、眉間尺はその以来、ひそかにその機会を待っていた。

それが楚王にも感じたのか、王はある夜、眉間の一尺ほども広い若者が自分を付け狙《ねら》っているという夢をみたので、千金の賞をかけてその若者を捜索させることになった。それを聞いて、眉間尺は身をかくしたが、行くさきもない。彼は山中をさまよって、悲しく歌いながら身の隠れ場所を求めていると、図《はか》らずも一人の旅客《たびびと》に出逢った。

「おまえさんは若いくせに、何を悲しそうに歌っているのだ」と、かの男は訊いた。

眉間尺は正直に自分の身の上を打ち明けると、男は言った。

「王はおまえの首に千金の賞をかけているそうだから、おまえの首とその剣とをわたしに譲れば、きっと仇を報いてあげるが、どうだ」

「よろしい。お頼み申す」

眉間尺はすぐに我が手でわが首をかき落して、両手に首と剣とを捧げて突っ立っていた。

「たしかに受取った」と、男は言った。「わたしは必ず約束を果たしてみせる」

それを聞いて、眉間尺の死骸は初めて仆《たお》れた。

旅の男はそれから楚王にまみえて、かの首と剣とを献じると、王は大いに喜んだ。

「これは勇士の首であるから、この儘《まま》にして置いては祟《たた》りをなすかも知れません。湯鑊《ゆがま》に入れて煮るがよろしゅうござる」と、男は言った。

王はその言うがままに、眉間尺の首を煮ることにしたが、三日を過ぎても少しも爛《ただ》れず、生けるが如くに眼を瞋《いか》らしているので、男はまた言った。

「首はまだ煮え爛れません。あなたが自身に覗《のぞ》いて御覧になれば、きっと爛れましょう」

そこで、王はみずから其の湯を覗きに行くと、男は隙《すき》をみてかの剣をぬき放し、まず王の首を熱湯《にえゆ》のなかへ切り落した。つづいて我が首を刎《は》ねて、これも湯のなかへ落した。眉間尺の首と、楚王の首と、かの男の首と、それが一緒に煮え爛れて、どれが誰だか見分けることが出来なくなったので、三つの首を一つに集めて葬ることにした。

墓は俗に三王の墓と呼ばれて、今も汝南《じょなん》の北、宜春《ぎしゅん》県にある。

宋家の母

魏《ぎ》の黄初《こうしょ》年中のことである。

清河《せいか》の宋士宗《そうしそう》という人の母が、夏の日に浴室へはいって、家内の者を遠ざけたまま久しく出て来ないので、人びとも怪しんでそっと覗《のぞ》いてみると、浴室に母の影は見えないで、水風呂のなかに一頭の大きいすっぽんが浮かんでいるだけであった。たちまち大騒ぎとなって、大勢が駈け集まると、見おぼえのある母のかんざしがそのすっぽんの頭の上に乗っているのである。

「お母さんがすっぽんに化けた」

みな泣いて騒いだが、どうすることも出来ない。ただ、そのまわりを取りまいて泣き叫んでいると、すっぽんはしきりに外へ出たがるらしい様子である。さりとて滅多《めった》に出してもやられないので、代るがわるに警固しているあいだに、あるとき番人の隙《すき》をみて、すっぽんは表へ這い出した。又もや大騒ぎになって追いかけたが、すっぽんは非常に足が疾《はや》いので遂に捉えることが出来ず、近所の川へ逃げ込ませてしまった。

それから幾日の後、かのすっぽんは再び姿をあらわして、宋の家のまわりを這い歩いていたが、又もや去って水に隠れた。

近所の人は宋にむかって母の喪服を着けろと勧めたが、たとい形を変じても母はまだ生きているのであると言って、彼は喪服を着けなかった。

青牛

秦《しん》の時、武都《ぶと》の故道に怒特《どとく》の祠《やしろ》というのがあって、その祠のほとりに大きい梓《あずさ》の樹が立っていた。

秦の文公《ぶんこう》の、二十七年、人をつかわしてその樹を伐《き》らせると、たちまちに大風雨が襲い来たって、その切り口を癒合《ゆごう》させてしまうので、幾日を経ても伐り倒すことが出来ない。文公は更に人数を増して、四十人の卒《そつ》に斧《おの》を執《と》らせたが、なおその目的を達することが出来ないので、卒もみな疲れ果てた。

その一人は足を傷つけて宿舎へも帰られず、かの樹の下に転がったままで一夜を明かすと、夜半に及んで何者か尋ねて来たらしく、樹にむかって話しかけた。

「戦いはなかなか骨が折れるだろう」

「なに、骨が折れるというほどのことでもない」と、樹のなかで答えた。

一人がまた言った。

「しかし文公がいつまでも強情《ごうじょう》にやっていたら、仕舞いにはどうする」

「どうするものか。根《こん》くらべだ」

「そう言っても、もし相手の方で三百人の人間を散らし髪にして、赭《あか》い着物をきせて、朱《あか》い糸でこの樹を巻かせて、斧を入れた切り口へ灰をかけさせたら、お前はどうする」

樹の中では黙ってしまった。

樹の下に寝ていた男はその問答を聞きすまして、明くる日それを申し立てたので、文公は試みにその通りにやってみることにした。三百人の士卒が赭い着物をきて、散らし髪になって、朱い糸を樹の幹にまき付けて、斧を入れるごとに其の切り口に灰をそそぐと、果たして大樹は半分ほども撃ち切られた。そのとき一頭の青い牛が樹の中から走り出て、近所の澧水《ほうすい》という河へ跳り込んだ。

これで目的の通りに、梓の大樹を伐り倒すことが出来たが、青牛はその後も澧水から姿をあらわすので、騎士をつかわして撃たせると、牛はなかなか勢い猛《たけ》くして勝つことが出来ない。その闘いのあいだに、一人の騎士は馬から落ちて散らし髪になった。彼はそのままで再び鞍《くら》にまたがると、牛はその散らし髪におそれて水中に隠れた。

その以来、秦では旄頭騎《ぼうとうき》というものを置くことになった。

青い女

呉郡の無錫《むしゃく》という地には大きい湖《みずうみ》があって、それをめぐる長い坡《どて》がある。坡を監督する役人は丁初《ていしょ》といって、大雨のあるごとに破損の個所の有無を調べるために、坡のまわりを一巡するのを例としていた。時は春の盛りで、雨のふる夕暮れに、彼はいつものように坡を見まわっていると、ひとりの女が上下ともに青い物を着けて、青い繖《かさ》をいただいて、あとから追って来た。

「もし、もし、待ってください」

呼ばれて、丁初はいったん立ちどまったが、また考えると、今頃このさびしい所を女ひとりでうろついている筈がない。おそらく妖怪であろうと思ったので、そのまま足早にあるき出すと、女もいよいよ足早に追って来た。丁はますます気味が悪くなって、一生懸命に駈け出すと、女もつづいて駈け出したが、丁の逃げ足が早いので、しょせん追い付かないと諦《あきら》めたらしく、女は俄《にわ》かに身をひるがえして水のなかへ飛び込んだ。かれは大きな蒼い河獺《かわうそ》で、その着物や繖と見えたのは青い荷《はす》の葉であった。

祭蛇記

東越《とうえつ》の閩中《みんちゅう》に庸嶺《ようれい》という山があって、高さ数十里といわれている。その西北の峡《かい》に長さ七、八丈、太さ十囲《とかか》えもあるという大蛇《だいじゃ》が棲んでいて、土地の者を恐れさせていた。住民ばかりか、役人たちもその蛇の祟《たた》りによって死ぬ者が多いので、牛や羊をそなえて祭ることにしたが、やはりその祟りはやまない。大蛇は人の夢にあらわれ、または巫《み》女《こ》などの口を仮りて、十二、三歳の少女を生贄《いけにえ》にささげろと言った。これには役人たちも困ったが、なにぶんにもその祟りを鎮める法がないので、よんどころなく罪人の娘を養い、あるいは金を賭《か》けて志願者を買うことにして、毎年八月の朝、ひとりの少女を蛇の穴へ供えると、蛇は生きながらにかれらを呑んでしまった。

こうして、九年のあいだに九人の生贄をささげて来たが、十年目には適当の少女を見つけ出すのに苦しんでいると、将楽《しょうらく》県の李誕《りたん》という者の家には男の子が一人もなくて、女の子ばかりが六人ともにつつがなく成長し、末子《ばっし》の名を寄《き》といった。寄は募りに応じて、ことしの生贄に立とうと言い出したが、父母は承知しなかった。

「しかしこの家《うち》には男の子が一人もありません。厄介者の女ばかりです」と、寄は言った。「わたし達は親の厄介になっているばかりで何の役にも立ちませんから、いっそ自分のからだを生贄にして、そのお金であなた方を少しでも楽にさせて上げるのが、せめてもの孝行というものです」

それでも親たちはまだ承知しなかったが、しいて止めればひそかにぬけ出して行きそうな気色《けしき》であるので、親たちも遂に泣く泣くそれを許すことになった。そこで、寄は一《ひと》口《ふり》のよい剣と一匹の蛇喰い犬とを用意して、いよいよ生贄にささげられた。

大蛇の穴の前には古い廟があるので、寄は剣をふところにして廟のなかに坐っていた。蛇を喰う犬はそのそばに控えていた。彼女はあらかじめ数石《すうこく》の米を炊《かし》いで、それに蜜をかけて穴の口に供えて置くと、蛇はその匂いをかぎ付けて大きい頭《かしら》を出した。その眼は二尺の鏡の如くであった。蛇がまずその米を喰いはじめたのを見すまして、寄はかの犬を嗾《け》しかけると、犬はまっさきに飛びかかって蛇を噛《か》んだ。彼女もそのあとから剣をふるって蛇を斬った。

さすがの大蛇も犬に噛まれ、剣に傷つけられて、数カ所の痛手に堪《た》まり得ず、穴から這い出して蜿《のた》打《う》ちまわって死んだ。穴へはいってあらためると、奥には九人の少女の髑《どく》髏《ろ》が転がっていた。

「お前さん達は弱いから、おめおめと蛇の生贄になってしまったのだ。可哀そうに……」と、彼女は言った。

越《えつ》の王はそれを聞いて、寄を聘《へい》して夫人とした。その父は将楽県の県令に挙げられ、母や姉たちにも褒美を賜わった。その以来、この地方に妖蛇の患《うれ》いは絶えて、少女が蛇退治の顛末《てんまつ》を伝えた歌謡だけが今も残っている。

鹿の足

陳《ちん》郡の謝鯤《しゃこん》は病いによって官を罷《や》めて、予《よ》章《しょう》に引き籠《こも》っていたが、あるとき旅行して空き家に一泊した。この家には妖怪があって、しばしば人を殺すと伝えられていたが、彼は平気で眠っていると、夜の四更《しこう》(午前一時—三時)とおぼしき頃に、黄衣の人が現われて外から呼んだ。

「幼輿《ようよ》、戸をあけろ」

幼輿というのは彼の字《あざな》である。こいつ化け物だと思ったが、彼は恐れずに答えた。

「戸をあけるのは面倒だ。用があるなら窓から手を出せ」

言うかと思うと、外の人は窓から長い腕を突っ込んだので、彼は直《す》ぐにその腕を引っ掴んで、力任せにぐいぐい引き摺《ず》り込もうとした。外では引き込まれまいとする。引きつ引かれつするうちに、その腕は脱《ぬ》けて彼の手に残った。外の人はそのまま立ち去ったらしい。夜が明けてみると、その腕は大きい鹿の前足であった。

窓の外には血が流れている。その血の痕《あと》をたどってゆくと、果たして一頭の大きい鹿が傷ついて仆《たお》れていた。それを殺して以来、この家にふたたび妖怪の噂を聞かなくなった。

羽衣

予章新喩《しんゆ》県のある男が田畑へ出ると、田のなかに六、七人の女を見た。どの女もみな鳥のような羽衣《はごろも》を着ているのである。不思議に思ってそっと這いよると、あたかもその一人が羽衣を解《と》いたので、彼は急にそれを奪い取った。つづいて他の女どもの衣をも奪い取ろうとすると、かれらはみな鳥に化して飛び去った。

羽衣を奪われた一人だけは逃げ去ることが出来なかったので、男は連れ帰って自分の妻にした。そうして、夫婦のあいだに三人の娘を儲《もう》けた。

娘たちがだんだん生長の後、母はかれらにそっと訊《き》いた。

「わたしの羽衣はどこに隠してあるか、おまえ達は知らないかえ」

「知りません」

「それではお父《とっ》さんに訊いておくれよ」

母に頼まれて、娘たちは何げなく父にたずねると、母の入れ知恵とは知らないで、父は正直に打ちあけた。

「実は積み稲の下に隠してある」

それが娘の口から洩《も》らされたので、母は羽衣のありかを知った。

彼女はそれを身につけて飛び去ったが、再び娘たちを迎いに来て、三人の娘も共に飛び去ってしまった。

狸老爺《たぬきおやじ》

晋《しん》の時、呉興《ごこう》の農夫が二人の息子を持っていた。その息子兄弟が田を耕《たがや》していると、突然に父があらわれて来て、子細《しさい》も無しに兄弟を叱《しか》り散らすばかりか、果ては追い撃とうとするので、兄弟は逃げ帰って母に訴えると、母は怪訝《けげん》な顔をした。

「お父《とっ》さんは家《うち》にいるが……。まあ、ともかくも訊いてみよう」

訊かれて父はおどろいた。自分はさっきから家にいたのであるから、田や畑へ出て行って息子たちを叱ったり殴ったりする筈がない。それは何かの妖怪がおれの姿に化けて行ったに相違ないから、今度来たらば斬り殺せと言い付けたので、兄弟もそのつもりで刃物を用意して行った。

こうして息子らを出してやったものの、父もなんだか不安であるので、やがて後から様子を見とどけに出てゆくと、兄弟はその姿を見て刃物を把《と》り直した。

「化け物め、また来たか」

父は言い訳をする間もなしに斬り殺されてしまった。兄弟はその正体を見極めもせずに、そこらの土のなかに埋めて帰ると、家には父がかれらの帰るのを待っていた。

「化け物めを退治して、まずまずめでたい」と、父も息子らもみな喜んだ。化け物が父に変じていることを兄弟は覚《さと》らなかった。

幾年か過ぎた後、ひとりの法師がその家に来て兄弟に注意した。

「おまえ達のお父《とっ》さんには怖ろしい邪気が見えますぞ」

それを聞いて、父は大いに怒って、そんな奴は早速逐《お》い出してしまえと息子らに言い付けた。それを聞いて、法師も怒った。かれは声を厲《はげ》しゅうして家内へ跳り込むと、父は忽ち大きい古狸に変じて床下へ逃げ隠れたので、兄弟はおどろきながらも追いつめて、遂に生け捕って撲《う》ち殺した。

不幸な兄弟はこの古狸にたぶらかされて、真の父を殺したのである。一人は憤恨のあまりに自殺した。一人も懊悩《おうのう》のために病いを発して死んだ。

虎の難産

廬陵《ろりよう》の蘇易《そえき》という婦人は産婦の収生《とりあげ》をもって世に知られていたが、ある夜外出すると、忽ち虎に啣《くわ》えて行かれた。

彼女はすでに死を覚悟していると、行くこと六、七里にして大きい塚穴《つかあな》のような所へ行き着いた。

虎はここで彼女を下ろしたので、どうするのかと思ってよく視ると、そこには一頭の牝《めす》の虎が難産に苦しんでいるのである。

さてはと覚って手当てをしてやると、虎はつつがなく三頭の子を生み落した。それが済むと、虎は再び彼女を啣えて元の所まで送り還した。

その後、幾たびか蘇易の門内へ野獣の肉を送り込む者があった。

寿光侯

寿光侯《じゆこうこう》は漢の章帝《しようてい》の時の人である。彼はあらゆる鬼を祈り伏せて、よくその正体を見あらわした。その郷里のある女が妖魅《ようみ》に取りつかれた時に、寿は何かの法をおこなうと、長さ幾丈の大蛇《だいじや》が門前に死んで横たわって、女の病いはすぐに平癒した。

　また、大樹があって、人がその下に止まると忽ちに死ぬ、鳥が飛び過ぎると忽ちに墜《お》ちるというので、その樹には精《せい》があると伝えられていたが、寿がそれにも法を施すと、盛夏《まなつ》にその葉はことごとく枯れ落ちて、やはり幾丈の大蛇が樹のあいだに懸《かか》って死んでいた。

　章帝がそれを聞き伝えて、彼を召し寄せて事実の有無をたずねると、寿はいかにも覚えがあると答えた。

「実は宮中に妖怪があらわれる」と、帝は言った。「五、六人の者が紅い着物をきて、長い髪を振りかぶって、火を持って徘徊《はいかい》する。お前はそれを鎮めることが出来るか」

「それは易《やす》いことでございます」

　寿は受けあった。そこで、帝は侍臣三人に言いつけて、その通りの扮装をさせて、夜ふけに宮殿の下を往来させると、寿は式《かた》の如くに法をおこなって、たちまちに三人を地に仆した。かれらは気を失ったのである。

「まあ、待ってくれ」と、帝も驚いて言った。「かれらはまことの妖怪ではない。実はおまえを試してみたのだ。殺してくれるな」

　寿が法を解くと、三人は再び正気に復《かえ》った。

天使

糜竺《びじく》は東海の朐《く》というところの人で、先祖以来、貨殖《かしょく》の道に長《た》けているので、家には巨万の財をたくわえていた。

あるとき彼が洛陽《らくよう》から帰る途中、わが家に至らざる数十里のところで、ひとりの美しい花嫁ふうの女に出逢った。女はその車へ一緒に載せてくれと頼むので、彼は承知して載せてゆくと、二十里ばかりの後に女は礼をいって別れた。そのときに彼女は又こんなことをささやいた。

「実はわたしは天の使いで、これから東海の糜竺の家を焼きに行くのです。ここまで載せて来て下すったお礼に、それだけのことを洩らして置きます」

糜はおどろいて、なんとか勘弁してくれるわけには行くまいかとしきりに嘆願すると、女は考えながら言った。

「何分にもわたしの役目ですから、焼かないというわけには行きません。しかし折角のお頼みですから、わたしは徐《しず》かに行くことにします。あなたは早くお帰りなさい。日中には必ず火が起ります」

彼はあわてて家へ帰って、急に家財を運び出させると、果たして日中に大火が起って、一家たちまち全焼した。

蛇《じゃ》蠱《こ》

滎陽《けいよう》郡に廖《りょう》という一家があって、代々一種の蠱術《こじゅつ》をおこなって財産を作りあげた。ある時その家に嫁を貰ったが、蠱術のことをいえば怖れ嫌うであろうと思って、その秘密を洩らさなかった。

そのうちに、家内の者はみな外出して、嫁ひとりが留守番をしている日があった。家の隅に一つの大きい瓶《かめ》が据えてあるのを、嫁はふと見つけて、こころみにその蓋《ふた》をあけて覗くと、内には大蛇がわだかまっていたので、なんにも知らない嫁はおどろいて、あわてて熱湯をそそぎ込んで殺してしまった。家内の者が帰ってから、嫁はそれを報告すると、いずれも顔の色を変えて驚き憂いた。

それから暫くのうちに、この一家は疫病にかかって殆《ほと》んど死に絶えた。

螻蛄

廬陵《ろりょう》の太守龐企《ろうき》の家では螻蛄《けら》を祭ることになっている。

何ゆえにそんな虫を祭るかというに、幾代か前の先祖が何かの連坐《まきぞえ》で獄屋につながれた。身におぼえの無い罪ではあるが、拷問の責め苦に堪えかねて、遂に服罪することになったのである。彼は無罪の死を嘆いている時、一匹の螻蛄が自分の前を這い歩いているのを見た。彼は憂苦のあまりに、この小さい虫にむかって愚痴を言った。

「おまえに霊があるならば、なんとかして私を救ってくれないかなあ」

食いかけの飯を投げてやると、螻蛄は残らず食って行ったが、その後ふたたび這い出して来たのを見ると、その形が前よりも余ほど大きくなったようである。不思議に思って、毎日かならず飯を投げてやると、螻蛄も必ず食って行った。そうして、数十日を経るあいだに虫はだんだんに生長して犬よりも大きくなった。

刑の執行がいよいよ明日に迫った前夜である。大きい虫は獄屋の壁のすそを掘って、人間が這い出るほどの穴をこしらえてくれた。彼はそこから抜け出して、一旦の命を生きのびて、しばらく潜伏しているうちに、測らずも大赦《たいしゃ》に逢って青天白日《せいてんはくじつ》の身となった。

その以来、その家では代々その虫の祭祀を続けているのである。

父母の霊

劉根《りゅうこん》は字《あざな》を君安《くんあん》といい、長安《ちょうあん》の人である。漢の成帝《せいてい》のときに嵩山《すうざん》に入って異人に仙術を伝えられ、遂にその秘訣を得て、心のままに鬼を使うことが出来るようになった。

潁川《えいせん》の太守、史祈《しき》という人がそれを聞いて、彼は妖法をおこなう者であると認め、役所へよび寄せて成敗しようと思った。召されて劉が出頭すると、太守はおごそかに言い渡した。

「貴公はよく人に鬼を見せるというが、今わたしの眼の前へその姿をはっきりと見せてくれ。それが出来なければ刑戮《けいりく》を加えるから覚悟しなさい」

「それは訳もないことです」

劉は太守の前にある筆や硯《すずり》を借りて、なにかの御符《おふだ》をかいた。そうして、机を一つ叩くと、忽ちそこへ五、六人の鬼があらわれた。鬼は二人の囚人を縛って来たので、太守は眼を据えてよく視ると、その囚人は自分の父と母であった。父母はまず劉にむかって謝まった。

「小忰《こせがれ》めが飛んだ無礼を働きまして、なんとも申し訳がございません」

かれらは更に我が子を叱った。

「貴様はなんという奴だ。先祖に光栄をあたえる事が出来ないばかりか、かえって神仙に対して無礼の罪をかさね、生みの親にまでこんな難儀をかけるのか」

太守は実におどろいた。彼は俄《にわ》かに劉の前に頭《かしら》をすり付けて、無礼の罪を泣いて詫《わ》びると、劉は黙って何処《どこ》へか立ち去った。

無鬼論

阮瞻《げんせん》は字《あざな》を千里《せんり》といい、平素から無鬼論を主張して、鬼などという物があるべき筈がないと言っていたが、誰も正面から議論をこころみて、彼に勝ち得る者はなかった。阮もみずからそれを誇って、この理をもって推《お》すときは、世に幽と明と二つの界《さかい》があるように伝えるのは誤りであると唱えていた。

ある日、ひとりの見識らぬ客が阮をたずねて来て、式《かた》のごとく時候の挨拶が終った後に、話は鬼の問題に移ると、その客も大いに才弁のある人物で、この世に鬼ありと言う。阮は例の無鬼論を主張し、たがいに激論を闘わしたが、客の方が遂に言い負かされてしまった。と思うと、彼は怒りの色をあらわした。

「鬼神のことは古今の聖人賢者《けんじゃ》もみな言い伝えているのに、貴公ひとりが無いと言い張ることが出来るものか。論より証拠、わたしが即ち鬼である」

彼はたちまち異形《いぎょう》の者に変じて消え失せたので、阮はなんとも言うことが出来なくなった。彼はそれから心持が悪くなって、一年あまりの後に病死した。

盤瓠

高辛氏《こうしんし》の時代に、王宮にいる老婦人が久しく耳の疾《やまい》にかかって医師の治療を受けると、医師はその耳から大きな繭《まゆ》のごとき虫を取り出した。老婦人が去った後、瓠《ひさご》の籬《かき》でかこって盤《ふた》をかぶせて置くと、虫は俄かに変じて犬となった。犬の毛皮には五色《ごしき》の文《あや》があるので、これを宮中に養うこととし、瓠と盤とにちなんで盤瓠《ばんこ》と名づけていた。

その当時、戎呉《じゅうご》という胡《えびす》の勢力が盛んで、しばしば国境を犯すので、諸将をつかわして征討を試みても、容易に打ち勝つことが出来ない。そこで、天下に触れを廻して、もし戎呉の将軍の首を取って来る者があれば、千斤《きん》の金をあたえ、万戸《ばんこ》の邑《むら》をあたえ、さらに王の少女を賜わるということになった。

やがて盤瓠は一人の首をくわえて王宮に来た。それはかの戎呉の首であったので、王はその処分に迷っていると、家来たちはみな言った。

「たとい敵の首を取って来たにしても、盤瓠は畜類であるから、これに官禄を与えることも出来ず、姫君を賜わることも出来ず、どうにも致し方はありますまい」

それを聞いて少女は王に申し上げた。

「戎呉の首を取った者にはわたくしを与えるということをすでに天下に公約されたので

す。盤瓠がその首を取って来て、国のために害を除いたのは、天の命ずるところで、犬の知恵ばかりではありますまい。王者は言《げん》を重んじ、伯者は信を重んずと申します。女ひとりの身を惜しんで、天下に対する公約を破るのは、国家の禍《わざわ》いでありましょう」

王も懼《おそ》れて、その言葉に従うことになった。約束の通りに少女をあたえると、犬は彼女を伴って南山にのぼった。山は草木《そうもく》おい茂って、人の行くべき所ではなかった。少女は今までの衣裳を解き捨てて、賤《いや》しい奴僕《ぬぼく》の服を着け、犬の導くままに山を登り、谷に下って石室《いしむろ》のなかにとどまった。王は悲しんで、ときどきその様子を見せにやると、いつでも俄かに雨風が起って、山は震い、雲は晦《くら》く、無事にその石室まで行き着くものはなかった。

それから三年ほどのあいだに、少女は六人の男と六人の女を生んだ。かれらは木の皮をもって衣服を織り、草の実をもって五色に染めたが、その衣服の裁ち方には尾の形が残っていた。盤瓠が死んだ後、少女は王城へ帰ってそれを語ったので、王は使いをやってその子ども達を迎い取らせたが、その時には雨風の祟《たた》りもなかった。

しかし子供たちの服装は異様であり、言葉は通ぜず、行儀は悪く、山に棲むことを好んで都を嫌うので、王はその意にまかせて、かれらに好《よ》い山や広い沢地をあたえて自由に棲ませた。かれらを呼んで蛮夷といった。

金龍池

晋《しん》の懐帝《かいてい》の永嘉《えいか》年中に、韓媼《かんおん》という老女が野なかで巨《おお》きい卵をみつけた。拾って帰って育てると、やがて男の児が生まれて、その字《あざな》を撅児《けつじ》といった。

撅児が四歳のとき、劉淵《りゅうえん》が平陽《へいよう》の城を築いたが、どうしても出来ない。そこで、賞をかけて築城術の達者を募ると、撅児はその募集に応じた。彼は変じて蛇となって、韓媼に灰を用意しろと教えた。

「わたしの這って行くあとに灰をまいて来れば、自然に城の縄張りが出来る」

韓媼はそのいう通りにした。劉淵は怪しんで撅児を捉《とら》えようとすると、蛇は山の穴に隠れた。しかもその尾の端が五、六寸ばかりあらわれていたので、追っ手は剣をぬいて尾を斬ると、そこから忽ちに泉が涌《わ》き出して池となった。金龍池の名はこれから起ったのである。

発塚異事《はっちょういじ》

三国《さんごく》の呉《ご》の孫休《そんきゅう》のときに、一人の戍将《じゅしょう》が広陵《こうりょう》を守っていたが、城の修繕をするために付近の古い塚を掘りかえして石の板をあつめた。見あたり次第にたくさんの塚をぶち壊《こわ》しているうちに、一つの大きい塚を発《あば》くことになった。

塚のうちには幾重《いくちょう》の閣《かく》があって、その扉《とびら》はみな回転して開閉自在に作られていた。四方には車道が通じていて、その高さは騎馬の人も往来が出来るほどである。ほかに高さ五尺《しゃく》ほどの銅人《どうじん》が数十も立っていて、いずれも朱衣、大冠、剣を執って整列し、そのうしろの石壁には殿中将軍とか、侍郎常侍とか彫刻してある。それらの護衛から想像すると、定めて由緒ある公侯の塚であるらしく思われた。

さらに正面の棺を破ってみると、棺中の人は髪がすでに斑白《はんぱく》で、衣冠鮮明、その相貌は生けるが如くである。棺のうちには厚さ一尺ほどに雲母《きらら》を敷き、白い玉三十個を死骸の下に置き列《なら》べてあった。兵卒らがその死人を舁《か》き出して、うしろの壁に倚《もた》せかけると、冬瓜《とうが》のような大きい玉がその懐中から転げ出したので、驚いて更に検査すると、死人の耳にも鼻にも棗《なつめ》の実ほどの黄金が詰め込んであった。

次も墓あらしの話。

漢の広川王《こうせんおう》も墓あらしを好んだ。あるとき欒書《らんしょ》の塚をあばくと、棺も祭具もみな朽ち破れて、何物も余されていなかったが、ただ一匹の白い狐が棲んでいて、人を見ておどろき走ったので、王の左右にある者が追いかけたが、わずかに戟《ほこ》をもってその左足を傷つけただけで、遂にその姿を見失った。

その夜、王の枕もとに、鬚《ひげ》も眉もことごとく白い一個の丈夫《じょうふ》があらわれて、お前はなぜおれの左の足を傷つけたかと責めた上に、持ったる杖をあげて王の左足を撃ったかと思うと、夢は醒めた。

王は撃たれた足に痛みをおぼえて一種の悪瘡《あくそう》を生じ、いかに治療しても一生を終るまで平癒しなかった。

徐光の瓜

三国の呉《ご》のとき、徐光《じょこう》という者があって、市中へ出て種々の術をおこなっていた。ある日、ある家へ行って瓜《うり》をくれというと、その主人が与えなかった。それでは瓜の花を貰いたいと言って、地面に杖を立てて花を植えると、忽ちに蔓《つる》が伸び、花が開いて実を結んだので、徐は自分も取って食い、見物人にも分けてやった。瓜あきんどがそのあとに残った瓜を取って売りに出ると、中身はみな空《から》になっていた。

徐は天候をうらない、出水や旱《ひでり》のことを予言すると、みな適中した。かつて大将軍孫綝《そんりん》の門前を通ると、彼は着物の裾《すそ》をかかげて、左右に唾《つば》しながら走りぬけた。ある人がその子細をたずねると、彼は答えた。

「一面に血が流れていて、その臭《にお》いがたまらない」

将軍はそれを聞いて大いに憎んで、遂に彼を殺すことになった。徐は首を斬られても、血が出なかった。

将軍は後に幼帝を廃して、さらに景帝《けいてい》を擁立し、それを先帝の陵《みささぎ》に奉告しようとして、門を出て車に乗ると、俄かに大風が吹いて来て、その車をゆり動かしたので、車はあやうく傾きかかった。

この時、かの徐光が松の樹の上に立って、笑いながら指図しているのを見たが、それは将軍の眼に映っただけで、そばにいる者にはなんにも見えなかった。

将軍は景帝を立てたのであるが、その景帝のためにたちまち誅《ちゆう》せられた。

捜神後記《そうじんこうき》

第二の男は語る。

「次へ出まして、わたくしは『捜神後記』のお話をいたします。これは標題の示す通り、かの『捜神記』の後編ともいうべきもので、昔から東晋《とうしん》の陶淵明《とうえんめい》先生の撰ということになって居りますが、その作者については種々の議論がありまして、『捜神記』の干宝よりも、この陶淵明は更に一層疑わしいといわれて居ります。しかしそれが偽作であるにもせよ、無いにもせよ、その内容は『捜神記』に劣らないものでありまして、『後記』と銘を打つだけの価値はあるように思われます。これも『捜神記』に伴って、早く我が国に輸入されまして、わが文学上に直接間接の影響をあたうること多大であったのは、次の話をお聴きくだされば、大抵お判りになるだろうかと思います」

貞女峡

中宿県《ちゅうしゅく》に貞女峡《ていじょこう》というのがある。峡の西岸の水ぎわに石があって、その形が女のように見えるので、その石を貞女と呼び慣わしている。伝説によれば、秦の時代に数人の女がここへ法螺貝《ほらがい》を採りに来ると、風雨に逢って昼暗く、晴れてから見ると其の一人は石に化していたというのである。

怪比丘尼

東晋《とうしん》の大司馬桓温《かんおん》は威勢赫々《かくかく》たるものであったが、その晩年に一人の比丘尼《びくに》が遠方からたずねて来た。彼女は才あり徳ある婦人として、桓温からも大いに尊敬され、しばらく其の邸内にとどまっていた。

唯《ただ》ひとつ怪しいのは、この尼僧の入浴時間の甚だ久しいことで、いったん浴室へはいると、時の移るまで出て来ないのである。桓温は少しくそれを疑って、ある時ひそかにその浴室を窺うと、彼は異常なる光景におびやかされた。

尼僧は赤裸《あかはだか》になって、手には鋭利らしい刀を持っていた。彼女はその刀をふるって、まず自分の腹を截《た》ち割って臓腑をつかみ出し、さらに自分の首を切り、手足を切った。

桓温は驚き怖れて逃げ帰ると、暫くして尼僧は浴室を出て来たが、その身体《からだ》は常のごとくであるので、彼は又おどろかされた。しかも彼も一個の豪傑であるので、尼僧に対して自分の見た通りを正直に打ちあけて、さてその子細を聞きただすと、尼僧はおごそかに答えた。

「もし上《かみ》を凌《しの》ごうとする者があれば、皆あんな有様になるのです」

桓温は顔の色を変じた。実をいえば、彼は多年の威力を恃《たの》んで、ひそかに謀叛《むほん》を企てていたのであった。その以来、彼は懼《おそ》れ戒《いまし》めて、一生無事に臣節を守った。尼僧はやがてここを立ち去って行くえが知れなかった。

尼僧の教えを奉じた桓温は幸いに身を全うしたが、その子の桓玄《かんげん》は謀叛を企てて、彼女の予言通りに亡ぼされた。

夫の影

東晋《とうしん》の董寿《とうじゅ》が誅せられた時、それが夜中であったので、家内の者はまだ知らなかった。

董の妻はその夜唯ひとりで坐っていると、たちまち自分のそばに夫の立っているのを見た。彼は無言で溜め息をついているのであった。

「あなた、今頃どうしてお退がりになったのです」

妻は怪しんでいろいろにたずねたが、董はすべて答えなかった。そうして、無言のままに再びそこを出て、家に飼ってある雞籠《とりかご》のまわりを繞《めぐ》ってゆくかと思うと、籠のうちの雞《にわとり》が俄かに物におどろいたように消魂《けたたま》しく叫んだ。妻はいよいよ怪しんで、火を照らして窺うと、籠のそばにはおびただしい血が流れていた。

「さては凶事があったに相違ない」

母も妻も一家こぞって泣き悲しんでいると、果たして夜が明けてから主人の死が伝えられた。

蛮人の奇術

魏《ぎ》のとき、尋陽《じんよう》県の北の山中に怪しい蛮人が棲んでいた。かれは一種の奇術を知っていて、人を変じて虎とするのである。毛の色から爪や牙《きば》に至るまで、まことの虎にちっとも変らず、いかなる人をも完全なる虎に作りかえてしまうのであった。

土地の周《しゅう》という家に一人の奴僕《しもべ》があった。ある日、薪《たきぎ》を伐るために、妻と妹をつれて山の中へ分け入ると、奴僕はだしぬけに二人に言った。

「おまえ達はそこらの高い樹に登って、おれのする事を見物していろ」

　二人はその言うがままにすると、彼はかたわらの藪《やぶ》へはいって行ったが、やがて一匹の黄いろい斑《ふ》のある大虎が藪のなかから跳り出て、すさまじい唸《うな》り声をあげてたけり狂うので、樹の上にいる女たちはおどろいて身をすくめていると、虎は再び元の藪へ帰った。これで先ずほっとしていると、やがて又、彼は人間のすがたで現われた。

「このことを決して他言するなよ」

　しかしあまりの不思議におどろかされて、女たちはそれを同輩に洩らしたので、遂に主人の耳にもきこえた。そこで、彼に好《よ》い酒を飲ませて、その熟酔するのを窺って、主人はその衣服を解き、身のまわりをも検査したが、別にこれぞという物をも発見しなかった。更にその髪を解くと、頭髻《もとどり》のなかから一枚の紙があらわれた。紙には一つの虎を描いて、そのまわりに何か呪文《じゅもん》のようなことが記してあったので、主人はその文句を写し取った。そうして、酔いの醒めるのを待って詮議すると、彼も今更つつみ切れないと覚悟して、つぶさにその事情を説明した。

　彼の言うところに拠ると、先年かの蛮地の奥へ米を売りに行ったときに、三尺の布と、幾升《しょう》の糧米《りょうまい》と、一羽の赤い雄雞《おんどり》と、一升の酒とを或る蛮人に贈って、生きながら虎に変ずるの秘法を伝えられたのであった。

雷車

東晋の永和《えいわ》年中に、義興《ぎこう》の周《しゅう》という姓の人が都を出た。主人は馬に乗り、従者二人が付き添ってゆくと、今夜の宿りを求むべき村里へ行き着かないうちに、日が暮れかかった。

路ばたに一軒の新しい草葺《くさぶ》きの家があって、ひとりの女が門《かど》に立っていた。女は十六、七で、ここらには珍しい上品な顔容《かおかたち》で、着物も鮮麗である。彼女は周に声をかけた。

「もうやがて日が暮れます。次の村へ行き着くのさえ覚束《おぼつか》ないのに、どうして臨賀《りんが》まで行かれましょう」

周は臨賀という所まで行くのではなかったが、次の村へも覚束ないと聞いて、今夜はここの家《うち》へ泊めて貰うことにすると、女はかいがいしく立ち働いて、火をおこして、湯を沸かして、晩飯を食わせてくれた。

やがて夜の初更《しょこう》（午後七時―九時）とおぼしき頃に、家の外から小児《こども》の呼ぶ声がきこえた。

「阿香《あこう》」

それは女の名であるらしく、振り返って返事をすると、外ではまた言った。

「おまえに御用がある。雷車《らいしゃ》を推せという仰せだ」

「はい、はい」

外の声はそれぎりで止むと、女は周にむかって言った。

「折角《せっかく》お泊まり下すっても、おかまい申すことも出来ません。わたくしは急用が起りましたので、すぐに行ってまいります」

女は早々に出て行った。雷車を推せとはどういう事であろうと、周は従者らと噂をしていると、やがて夜半から大雷雨になったので、三人は顔をみあわせた。

雷雨は暁け方にやむと、つづいて女は帰って来たので、彼女がいよいよ唯者《ただもの》でないことを三人は覚《さと》った。鄭重《ていちょう》に礼をのべて、彼女にわかれて、門を出てから見かえると、女のすがたも草の家も忽ち跡なく消えうせて、そこには新しい塚があるばかりであったので、三人は又もや顔を見あわせた。

それにつけても、彼女が「臨賀までは遠い」と言ったのはどういう意味であるか、かれらにも判らなかった。しかも幾年の後に、その謎の解ける時節が来た。周は立身して臨賀の太守となったのである。

武陵桃林

東晋《とうしん》の太元《たいげん》年中に武陵《ぶりょう》の黄道真《こうどうしん》という漁人《ぎょじん》が魚を捕りに出て、渓川《たにがわ》に沿うて漕いで行くうちに、どのくらい深入りをしたか知らないが、たちまち桃の林を見いだした。桃の花は岸を挟んで一面に紅く咲きみだれていて、ほとんど他の雑木はなかった。黄は不思議に思って、なおも奥ふかく進んでゆくと、桃の林の尽くるところに、川の水源《みなもと》がある。そこには一つの山があって、山には小さい洞《ほら》がある。洞の奥からは光りが洩れる。彼は舟から上がって、その洞穴の門をくぐってゆくと、初めのうちは甚だ狭く、わずかに一人を通ずるくらいであったが、また行くこと数十歩にして俄かに眼さきは広くなった。

そこには立派な家屋もあれば、よい田畑もあり、桑もあれば竹もある。路も縦横に開けて、雞《とり》や犬の声もきこえる。そこらを往来している男も女も、衣服はみな他国人のような姿であるが、老人も小児も見るからに楽しそうな顔色であった。かれらは黄を見て、ひどく驚いた様子で、おまえは何処《どこ》の人でどうして来たかと集まって訊くので、黄は正直に答えると、かれらは黄を一軒の大きい家へ案内して、雞を調理し、酒をすすめて饗応した。それを聞き伝えて、一村の者がみな打ち寄って来た。

かれら自身の説明によると、その祖先が秦《しん》の暴政を避くるがために、妻子眷族《けんぞく》をたずさえ、村人を伴って、この人跡《じんせき》絶えたるところへ隠れ住むことになったのである。その以来再び世間に出ようともせず、子々孫々ここに平和の歳月《としつき》を送っているので、世間のことはなんにも知らない。秦のほろびた事も知らない。漢《かん》の興《おこ》ったことも知らない。その漢がまた衰えて、魏《ぎ》となり、晋《しん》となったことも知らない。黄が一々それを説明して聞かせると、いずれもその変遷に驚いているらしかった。

黄はそれからそれへと他の家にも案内されて、五、六日のあいだは種々の饗応を受けていたが、あまりに帰りがおくれては家内の者が心配するであろうと思ったので、別れを告げて帰って来た。その帰り路のところどころに目標《めじるし》をつけて置いて、黄は郡城にその次第を届けて出ると、時の太守劉韻《りゅういん》は彼に人を添えて再び探査につかわしたが、目標はなんの役にも立たず、結局その桃林を尋ね当てることが出来なかった。

離魂病

宋《そう》のとき、なにがしという男がその妻と共に眠った。夜があけて、妻が起きて出た後に、夫もまた起きて出た。

やがて妻が戻って来ると、夫は衾《よぎ》のうちに眠っているのであった。自分の出たあとに夫の出たことを知らないので、妻は別に怪しみもせずにいると、やがて奴僕《しもべ》が来て、旦那様が鏡をくれと仰《おっ》しゃりますと言った。

「ふざけてはいけない。旦那はここに寝ているではないか」と、妻は笑った。

「いえ、旦那様はあちらにおいでになります」

奴僕も不思議そうに覗いてみると、主人はたしかに衾を被《き》て寝ているので、彼は顔色をかえて駈け出した。その報告に、夫も怪しんで来てみると、果たして寝床の上には自分と寸分違わない男が安らかに眠っているのであった。

「騒いではならない。静かにしろ」

夫は近寄って手をさしのべ、衾の上からしずかにかの男を撫《な》でていると、その形は次第に薄く且《か》つ消えてしまった。

夫婦も奴僕も言い知れない恐怖に囚《とら》われていると、それから間もなく、その夫は一種の病いにかかって、物の理屈も判らないようなぼんやりした人間になった。

狐の手帳

呉《ご》郡の顧旃《こせん》が猟《かり》に出て、一つの高い岡にのぼると、どこかで突然に人の声がきこえた。

「ああ、ことしは駄目だ」

こんなところに誰か忍んでいるのかと怪しんで、彼は連れの者どもと共にそこらを探してあるくと、岡の上に一つの穽《あな》があって、それは古塚の頽《くず》れたものであるらしかった。その穽の中には一匹の古狐が坐って、何かの一巻を読んでいたので、すぐに猟犬を放してそれを咬み殺させた。それから狐の読んでいたものを検《あらた》めると、それには大勢の女の名を書きならべて、ある者には朱で鉤《かぎ》を引いてあった。察するに、妖狐が種々に形を変じて、容貌《きりょう》のいい女子《おなご》を犯していたもので、朱の鉤を引いてあるのは、すでにその目的を達したものであろう。

女の名は百余人の多きにのぼって、顧旃のむすめの名もそのうちに記《しる》されていたが、幸いにまだ朱を引いていなかった。

雷を罵る

呉興《ごこう》の章荀《しょうこう》という男が五月の頃に田を耕しに出た。かれは真菰《まこも》に餅をつつんで来て、毎夕の食い物にしていたが、それがしばしば紛失するので、あるときそっと窺っていると、一匹の大きい蛇が忍び寄って偸《ぬす》み食らうのであった。彼は大いに怒って、長柄の鎌をもって切り付けると、蛇は傷ついて走った。

彼はなおも追ってゆくと、ある坂の下に穴があって、蛇はそこへ逃げ込んだ。おのれどうしてくれようかと思案していると、穴のなかでは泣き声がきこえた。

「あいつがおれを切りゃあがった」

「あいつどうしてやろう」

「かみなりに頼んで撃ち殺させようか」

そんな相談をしているかと思うと、たちまちに空が暗くなって、彼のあたまの上に雷《らい》の音が近づいて来た。しかも彼は頑強の男であるので、跳《おど》りあがって大いに罵《ののし》った。

「天がおれを貧乏な人間にこしらえたから、よんどころなしに毎日あくせくと働いているのだ。その命の綱の食い物をぬすむような奴を、切ったのがどうしたのだ。おれが悪いか、蛇が悪いか、考えてみても知れたことだ。そのくらいの理屈が分からねえで、おれに天罰をくだそうというなら、かみなりでも何でも来て見ろ。おのれ唯《ただ》は置かねえから覚悟しろ」

彼は得物《えもの》を取り直して、天を睨《にら》んで突っ立っていると、その勢いに辟易《へきえき》したのか、あるいは道理に服したのか、雷は次第に遠退いて、かえって蛇の穴の上に落ちた。天が晴れてから見ると、そこには大小数十四の蛇が重なり合って死んでいた。

白帯の人

呉《ご》の末に、臨海の人が山に入って猟《かり》をしていた。彼は木間《このま》に粗末の小屋を作って、そこに寝泊まりしていると、ある夜ひとりの男がたずねて来た。男は身のたけ一丈もあるらしく、黄衣をきて白い帯を垂れていた。

「折り入ってお願いがあって参りました」と、かれは言った。「実はわたくしに敵があって、明日ここで戦わなければなりません。どうぞ加勢をねがいます」

「よろしい。その敵は何者です」

「それは自然にわかります。ともかくも明日の午頃《ひる》にそこの渓《たに》へ来てください。敵は北から来て、わたくしは南からむかいます。敵は黄の帯を締めています、わたくしは白の帯をしめています」

猟師は承知すると、かの男はよろこんで帰った。そこで、あくる日、約束の時刻に行ってみると、果たして渓《たに》の北方から風雨《あらし》のような声がひびいて来て、草も木も皆ざわざわとなびいた。南の方も同様である。やがて北からは黄いろい蛇、南からは白い蛇、いずれも長さ十余丈《じょう》、渓の中ほどで行き合って、たがいに絡み合い咬み合って戦ったが、白い方の勢いがやや弱いようにみえた。約束はここだと思って、猟師は黄いろい蛇を目がけて矢を放つと、蛇は見ごとに急所を射られて斃《たお》れた。

夜になると、昨夜の男が又たずねて来て、彼に厚く礼をのべた。

「ここに一年とどまって猟をなされば、きっとたくさんの獲物があります。ただし来年になったらばお帰りなさい。そうして、再びここへ来てはなりません」と、男は堅く念を押して帰った。

なるほど其の後は大いなる獲物があって、一年のあいだに彼は莫大の金儲けをすることが出来た。それでいったんは山を降《くだ》って、無事に五、六年を送ったが、昔の獲物のことを忘れかねて、あるとき再びかの山中へ猟にゆくと、白い帯の男が又あらわれた。

「あなたは困ったものです」と、彼は愁《うれ》うるが如くに言った。「再びここへ来てはならないと、わたくしがあれほど戒《いまし》めて置いたのに、それを用いないで又来るとは……。仇の子がもう成長していますから、きっとあなたに復讐するでしょう。それはあなたのみずから求めた禍いで、わたくしの知ったことではありません」

言うかと思うと、彼は消えるように立ち去ったので、猟師は俄かに怖ろしくなって、早々にここを逃げ去ろうとすると、たちまちに黒い衣《きぬ》をきた者三人、いずれも身のたけ八尺ぐらいで、大きい口をあいて向かって来たので、猟師はその場に仆《たお》れてしまった。

白亀

東晋の咸康《かんこう》年中に、予《よ》州の刺史《しし》毛宝《もうほう》が邾《しゅ》の城を守っていると、その部下の或る軍士が武昌《ぶしょう》の市《いち》へ行って、一頭の白い亀を売っているのを見た。亀は長さ四、五寸《すん》、雪のように真っ白で頗《すこぶ》る可愛らしいので、彼はそれを買って帰って甕《かめ》のなかに養って置くと、日を経るにしたがって大きくなって、やがて一尺ほどにもなったので、軍士はそれを憐れんで江の中へ放してやった。

それから幾年の後である。邾の城は石季龍《せききりゅう》の軍に囲まれて破られ、毛宝は予州を捨てて走った。その落城の際に、城中の者の多数は江に飛び込んで死んだ。かの軍士も鎧《よろい》を着て、刀を持ったままで江に飛び込むと、なにか大きい石の上に堕《お》ちたように感じられて、水はその腰のあたりまでしか達《とど》かなかった。

やがて中流まで運び出されてよく視ると、それはさきに放してやった白い亀で、その甲が六、七尺に生長していた。亀はむかしの恩人を載せて、むこうの岸まで送りとどけ、その無事に上陸するのを見て泳ぎ去ったが、中流まで来たときに再び振り返ってその人を見て、しずかに水の底に沈んだ。

髑髏軍

西晋《せいしん》の永嘉《えいか》五年、張栄《ちょうえい》が高平《こうへい》の巡邏主《じゅんらしゅ》となっていた時に、曹嶷《そうぎ》という賊が乱を起して、近所の地方をあらし廻るので、張は各村の住民に命じて、一種の自警団を組織し、各所に堡塁《ほうるい》を築いてみずから守らせた。

ある夜のことである。山の上に火が起って、烟《けむ》りや火焔《ほのお》が高く舞いあがり、人馬の物音や甲冑《かっちゅう》のひびきが物騒《ものさわ》がしくきこえたので、さては賊軍が押し寄せて来たに相違ないと、いずれも俄かに用心した。張はかれらを迎え撃つために、軍士を率いて駈けむかうと、山のあたりに人影はみえず、ただ無数の火の粉が飛んで来て、人の鎧や馬のたてがみに燃えつくので、皆おどろいて逃げ戻った。

あくる朝、再び山へ登ってみると、どこにも火を焚《た》いたらしい跡はなく、ただ百人あまりの枯れた髑髏《どくろ》がそこらに散乱しているのみであった。

山 㺐

宋《そう》（南朝）の元嘉《げんか》年間のはじめである。富陽《ふよう》の人、王《おう》という男が蟹《かに》を捕るために、河のなかへ簖《やな》を作って置いて、あくる朝それを見にゆくと、長さ二尺ほどの材木が簖のなかに横たわっていた。それがために竹は破れて、蟹は一匹もかかっていなかった。

そこで、その材木を岸の上に取って捨て、竹の破れを修繕して帰って来たが、翌日再び行ってみると、かの材木は又もや同じところに横たわっていて、簖を破ること前日の如くである。

「これは不思議だ。この材木は何か怪しい物かも知れないぞ、いっそ焚《や》いてしまえ」

蟹を入れる籠のなかへかの材木を押し込んで、肩に引っかけて帰って来ると、その途中で籠のなかから何かがさがさいう音がきこえるので、王は振り返ってみると、材木はいつの間にか奇怪な物に変っていた。顔は人のごとく、体は猴《さる》の如くで、一本足である。

その怪物は王に訴えた。

「わたしは蟹が大好きであるので、実はあなたの竹を破って、その蟹をみんな食ってしまいました。どうぞ勘弁してください。もしわたしを赦《ゆる》して下されば、きっとあなたに助力して大きい蟹の捕れるようにして上げます。わたしは山の神です」

「どうして勘弁がなるものか」と、王は罵った。「貴様は一度ならず二度までも、おれの漁場をあらした奴だ。山の神でもなんでも容赦はない。罪の報いと諦めて往生しろ」

怪物はどうぞ赦してくれとしきりに掻き口説《くど》いたが、王は頑として応じないので、怪物は最後に言った。

「それでは、あなたの姓名はなんというのですか」

「おれの名をきいてどうするのだ」

「ぜひ教えてください」

「忌《いや》だ、いやだ」

なにを言っても取り合わない。そのうちに彼の家はだんだん近くなったので、怪物は悲しげに言った。

「わたしを赦してもくれず、また自分の姓名を教えてもくれない以上は、もうどうにも仕様がない。わたしもむなしく殺されるばかりだ」

王は自分のうちへ帰って、すぐにその怪物を籠と共に焚いてしまったが、寂《せき》としてなんの声もなかった。土地の人はこのたぐいの怪物を山繰《さんそう》と呼んでいるのである。かれらは人の姓名を知ると、不思議にその人を傷つけることが出来ると伝えられている。怪物がしきりに王の姓名を聞こうとしたのも、彼を害して逃がれようとしたものらしい。

熊の母

東晋《とうしん》の升平《しょうへい》年間に、ある人が山奥へ虎を射に行くと、あやまって一つの穴に堕《お》ちた。穴の底は非常に深く、内には数頭の仔熊が遊んでいた。

さては熊の穴へはいったかと思ったが、穴が深いので出ることが出来ない。そのうちに一頭の大きい熊が外から戻って来たので、しょせん助からないと覚悟していると、熊はしまってある果物《くだもの》を取り出してまず仔熊にあたえた。それから又、一人分の果物を出して彼の前に置いた。彼はひどく腹が空いているので、怖ろしいのも忘れてそれを食った。

熊は別に害を加えようとする様子もないので、彼もだんだんに安心して来た。熊は仔熊の母であることも判った。親熊は毎日外へ出ると、かならず果物を拾って帰って、仔熊にもあたえ、彼にも分けてくれた。それで彼は幸いに餓死をまぬかれていたが、日数を経るうちに仔熊もおいおい生長したので、親熊は一々にそれを背負って穴の外へ運び出した。

自分ひとりが取り残されたら、いよいよ餓死することと観念していると、仔熊を残らず運び終った後に、親熊はまた引っ返して来て、人の前に坐った。彼はその意を覚って、その足に抱きつくと、熊は彼をかかえたままで穴の外へ跳り出した。こうして、彼は無事に生き還ったのである。

烏龍

会稽《かいけい》の句章《こうしょう》の民、張然《ちょうぜん》という男は都の夫役《ぶやく》に徴《め》されて、年を経るまで帰ることが出来なかった。留守は若い妻と一人の僕《しもべ》ばかりで、かれらはいつか密通した。

張は都にあるあいだに一匹の狗《いぬ》を飼った。それは甚だすこやかな狗であるので、張は烏龍《うりゅう》と名づけて愛育しているうちに、いったん帰郷することとなったので、彼は烏龍を伴って帰った。

夫が突然に帰って来たので、妻と僕は相談の末に彼を亡き者にしようと企てた。妻は飯の支度をして、夫と共に箸をとろうとする時、俄かに形をあらためて言った。

「これが一生のお別れです。あなたも機嫌よく箸をおとりなさい」

おかしなことを言うと思うと、部屋の入口には僕が刀を帯びて、弓に矢をつがえて立っていた。彼は主人の食事の終るのを待っているのである。さてはと覚ったが、もうどうすることも出来ないので、張はただ泣くばかりであった。烏龍はその時も主人のそばに付いていたので、張は皿のなかの肉をとって狗にあたえた。

「わたしはここで殺されるのだ。お前は救ってくれるか」

烏龍はその肉を啖《く》わないで、眼を据え、くちびるを舐《ねぶ》りながら、仇の僕を睨みつめているのである。張もその意を覚って、やや安心していると、僕は待ちかねて早く食え食えと主人に迫るので、張は奮然決心して、わが膝を叩きながら大いに叫んだ。

「烏龍、やっつけろ」

狗は声に応じて飛びかかって僕に咬みついた。それが飛鳥のような疾《はや》さであるので、彼は思わず得物を取り落して地に倒れた。張はその刀を奪って、直ちに不義の僕を斬り殺した。妻は県の役所へ引き渡されて、法のごとくに行なわれた。

鷺娘

銭塘《せんとう》の杜《と》という人が船に乗って行った。時は雪の降りしきる夕暮れである。白い着物をきた一人の若い女が岸の上を来かかったので、杜は船中から声をかけた。

「姐《ねえ》さん。雪のふるのにお困りだろう。こっちの船へおいでなさい」

女も立ち停まってそれに答えた。たがいに何か冗談を言い合った末に、杜は女をわが船へ乗せてゆくと、やがて女は一羽の白鷺《しらさぎ》となって雪のなかを飛び去ったので、杜は俄かにぞっとした。それから間もなく、彼は病んで死んだ。

蜜蜂

宋の元嘉《げんか》元年に、建安《けんあん》郡の山賊百余人が郡内へ襲って来て、民家の財産や女たちを掠奪した。

その挙げ句に、かれらは或る寺へも乱入して財宝を掠《かす》め取ろうとした。この寺ではかねて供養に用いる諸道具を別室に蔵《おさ》めてあったので、賊はその室《へや》の戸を打ち毀《こわ》して踏み込むと、忽ちに法衣《ころも》を入れてある革籠《かわご》のなかから幾万匹の蜜蜂が飛び出した。その幾万匹が一度に群がって賊を螫《さ》したので、かれらも狼狽した。ある者は体じゅうを螫され、ある者は眼を突きつぶされ、初めに掠奪した獲物をもみな打ち捨てて、転げまわって逃げ去った。

犬妖

林慮山《りんりょざん》の下に一つの亭がある。ここを通って、そこに宿る者はみな病死するということになっている。あるとき十余人の男おんなが入りまじって博奕《ばくち》をしているのを見た者があって、かれらは白や黄の着物をきていたと伝えられた。

郅伯夷《しつはくい》という男がそこに宿って、燭《しょく》を照らして経《きょう》を読んでいると、夜なかに十余人があつまって来て、彼と列《なら》んで坐を占めたが、やがて博奕の勝負をはじめたので、郅はひそかに燭をさし付けて窺うと、かれらの顔はみな犬であった。そこで、燭を執って起《た》ちあがる時、かれは粗相《そそう》の振りをして、燭の火をかれらの着物にこすり付けると、着物の焦げるのがあたかも毛を燃やしたように匂ったので、もう疑うまでもないと思った。

かれは懐ろ刀をぬき出して、やにわにその一人を突き刺すと、初めは人のような叫びを揚げたが、やがて倒れて犬の姿になった。それを見て、他の者どもはみな逃げ去った。

干宝の父

東晋の干宝《かんぽう》は字《あざな》を令升《れいしょう》といい、その祖先は新蔡《しんさい》の人である。かれの父の瑩《けい》という人に一人の愛妾があったが、母は非常に嫉妬ぶかい婦人で、父が死んで埋葬する時に、ひそかにその妾をも墓のなかへ押し落して、生きながらに埋めてしまった。当時、干宝もその兄もみな幼年であったので、そんな秘密をいっさい知らなかったのである。

それから十年の後に、母も死んだ。その死体を合葬するために父の墓をひらくと、かの妾が父の棺の上に俯伏しているのを発見した。衣服も生きている時の姿と変らず、身内もすこしく温かで、息も微かにかよっているらしい。驚き怪しんで輿《こし》にかき乗せ、自宅へ連れ戻って介抱すると、五、六日の後にまったく蘇生した。

妾の話によると、その十年のあいだ、死んだ父が常に飲み食いの物を運んでくれた。そうして、生きている時と同じように、彼女と一緒に寝起きをしていたのみか、自宅に吉凶のことある毎《ごと》に、一々彼女に話して聞かせたというのである。あまりに不思議なことであるので、干宝兄弟は試みに彼女に問いただしてみると、果たして彼女は父が死後の出来事をみなよく知っていて、その言うところがすべて事実と符合するのであった。彼女はその後幾年を無事に送って、今度はほんとうに死んだ。

干宝は『捜神記』の著者である。彼が天地のあいだに幽怪神秘のことあるを信じて、その述作に志すようになったのは、少年時代におけるこの実験に因ったのであると伝えられている。

大蛟

安城平都県《あんじょうへいと》の尹氏《いんし》の宅は郡の東十里の日黄村《じっこう》にあって、そこに小作人《こさくにん》も住んでいた。元嘉《げんか》二十三年六月のことである。ことし十三になる尹氏の子供が、小作の小屋の番をしていると、一人の男が来た。男は年ごろ二十《はたち》ぐらいで、白い馬に騎《の》って繖《かさ》をささせていた。ほかに従者四人、みな黄衣を着て東の方から来たが、ここの門前に立って尹氏の子供を呼び出し、暫く休息させてくれと言った。承知して通すと、男は庭へはいって床几《しょうぎ》に腰をおろした。従者の一人が繖をさしかけていた。見ると、この人たちの着物には縫い目がなく、鱗《うろこ》のような五色の斑《ふ》があって、毛がなかった。やがて雨を催して来ると、男は馬に騎《の》った。

「あしたまた来ます」と、彼は子供を見かえって言った。その去るところを見ると、この一行は西へむかい、空を踏んで次第に高く昇って行った。暫くすると、雲が四方から集まって白昼も闇のようになった。

その翌日、俄かに大水が出て、山も丘も谷もみなひたされ、尹の小作小屋もまさに漂い去ろうとした。このとき長さ三丈とも見える大きい蛟《みずち》があらわれて、身をめぐらして此の家を護った。

白水素女

晋の安帝《あんてい》のとき、候官《こうかん》県の謝端《しゃたん》は幼い頃に父母をうしない、別に親類もないので、となりの人に養育されて成長した。

謝端はやがて十七、八歳になったが、努《つと》めて恭謹の徳を守って、決して非法の事をしなかった。初めて家を持った時には、いまだ定まる妻がないので、となりの人も気の毒に思って、然るべき妻を探してやろうと心がけていたが、相当の者も見付からなかった。

彼は早く起き、遅く寝て、耕作に怠りなく働いていると、あるとき村内で大きい法螺《ほら》貝《がい》を見つけた。三升入りの壺ほどの大きい物である。めずらしいと思って持ち帰って、それを甕《かめ》のなかに入れて置いた。その後、彼はいつもの如くに早く出て、夕過ぎに帰ってみると、留守のあいだに飯や湯の支度がすっかり出来ているのである。おそらく隣りの人の親切であろうと、数日の後に礼を言いに行くと、となりの人は答えた。

「わたしは何もしてあげた覚えはない。おまえはなんで礼をいうのだ」

謝端にも判《わか》らなくなった。しかも一度や二度のことではないので、彼はさらに聞きただすと、隣りの人はまた笑った。

「おまえはもう女房をもらって、家のなかに隠してあるではないか。自分の女房に煮焚《にた》きをさせて置きながら、わたしにかれこれ言うことがあるものか」

彼は黙って考えたが、何分にも理屈が呑み込めなかった。次の日は早朝から家を出て、また引っ返して籬《かき》の外から窺っていると、一人の少女が甕の中から出て、竈《かまど》の下に火を焚きはじめた。彼は直ぐに家へはいって甕のなかをあらためると、かの法螺貝は見えなくて、竈の下の女を見るばかりであった。

「おまえさんはどこから来て、焚き物をしていなさるのだ」と、彼は訊いた。

女は大いに慌てたが、今さら甕のなかへ帰ろうにも帰られないので、正直に答えた。

「わたしは天漢《てんかん》の白水素女《はくすいそじょ》です。天帝はあなたが早く孤児《みなしご》になって、しかも恭謹の徳を守っているのをあわれんで、仮りにわたしに命じて、家を守り、煮焚きのわざを勤めさせていたのです。十年のうちにはあなたを富ませ、相当の妻を得るようにして、わたしは帰るつもりであったのですが、あなたはひそかに窺ってわたしの形を見付けてしまいました。もうこうなっては此処《ここ》にとどまることは出来ません。あなたはこの後も耕し、漁《すなど》りの業《わざ》をして、世を渡るようになさるがよろしい。この法螺貝を残して行きますから、これに米穀《べいこく》をたくわえて置けば、いつでも乏《とぼ》しくなるような事はありません」

それと知って、彼はしきりにとどまることを願ったが、女は肯《き》かなかった。俄かに風雨が起って、彼女は姿をかくした。その後、彼は神座をしつらえて、祭祀《さいし》を怠らなかったが、その生活はすこぶる豊かで、ただ大いに富むというほどでないだけであった。土地の人の世話で妻を迎え、後に仕えて令長となった。

今の素女《そじょ》祠《し》がその遺跡である。

千年の鶴

丁令威《ていれいい》は遼東《りょうとう》の人で、仙術を霊虚山《れいきょざん》に学んだが、後に鶴に化《け》して遼東へ帰って来て、城門の柱に止まった。ある若者が弓をひいて射ようとすると、鶴は飛びあがって空中を舞いながら言った。

「鳥あり、鳥あり、丁令威。家を去る千年、今始めて帰る。城廓故《もと》の如くにして、人民非なり。なんぞ仙を学ばざるか、塚纍々《るいるい》たり」

遂に大空高く飛び去った。今でも遼東の若者らは、自分たちの先代に仙人となった者があると言い伝えているが、それが丁令威という人であることを知らない。

箏笛浦

盧江《ろこう》の箏笛浦《そうてきほ》には大きい船がくつがえって水底に沈んでいる。これは魏《ぎ》王曹操《そうそう》の船であると伝えられている。

ある時、漁師が夜中に船を繋《つな》いでいると、そのあたりに笛や歌の声がきこえて、香《こう》の匂いが漂っていた。漁師が眠りに就くと、なにびとか来て注意した。

「官船に近づいてはならぬぞ」

おどろいて眼をさまして、漁師はわが船を他の場所へ移した。沈んでいる船は幾人の歌妓《うたひめ》を載せて来て、ここの浦で顚覆《てんぷく》したのであるという。

凶宅

宋の襄城《じょうじょう》の李頤《りい》、字《あざな》は景真《けいしん》、後に湘東《しょうとう》の太守になった人であるが、その父は妖邪を信じない性質であった。近所に一軒の凶宅があって、住む者はかならず死ぬと言い伝えられているのを、父は買い取って住んでいたが、多年無事で子孫繁昌した。

そのうちに、父は県知事に昇って移転することになったので、内外の親戚らを招いて留別《りゅうべつ》の宴を開いた。その宴席で父は言った。

「およそ天下に吉だとか凶だとかいう事があるだろうか。この家もむかしから凶宅だといわれていたが、わたしが多年住んでいるうちに何事もなく、家はますます繁昌して今度も栄転することになった。鬼などというものが一体どこにいるのだ。この家も凶宅どころか、今後は吉宅となるだろう。誰でも勝手にお住みなさい」

そう言い終って、彼は起《た》って厠《かわや》へゆくと、その壁に蓆《むしろ》を巻いたような物が見えた。高さ五尺ばかりで、白い。彼は引っ返して刀を取って来て、その白い物を真っ二つに切ると、それが分かれて二つの人になった。さらに横なぐりに切り払うと、今度は四人になった。その四人が父の刀を奪い取って、その場で彼を斬り殺したばかりか、座敷へ乱入してその子弟を片端から斬り殺した。

李姓の者はみな殺されて、他姓の者は無事にまぬかれた。
そのとき李頤だけはまだ幼少で、その席に居合わせなかったので、変事の起ったのを知ると共に、乳母が抱えて裏門から逃げ出して、他家に隠れて幸いに命を全うした。

蛟を生む

長沙《ちようさ》の人とばかりで、その姓名を忘れたが、家は江辺に住んでいた。その娘が岸へ出て衣《きもの》を濯《すす》いでいると、なんだか身内に異状があるように感じたが、後には馴れて気にもかけなかった。

娘はいつか懐妊して、三つの生き物を生み落したが、それは小鰯《こいわし》のような物であった。それでも自分の生んだ物であるので、娘は憐れみいつくしんで、かれらを行水《ぎようずい》の盥《たらい》のなかに養って置くと、三月ほどの後にだんだん大きくなって、それが蛟《みずち》の子であることが判った。蛟は龍《りゆう》のたぐいである。かれらにはそれぞれの字《あざな》をあたえて、大を当洪《とうこう》といい、次を破阻《はそ》といい、次を撲岸《ぼくがん》と呼んだ。

そのうちに暴雨出水と共に、三つの蛟はみな行くえを晦《くら》ましたが、その後も雨が降りそうな日には、かれらが何処からか姿を見せた。娘も子供らの来そうなことを知って、岸辺へ出て眺めていると、蛟もまた頭《かしら》をあげて母をながめて去った。

年を経て、その娘は死んだ。三つの蛟は又あらわれて母の墓所に赴き、幾日も号哭《ごうこく》して去った。その哭《な》く声は狗《いぬ》のようであった。

秘術

銭塘《せんとう》の杜子恭《としきょう》は秘術を知っていた。かつて或る人から瓜を割《さ》く刀を借りたので、その持ち主が返してくれと催促すると、彼は答えた。

「すぐにお返し申します」

やがて其の人が嘉興《かこう》まで行くと、一尾の魚が船中に飛び込んだ。その腹を割くと、かの刀があらわれた。

木像の弓矢

孫恩《そんおん》が乱を起したときに、呉興《ごこう》の地方は大いに乱れた。なんのためか、ひとりの男が蔣侯《しょうこう》の廟《びょう》に突入した。蔣子文《しょうしぶん》は広陵《こうりょう》の人で、三国の呉《ご》の始めから、神としてここに祀られているのである。

蔣侯の木像は弓矢をたずさえていたが、その弓を絞って飄《ひょう》と射ると、男は矢にあたって死んだ。往来の者も、廟を守る者も、皆それを目撃したという。

酉陽雑俎《ゆうようざつそ》

第三の男は語る。

「唐《とう》代は詩文ともに最も隆昌をきわめ、支那においては空前絶後ともいうべき時代でありますから、小説伝奇その他の文学に関する有名の著作も甚だ多く、なにを紹介してよろしいか頗《すこぶ》る選択に苦しむのでありますが、その中でわたくしは先ず『酉陽雑俎』のお話をすることに致します。これも『捜神記』と同様に、早くわが国に渡来して居りますので、その翻案《ほんあん》がわが文学の上にもしばしばあらわれて居ります。

この作者は唐の段成式《だんせいしき》であります。彼は臨淄《りんし》の人で、字《あざな》を柯古《かこ》といい、父の文昌《ぶんしょう》が校書郎を勤めていた関係で、若いときから奇編秘籍を多く読破して、博覧のきこえの高い人物でありました。官は太常外卿に至りまして、その著作は『酉陽雑俎』(正編二十巻、続集十巻)をもって知られて居ります」

古塚の怪異

唐の判官《はんがん》を勤めていた李邈《りばく》という人は、高陵《こうりょう》に庄園《しょうえん》を持っていたが、その庄に寄留する一人の客がこういうことを懺悔《ざんげ》した。

「わたくしはこの庄に足を留めてから二、三年になりますが、実はひそかに盗賊を働いていたのでございます」

李邈もおどろいた。

「いや、飛んでもない男だ。今も相変らずそんな悪事を働いているのか」

「もう唯今は決して致しません。それだから正直に申し上げたのでございます。御承知の通り、大抵の盗賊は墓あらしをやります。わたくしもその墓荒しを思い立って、大勢の徒党を連れて、さきごろこの近所の古塚をあばきに出かけました。塚はこの庄から十里（六丁一里）ほどの西に在って、非常に高く、大きく築かれているのを見ると、よほど由緒のあるものに相違ありません。松林をはいって二百歩ほども進んでゆくと、その塚の前に出ました。生い茂った草のなかに大きい碑が倒れていましたが、その碑はもう磨滅《まめつ》していて、なんと彫ってあるのか判りませんでした。ともかくも五、六十丈ほども深く掘って行くと、一つの石門がありまして、その周囲《まわり》は鉄汁をもって厳重に鋳固めてありました」

「それをどうして開いた」

「人間の糞汁《ふんじゅう》を熱く沸かして、幾日も根《こん》よく沃《そそ》ぎかけていると、自然に鉄が溶けるのです。そうして、ようようのことで、その石門をあけると驚きました。内からは雨のように箭《や》を射出して来て、たちまち五、六人を射倒されたので、みな恐れて引っ返そうとしましたが、わたくしは肯《き》きませんでした。ほかに機関《からくり》があるわけではないから、あらん限りの箭を射尽くさせてしまえば大丈夫だというので、こちらからも負けずに石を投げ込みました。内と外とで箭と石との戦いが暫く続いているうちに果たして敵の矢種《やだね》は尽きてしまいました。

それから松明《たいまつ》をつけて進み入ると、行く手に又もや第二の門があって、それは訳なく明きましたが、門の内には木で作った人が何十人も控えていて、それが一度に剣をふるったから堪《た》まりません。さきに立っていた五、六人はここで又斬り倒されました。こちらでも棒をもってむやみに叩き立てて、その剣をみな撃ち落した上で、あたりを見まわすと、四方の壁にも衛兵の像が描いてあって、南の壁の前に大きい漆《うるし》塗りの棺が鉄の鎖《くさり》にかかっていました。棺の下には金銀や宝玉のたぐいが山のように積んである。さあ見付けたぞとは言ったが、前に懲《こ》りているので、迂闊《うかつ》に近寄る者もなく、たがいに顔をみあわせていると、俄かに棺の両角から颯々《さつさつ》という風が吹き出して、沙《すな》を激しく吹きつけて来ました。あっと言ううちに、風も沙もますます激しくなって、眼口《めくち》を明けていられないどころか、地に積む沙が膝を埋めるほどに深くなって来たので、みな恐れて我《が》れ勝ちに逃げ出しましたが、逃げおくれた一人は又もや沙のなかへ生け埋めにされました。

外へ逃げ出して見かえると、門は自然に閉じて、再びはいることは出来なくなっています。たといはいることが出来ても、とても二度と行く気にはなれないので、誰も彼も早々に引き揚げて来ました。その以来、わたくしどもは誓って墓荒しをしないことに決めました。あの時のことを考えると、今でも怖ろしくてなりません」

この話はこれで終りであるが、そのほかにも墓を発《あば》いて種々の不思議に出逢った話はたくさんに言い伝えられている。

近い頃、幾人の盗賊が蜀《しょく》の玄徳《げんとく》の墓をあばきにはいると、内には二人の男が燈火《あかり》の下で碁を打っていて、ほかに侍衛の軍人が十余人も武器を持って控えていたので、盗賊どももおどろいて謝まり閉口すると、碁にむかっていた一人が見かえって、おまえ達は酒をのむかと言い、めいめいに一杯の酒を飲ませた上に、玉の腰帯ひとすじずつを呉れたので、盗賊どもは喜んで出て来ると、かれらの口は漆を含んだように閉じられてしまった。帯と思ったのは巨《おお》きい蛇であった。

王申の禍

唐の貞元《ていげん》年間のことである。望苑《ぼうえん》駅の西に王申《おうしん》という百姓が住んでいた。彼は奇特《きどく》の男で、路ばたにたくさんの楡《にれ》の木を栽《う》えて、日蔭になるような林を作り、そこに幾棟の茅屋《かやや》を設けて、夏の日に往来する人びとを休ませて水をのませた。役人が通行すれば、別に茶をすすめた。こうしているうちに、ある日ひとりの若い女が来て水を求めた。女は碧《あお》い肌着に白い着物をきていた。

「わたくしはここから十余里の南に住んでいた者ですが、夫に死に別れて子供はなし、これから馬嵬《ばかい》駅にいる親類を頼って行こうと思っているのでございます」と、女は話した。その物言いもはきはきしていて、その挙止《とりなし》も愛らしかった。

王申も気の毒に思って、水を与えるばかりでなく、内へ呼び入れて、飯をも食わせてやって、きょうはもう晩《おそ》いから泊まってゆけと勧めると、女はよろこんで泊めて貰うことになった。その明くる日、ゆうべのお礼に何かの御用を致しましょうというので、王の妻が試しに着物を縫わせると、針の運びの早いのは勿論、その手ぎわが実に人間わざとは思われないほどに精巧を極《きわ》めているので、王申も驚かされた。殊に王の妻は一層その女を愛するようになって、しまいには冗談のようにこんな事を言い出した。

「聞けばお前さんは近しい親類もないということだが、いっそ私の家のお嫁さんになっておくれでないかね」

王の家には、ことし十三になる息子がある。——十三の忰に嫁を迎えるのは珍しくない。——両親も内々相当の娘をこころがけていたのであった。それを聞いて、女は笑って答えた。

「仰しゃる通り、わたくしは頼りの少ない身の上でございますから、もしお嫁さんにして下されば、この上もない仕合わせでございます」

相談はすぐに決まって、王の夫婦も喜んだ。善は急げというので、その日のうちに新しい嫁入り衣裳を買い調えて、その女を息子の嫁にしてしまったのである。その日は暮れても暑かったが、この頃ここらには盗賊が徘徊するので、戸締りを厳重にして寝ると、夜なかになって王の妻は不思議の夢をみた。息子が散らし髪で母の枕元にあらわれて、泣いて訴えるのである。

「わたしはもう食い殺されてしまいます」

妻はおどろいて眼をさまして、夫の王をよび起した。

「今こんな忌《いや》な夢をみたから、息子の部屋へ行って様子をみて来ましょうか」

「よせ、よせ」と、王は寝ぼけ声で叱った。「新夫婦の寝床をのぞきに行く奴があるものか。おまえはいい嫁を貰ったので、嬉しまぎれにそんな途方もない夢をみたのだ」

叱られて、妻もそのままに眠ったが、やがて又もや同じ夢をみたので、もう我慢が出来なくなった。再び夫をよび起して、無理に息子の寝間へ連れて行って、外から試みに声をかけたが、内にはなんの返事もない。戸を叩いてもやはり黙っているので、王も不安を感じて来て、戸を明けようとすると堅くとざされている。思い切って、戸をこじ明けてはいってみると、部屋のうちには怖ろしい物の影が見えた。

それはおそらく鬼とか夜叉《やしゃ》とかいうのであろう。からだは藍《あい》のような色をして、その眼は円《まる》く晃《ひか》っていた。その歯は鑿《のみ》のように見えた。その異形《いぎょう》の怪物はおどろく夫婦を衝《つ》き退《の》けて、風のように表のかたへ立ち去ってしまったので、かれらはいよいよおびやかされた。して、息子はと見ると、唯わずかに頭の骨と髪の毛とを残しているのみで、その形はなかった。

画中の人

これも貞元の末年のことである。開州《かいしゅう》の軍将に冉従長《せんじゅうちょう》という人があって、財を軽《かろ》んじて士を好むというふうがあるので、儒生《じゅせい》や道士のたぐいは多くその門に集まって来たが、そのなかに甯采《ねいさい》という画家もまじっていた。

その甯采があるとき竹林《ちくりん》の七賢人《しちけんじん》の図をかいて、それが甚だ巧みに出来たので、観る者いずれも感嘆していると、一坐の客のうちに郭萱《かくけん》と柳城《りゅうじょう》という二人の秀才があって、たがいに平生から軋《きし》り合っていたが、柳城はその図をひとめ見て、あざ笑いながら主人の冉従長に言った。

「この画は人間の体勢に巧みであるが、人間の意趣《いしゅ》というものが本当に現われていない。わたしはこの画に対してなんらの筆を着けずに、一層の精彩を加えてお見せ申そうと思うが、いかがでしょう」

冉はすこし驚いた。

「あなたにどんな芸があるか知らないが、なんらの筆を加えずに、この画の精彩を添えるというようなことが出来ますか」

「それは出来ます」と、柳は平気で答えた。「わたしはこの画のなかへはいって直すのです」

それを聞いて、郭萱も笑い出した。

「子供だましのような事を言ってはいけない。なんにも筆を入れないで、あの画を直すことが出来る筈がないではないか」

「いや、それが出来るのだ」

「出来るものか」

「そんなら賭けをするか」と、柳は言った。

「むむ、五千の銭《ぜに》を賭ける」

郭は銭を賭けることになった。主人の冉も賭けた。すると、柳は壁にかけてある画の前に立ったかと思うと、忽ちに身を跳《おど》らせて消えてしまったので、一坐の者はみな驚いて、ここかそこかと探し廻ったが、どこにもその姿はみえなかった。やがて、画の中から柳の声が聞えた。

「おい、郭君。まだおれの言うことを信じないのか」

一坐は又おどろいて眺めていると、柳は再び姿をあらわして、画の上から降りて来た。そうして、七賢人のうちの阮籍《げんせき》を指さした。

「みんなが待ち遠しいだろうと思いましたから、唯あれだけを繕《つくろ》って置きました」

人びとは眼を定めてよく視ると、なるほど阮籍だけは以前の図と違って、その口は仰いでうそぶくがごとくに見えたので、いずれもいよいよ驚嘆した。冉も郭も彼が道士の道に精通していることを初めて覚《さと》った。

こんな噂が世間に拡まっては、身の禍いになると思ったらしい。それから五、六日の後に、柳はそこを立ち去って行くえを晦《くら》ました。

北斗七星の秘密

唐の玄宗《げんそう》皇帝の代に、一行《いちぎょう》という高僧があって、深く皇帝の信任を得ていた。

一行は幼いとき甚だ貧窮であって、隣家の王《おう》という老婆から常に救われていた。彼は立身の後もその恩を忘れず、なにか王婆に酬《むく》いたいと思っていると、あるとき王婆の息子が人殺しの罪に問われることになったので、母は一行のところへ駈け付けて、泣いて我が子の救いを求めたが、彼は一応ことわった。

「わたしは決して昔の恩を忘れはしない。もし金や帛《きぬ》が欲しいというのならば、どんなことでも肯《き》いてあげる。しかし明君が世を治めている今の時代に、人殺しの罪を赦《ゆる》すなどということは出来るものでない。たとい私から哀訴したところで、上《かみ》でお取りあげにならないに決まっているから、こればかりは私の力にも及ばないと諦めてもらいたい」

それを聞いて、王婆は手を戟《ほこ》にして罵った。

「なにかの役にも立とうかと思えばこそ、久しくお前の世話をしてやったのだ。まさかの時にそんな挨拶を聞くくらいなら、お前なんぞに用はないのだ」

彼女は怒って立ち去ろうとするのを、一行は追いかけて、頻《しき》りによんどころない事情を説明して聞かせたが、王婆は見返りもせずに出て行ってしまった。

「どうも困ったな」

一行は思案の末に何事をか考え付いた。都の渾天寺《こんてんじ》は今や工事中で、役夫《えきふ》が数百人もあつまっている。その一室を空明《から》きにさせて、まん中に大瓶《かめ》を据えた。それから又、多年召仕っている僕《しもべ》二人を呼んで、大きい布嚢《ぬのぶくろ》を授けてささやいた。

「町の角に、住む人もない荒園《あれにわ》がある。おまえ達はそこへ忍び込んで、午《うま》の刻《こく》（午前十一時―午後一時）から夕方まで待っていろ。そうすると七つの物がはいって来る。それを残らずこの嚢に入れて来い。数は七つだぞ。一つ不足しても勘弁しないからそう思え」

僕どもは指図通りにして待っていると、果たして酉《とり》の刻（午後五時―七時）を過ぎる頃に、荒園の草をふみわけて豕《いのこ》の群れがはいってきたので、一々に嚢をかぶせて捕えると、その数はあたかも七頭であった。持って帰ると、一行は大いに喜んで、その豕をかの瓶のなかに封じ込めて、木の蓋をして、上に大きい梵字《ぼんじ》を書いた。それが何のまじないであるかは、誰にもわからなかった。

あくる朝になると、宮中から急使が来て、一行は皇帝の前に召出された。

「不思議のことがある」と、玄宗は言った。「太史《たいし》（史官）の奏上《そうじょう》によると、昨夜は北《ほく》斗《と》七星が光りを隠《かく》したということである。それは何の祥《しょう》であろう。師にその禍いを攘《はら》う術があるか」

「北斗が見えぬとは容易ならぬことでございます」と、一行は言った。「御用心なさらねばなりませぬ。匹《ひっ》夫《ぷ》匹《ひっ》婦《ぷ》もその所を得ざれば、夏に霜を降らすこともあり、大いに旱《ひでり》することもござります。釈《しゃく》門《もん》の教えとしては、いっさいの善慈心をもって、いっさいの魔を降すのほかはござりませぬ」

彼は天下に大赦《たいしゃ》の令をくだすことを勧《すす》めて、皇帝もそれにしたがった。その晩に、太史がまた奏上した。

「北斗星が今夜は一つ現われました」

それから毎晩一つずつの星が殖えて、七日の後には七星が今までの通りに光り輝いた。大赦の令によって王婆の息子が救われたのは言うまでもない。

駅舎の一夜

孟《もう》不《ふ》疑《ぎ》という挙人《きょじん》(進士《しんし》の試験に応ずる資格のある者)があった。昭《しょう》義《ぎ》の地方に旅寝して、ある夜ある駅に泊まって、まさに足をすすごうとしているところへ、淄《し》青《せい》の張《ちょう》という役人が数十人の供を連れて、おなじ旅舎へ乗り込んで来た。相手が高官とみら、自分は西の部屋へ退いた。

張は酔った勢いで、しきりに威張り散らしていた。大きい声で駅の役人を呼び付けて、焼餅《しょうべい》を持って来いと呶鳴《どな》った。どうも横暴な奴だと、孟はいよいよ不快を感じながら、ひそかにその様子をうかがっていると、暫くして注文の焼餅を運んで来たので、孟はまた覗いてみると、その焼餅を盛った盤《ばん》にしたがって、一つの黒い物が入り込んで来た。それは猪《しし》のようなものであるらしく、燈火《あかり》の下へ来てその影は消えた。張は勿論、ほかの者もそれに気が注《つ》かなかったらしいが、孟は俄かに恐怖をおぼえた。

「あれは何だろう」

孤駅のゆうべにこの怪を見て、孟はどうしても眠ることが出来なかったが、張は酔って高鼾《いびき》で寝てしまった。供の者は遠い部屋に退いて、張の寝間は彼ひとりであった。その夜も三更《さんこう》（午後十一時―午前一時）に及ぶころおいに、孟もさすがに疲れてうとうとと眠ったかと思うと、唯ならぬ物音にたちまち驚き醒めた。一人の黒い衣《きもの》を着た男が張と取っ組み合っているのである。やがて組んだままで東の部屋へ転げ込んで、たがいに撲《なぐ》り合う拳《こぶし》の音が杵《きね》のようにきこえた。孟は息を殺してその成り行きをうかがっていると、暫くして張は散らし髪の両肌ぬぎで出て来て、そのまま自分の寝床にあがって、さも疲れたように再び高鼾で寝てしまった。

五更《ごこう》（午前三時—五時）に至って、張はまた起きた。僕《しもべ》を呼んで燈火をつけさせ、髪をくしけずり、衣服をととのえて、改めて同宿の孟に挨拶した。

「昨夜は酔っていたので、あなたのことをちっとも知らず、甚だ失礼をいたしました」

それから食事を言い付けて、孟と一緒に仲よく箸をとった。そのあいだに、彼は小声で言った。

「いや、まだほかにもお詫びを致すことがある。昨夜は甚だお恥かしいところを御覧《ごらん》に入れました。どうぞ幾重にも御内分にねがいます」

相手があやまるように頼むので、孟はその上に押して聞くのを遠慮して、ただ、はいはいとうなずいていると、張は自分も早く出発する筈であるが、あなたもお構いなくお先へお発ち下さいと言った。別れるときに、張は靴の中から金一鋌《てい》を探り出して孟に贈って、ゆうべのことは必ず他言して下さるなと念を押した。

何がなんだか判らないが、孟は張に別れて早々にここを出発した。まだ明け切らない路を急いで、およそ五、六里も行ったかと思うと、人殺しの賊を捕えるといって、役人どもが立ち騒いでいるのを見た。その子細《しさい》を聞きただすと、淄青の評事の役を勤める張という人が殺されたというのである。孟はおどろいて更に詳しく聞き合わせると、賊に殺されたと言っているけれども、張が実際の死にざまは頗《すこぶ》る奇怪なものであった。

孟がひと足さきに出たあとで、張の供の者どもは、出発の用意を整えて、主人と共に駅舎を出た。あかつきはまだ暗い。途中で気がついてみると、馬上の主人はいつか行くえ不明になって、馬ばかり残っているのである。さあ大騒ぎになって、再び駅舎へ引っ返して詮議すると、西の部屋に白骨が見いだされた。肉もない、血も流れていない。ただそのそばに残っていた靴の一足によって、それが張の遺骨であることを知り得たに過ぎなかった。

こうしてみると、それが普通の賊の仕業《しわざ》でないことは判り切っていた。駅の役人も役目の表として賊を捕えるなどと騒ぎ立てているものの、孟にむかって窃《ひそ》かにこんなことを洩らした。

「この駅の宿舎には昔から凶《わる》いことがしばしばあるのですが、その妖怪の正体は今にわかりません」

小人

唐の太和《たいわ》の末年である。松滋《しょうじ》県の南にひとりの士があって、親戚の別荘を借りて住んでいた。初めてそこへ着いた晩に、彼は士人の常として、夜の二更（午後九時―十一時）に及ぶ頃まで燈火《ともしび》のもとに書を読んでいると、たちまち一人の小さい人間が門から進み入って来た。

　人間といっても、かれは極めて小さく、身の丈《たけ》わずかに半寸に過ぎないのである。それでも葛《くず》の衣《きもの》を着て、杖を持って、悠然とはいり込んで来て、大きい蠅《はえ》の鳴くような声で言った。

「きょう来たばかりで、ここには主人もなく、あなた一人でお寂しいであろうな」

　こんな不思議な人間が眼の前にあらわれて来ても、その士は頗る胆力があるので、素知らぬ顔をして書物を読みつづけていると、かの人間は機嫌を損じた。

「お前はなんだ。主人と客の礼儀をわきまえないのか」

　士はやはり相手にならないので、かれは机の上に登って来て、士の読んでいる書物を覗いたりして、しきりに何か悪口を言った。それでも士は冷然と構えているので、かれも燥《じ》れてきたとみえて、だんだんに乱暴をはじめて、そこにある硯《すずり》を書物の上に引っくり返した。士もさすがにうるさくなったので、太い筆をとってなぐり付けると、彼は地に墜《お》ちてふた声三声叫んだかと思うと、たちまちにその姿は消えた。

　暫くして、さらに四、五人の女があらわれた。老いたのもあれば、若いのもあり、皆そのたけは一寸ぐらいであったが、柄にも似合わない大きい声をふり立てて、士に迫って来た。

「あなたが独りで勉強しているのを見て、殿さまが若殿をよこして、学問の奥義《おうぎ》を講釈させて上げようと思ったのです。それが判らないで、あなたは乱暴なことをして、若殿にお怪我をさせるとは何のことです。今にそのお咎《とが》めを蒙《こうむ》るから、覚えておいでなさい」

言うかと思う間もなく、大勢《おおぜい》の小さい人間が蟻《あり》のように群集してきて、机に登り、床にのぼって、滅茶苦茶に彼をなぐった。士もなんだか夢のような心持になって、かれらを追い攘《はら》うすべもなく、手足をなぐられるやら、噛まれるやら、さんざんの目に逢わされた。

「さあ、早く行け。さもないと貴様の眼をつぶすぞ」と、四、五人は彼の面《かお》にのぼって来たので、士はいよいよ閉口した。

もうこうなれば、かれらの命令に従うのほかはないので、士はかれらに導かれて門を出ると、堂の東に節使衙門《せつしがもん》のような小さい門がみえた。

「この化け物め。なんで人間にむかって無礼を働くのだ」と、士は勇気を回復して叫んだが、やはり多勢《たぜい》にはかなわない。又もやかれらに噛まれて撲られて、士は再びぼんやりしているうちに、いつか其の小さい門の内へ追いこまれてしまった。

見れば、正面に壮大な宮殿のようなものがあって、殿上には衣冠の人が坐っている。階下には侍衛らしい者が、数千人も控えている。いずれも一寸あまりの小さい人間ばかりである。衣冠の人は士を叱った。

「おれは貴様が独りでいるのを憐れんで、話し相手に子供を出してやると、飛んでもない怪我をさせた。重々不埒《じゆうじゆうふらち》な奴だ。その罪を糺《ただ》して胴斬りにするから覚悟しろ」

指図にしたがって、数十人が刃《やいば》をぬき連れてむかって来たので、士は大いに懼《おそ》れた。彼は低頭して自分の罪を謝すと、相手の顔色も少しくやわらいだ。

「ほんとうに後悔したのならば、今度だけは特別をもって赦《ゆる》してやる。以後つつしめ」

士もほっとして送りだされると、いつか元の門外に立っていた。時はすでに五更で、部屋に戻ると、机の上には読書のともしびがまだ消え残っていた。

あくる日、かの怪しい奴らの来たらしい跡をさがしてみると、東の古い階段の下に、粟粒《あわつぶ》ほどの小さい穴があって、その穴から守宮《やもり》が出這入りしているのを発見した。士はすぐに幾人の人夫を雇って、その穴をほり返すと、深さ数丈のところにたくさんの守宮が棲んでいて、その大きいものは色赤くして長さ一尺に達していた。それが恐らくかれらの王であるらしい。あたりの土は盛り上がって、さながら宮殿のように見えた。

「こいつらの仕業だな」

士はことごとくかれらを焚《や》き殺した。その以来、別になんの怪しみもなかった。

怪物の口

臨湍寺《りんたんじ》の僧智通《ちつう》は常に法華経《ほけきょう》をたずさえていた。彼は人跡稀《じんせきま》れなる寒林に小院をかまえて、一心に経文読誦《どくじゅ》を怠らなかった。

ある年、夜半にその院をめぐって、彼の名を呼ぶ者があった。

「智通、智通」

内ではなんの返事もしないと、外では夜のあけるまで呼びつづけていた。こういうことが三晩もやまないばかりか、その声が院内までひびき渡るので、智通も堪えられなくなって答えた。

「どうも騒々しいな。用があるなら遠慮なしにはいってくれ」

やがてはいって来た物がある。身のたけ六尺ばかりで、黒い衣《きもの》をきて、青い面《かお》をしていた。かれは大きい目をみはって、大きい息をついている。要するに、一種の怪物である。しかもかれは僧にむかってまず尋常に合掌した。

「おまえは寒いか」と、智通は訊いた。「寒ければ、この火にあたれ」

怪物は無言で火にあたっていた。智通はそのままにして、法華経を読みつづけていると、夜も五更に至る頃、怪物は火に酔ったとみえて、大きい目を閉じ、大きい口をあいて、炉《ろ》に倚《よ》りかかって高いびきで寝入ってしまった。智通はそれを観て、香をすくう匙《さじ》をとって、炉の火と灰を怪物の口へ浚《さら》い込むと、かれは驚き叫んで飛び起きて、門の外へ駈け出したが、物につまずき倒れるような音がきこえて、それぎり鎮まった。

夜があけてから、智通が表へ出てみると、かれがゆうべ倒れたらしい所に一片の木の皮が落ちていた。寺のうしろは山であるので、彼はその山へ登ってゆくと、数里（六丁一里）の奥に大きな青桐の木があった。梢《こずえ》はすでに枯れかかって、その根のくぼみに新しく欠けたらしい所があるので、試みにかの木の皮をあててみると、あたかも貼り付けたように合った。又その根の半分枯れたところに洞《うつろ》があって、深さ六、七寸、それが怪物の口であろう。ゆうべの灰と火がまだ消えもせずに残っていた。

智通はその木を焚《や》いてしまった。

一つの杏

長白山《ちょうはくざん》の西に夫人の墓というのがある。なんびとの墓であるか判《わか》らない。魏《ぎ》の孝昭帝《こうしょうてい》のときに、令して汎《ひろ》く天下の才俊を徴《め》すということになった。清河の崔《さい》羅什《らじゅう》という青年はまだ弱冠《じゃっかん》ながらもかねて才名があったので、これも徴されてゆく途中、日が暮れてこの墓のほとりを過ぎると、たちまちに朱門粉壁《しゅもんふんぺき》の楼台が眼のまえに現われた。一人の侍女らしい女が出て来て、お嬢さまがあなたにお目にかかりたいと言う。崔は馬を下りて付いてゆくと、二重の門を通りぬけたところに、また一人の女が控えていて、彼を案内した。

「何分にも旅姿をしているので、この上に奥深く通るのは余りに失礼でございます」と、崔は一応辞退した。

「お嬢さまは侍中《じちゅう》の呉質《ごしつ》というかたの娘御《むすめご》で、平陵《へいりょう》の劉府君《りゅうふくん》の奥様ですが、府君はさきにおなくなりになったので、唯今さびしく暮らしておいでになります。決して御遠慮のないように」と、女はしいて崔を誘い入れた。

誘われて通ると、あるじの女は部屋の戸口に立って迎えた。更にふたりの侍女が燭《しょく》をとっていた。崔はもちろん歓待されて、かの女と膝をまじえて語ると、女はすこぶる才藻《さいそう》に富んでいて、風雅の談の尽くるを知らずという有様である。こんな所にこんな人が住んでいる筈はない、おそらく唯の人間ではあるまいと、崔は内心疑いながらも、その話がおもしろいのに心を惹《ひ》かされて、さらに漢魏時代の歴史談に移ると、女の言うことは一々史実に符合しているので、崔はいよいよ驚かされた。

「あなたの御主人が劉氏と仰しゃることは先刻うかがいましたが、失礼ながらお名前はなんと申されました」と、崔は訊いた。

「わたくしの夫は、劉孔才《こうさい》の次男で、名は瑶《よう》、字《あざな》は仲璋《ちゅうしょう》と申しました」と、女は答えた。「さきごろ罪があって遠方へ流されまして、それぎり戻って参りません」

それから又しばらく話した後に、崔は暇《いとま》を告げて出ると、あるじの女は慇懃《いんぎん》に送って来た。

「これから十年の後にまたお目にかかります」

崔は形見として、玳瑁《たいまい》のかんざしを女に贈った。女は玉の指輪を男に贈った。門を出て、ふたたび馬にのってゆくこと数十歩、見かえればかの楼台は跡なく消えて、そこには大きい塚が横たわっているのであった。こんなことになるかも知れないと、うすうす予期していたのではあるが、崔は今さら心持がよくないので、後に僧をたのんで供養をして貰って、かの指輪を布施物《ふせもつ》にささげた。

その後に変ったこともなく、崔は郡の役人として評判がよかった。天統《てんとう》の末年に、彼は官命によって、河の堤を築くことになったが、その工事中、幕下《ばっか》のものに昔話をして、彼は涙をながした。

「ことしは約束の十年目に相当する。どうしたらよかろうか」

聴く者も答うるところを知らなかった。工事がとどこおりなく終って、ある日、崔は自分の園中で杏《あんず》の実を食っている時、俄かに思い出したように言った。

「奥さん。もし私を嘘つきだと思わないならば、この杏を食わせないで下さい」

彼は一つの杏を食い尽くさないうちに、たちまち倒れて死んだ。

剣術

韋行規《いこうき》という人の話である。

韋が若いとき京西《きようせい》に遊んで、日の暮れる頃にある宿場に着いた。それから更にゆく手を急ごうとすると、駅舎の前にはひとりの老人が桶を作っていた。

「お客人、夜道の旅はおやめなさい。ここらには賊が多うございます」と、彼は韋にむかって注意した。

「賊などは恐れない」と、韋は言った。「わたしも弓矢を取っては覚えがある」

老人に別れを告げて、彼は馬上で夜道を急いでゆくと、もう夜が更《ふ》けたと思う頃に、草むらの奥から一人があらわれて、馬のあとを尾《つ》けて来るらしいので、韋は誰だと咎めても返事をしない。さてこそ曲者と、彼は馬上から矢をつがえて切って放すと、確かに手堪《てごた》えはありながら、相手は平気で迫って来るので、更に二の矢を射かけた。続いて三発、四発、いずれも手堪えはありながら、相手はちっとも怯《ひる》まない。そのうちに、矢種は残らず射尽くしてしまったので、彼も今更おそろしくなって、馬を早めて逃げ出すと、やがて又、激しい風が吹き起り、雷《らい》もすさまじく鳴りはためいて来たので、韋は馬を飛び降りて大樹の下に逃げ込んだ。

見れば、空中には電光が飛び違って、さながら鞠《まり》を撃つ杖のようである。それが次第に舞い下がって、大樹の上にひらめきかかると、何物かが木の葉のようにばらばらと降って来た。木の葉ではなく板の札《ふだ》である。それが忽ちに地に積もって、韋の膝を埋めるほどに高くなったので、彼はいよいよ驚き恐れた。

「どうぞ助けてください」

彼は弓矢をなげ捨てて、空にむかって拝すること数十回に及ぶと、電光はようやく遠ざかって、風も雷もまたやんだ。まずほっとして見まわすと、大樹の枝も幹も折れているばかりか、自分の馬も荷物もどこへか消え失せてしまったのである。

こうなると、もう進んでゆく勇気はないので、早々にもと来た道を引っ返したが、今度は徒《かち》あるきであるから捗《はか》どらず、元の宿まで帰り着いた頃には夜が明けて、かの老人は店さきで桶の箍《たが》をはめていた。まさに尋常の人ではないと見て、韋は丁寧に拝して昨夜の無礼を詫びると、老人は笑いながら言った。

「弓矢を恃《たの》むのはお止《よ》しなさい。弓矢は剣術にかないませんよ」

彼は韋を案内して、宿舎のうしろへ連れてゆくと、そこには荷物を乗せた馬が繋いであった。

「これはあなたの馬ですから、遠慮なしに牽《ひ》いておいでなさい。唯《ただ》ちっとばかりあなたを試して見たのです。いや、もう一つお目にかける物がある」

老人はさらに桶の板一枚を出してみせると、ゆうべの矢はことごとくその板の上に立っていた。

刺青

都の市中に住む悪少年どもは、かれらの習いとして大抵は髪を切っている。そうして、膚《はだ》には種々の刺青《ほりもの》をしている。諸軍隊の兵卒らもそれに加わって乱暴をはたらき、蛇《へび》をたずさえて酒家にあつまる者もあれば、羊脾《ようひ》をとって人を撃つ者もあるので、京兆《けいちょう》(京師の地方長官)をつとめる薛公《せっこう》が上《かみ》に申し立ててかれらを処分することとなり、里長《おさ》に命じて三千人の部下を忍ばせ、見あたり次第に片端から引っ捕えて、ことごとく市《いち》に於《お》いて杖殺《じょうさつ》させた。

そのなかに大寧坊《たいねいぼう》に住む張幹《ちょうかん》なる者は、左の腕に『生不怕京兆尹《いきてけいちょうのいんをおそれず》』右の腕に『死不怕閻羅王《ししてえんらおうをおそれず》』と彫《ほ》っていた。また、王力奴《おうりきど》なるものは、五千銭をついやして胸から腹へかけて一面に山水、邸宅、草木、鳥獣のたぐいを精細に彫らせていた。

かれらも無論に撃ち殺されたのである。その以来、市中で刺青をしている者どもは、みな争ってそれを焼き消してしまった。

また、元和の末年に李夷簡《りいかん》という人が蜀《しょく》の役人を勤めていたとき、蜀の町に住む趙《ちょう》高《こう》という男は喧嘩を商売のようにしている暴《あば》れ者で、それがために幾たびか獄屋に入れられたが、彼は背中一面に毘沙門天《びしゃもんてん》の像を彫っているので、獄吏もその尊像を憚《はばか》って杖をあてることが出来ない。それを幸いにして、彼はますますあばれ歩くのである。

「不埒至極の奴だ。毘沙門でもなんでも容赦するな」

李は彼を引っくくらせて役所の前にひき据え、新たに作った筋金《すじがね》入りの杖で、その背中を三十回余も続けうちに撃ち据えさせた。それでも彼は死なないで無事に赦し還された。

これでさすがに懲りるかと思いのほか、それから十日ほどの後、趙は肌ぬぎになって役所へ呶鳴り込んで来た。

「ごらんなさい。あなた方のおかげで毘沙門天の御尊像が傷だらけになってしまいました。その修繕をしますから、相当の御寄進《ごきしん》をねがいます」

李が素直にその寄進に応じたかどうかは、伝わっていない。

朱髪児

厳綬《げんじゅ》が治めていた太原《たいげん》市中の出来事である。

町の小児《しょうに》らが河に泳いでいると、或る物が中流をながれ下って来たので、かれらは争ってそれを拾い取ると、それは一つの瓦の瓶《かめ》で、厚い帛《きぬ》をもって幾重《いくえ》にも包んであった。岸へ持って来て打ち毀《こわ》すと、瓶のなかからは身のたけ一尺ばかりの赤児《あかご》が跳《おど》り出したので、小児らはおどろき怪しんで追いまわすと、たちまち足もとに一陣の旋風が吹き起って、かの赤児は地を距《さ》る数尺の空を踏みながら、再び水中へ飛び去ろうとした。岸に居あわせた船頭がそれを怪物とみて、棹《さお》をとって撃ち落すと、赤児はそのまま死んでしまったが、その髪は朱のように赤く、その眼は頭の上に付いていた。

人面瘡《じんめんそう》

数十年前のことである。江東《こうとう》の或る商人《あきんど》の左の二の腕に不思議の腫物《しゅもつ》が出来た。その腫物は人の面《かお》の通りであるが、別になんの苦痛もなかった。ある時たわむれに、その腫物の口中へ酒をそそぎ入れると、残らずそれを吸い込んで、腫物の面《かお》は、酔ったように赤くなった。食い物をあたえると、大抵の物はみな食った。あまりに食い過ぎたときには、二の腕の肉が腹のようにふくれた。なんにも食わせない時には、その臂《ひじ》がしびれて働かなかった。

「試みにあらゆる薬や金石草木のたぐいを食わせてみろ」と、ある名医が彼に教えた。

商人はその教えの通りに、あらゆる物を与えると、唯ひとつ貝母《ばいぼ》という草に出逢ったときに、かの腫物は眉をよせ、口を閉じて、それを食おうとしなかった。

「占めた。これが適薬だ」

彼は小さい葦《よし》の管《くだ》で、腫物の口をこじ明けて、その管から貝母の搾《しぼ》り汁をそそぎ込むと、数日の後に腫物は痂《か》せて癒った。

油売

都の宣平坊《せんぺいぼう》になにがしという官人が住んでいた。彼が夜帰って来て横町へはいると、油を売る者に出逢った。

その油売りは大きい帽をかぶって、驢馬《ろば》に油桶をのせていたが、官人のゆく先に立ったままで路を避けようともしないので、さき立ちの従者がその頭を一つ引っぱたくと、頭はたちまちころりと落ちた。そうして、路ばたにある大邸宅の門内にはいってしまった。

官人は不思議に思って、すぐにその跡を付けてゆくと、かれのすがたは門内の大きい槐《えんじゅ》の下に消えた。いよいよ怪しんで、その邸の人びとにも知らせた上で、試みにかの槐の下を五、六尺ほど掘ってみると、その根はもう枯れていて、その下に畳一枚ほどの大きい蝦蟆《がま》がうずくまっているのを発見した。蝦蟆は銅で作られた太い筆筒《ふでづつ》二本をかかえ、その筒のなかには樹の汁がいっぱいに流れ込んでいた。又そのそばには大きい白い菌《きのこ》が泡を噴いていて、菌の笠は落ちているのであった。

これで奇怪なる油売りの正体は判った。菌は人である。蝦蟆は驢馬である。筆筒は油桶である。この油売りはひと月ほども前から城下の里へ売りに来ていたもので、それを買う人びとも品がよくて価《あたい》の廉《やす》いのを内々不思議に思っていたのであるが、さてその正体があらわれると、その油を食用に供《きょう》した者はみな煩《わずら》い付いて、俄かに吐いたり瀉《くだ》したりした。

九尾狐

むかしの説に、野狐《のぎつね》の名は紫狐《しこ》といい、夜陰《やいん》に尾を撃《う》つと、火を発する。怪しい事をしようとする前には、かならず髑髏《どくろ》をかしらに戴いて北斗星を拝し、その髑髏が墜《お》ちなければ、化けて人となると言い伝えられている。

劉元鼎《りゅうげんてい》が蔡州《さいしゅう》を治めているとき、新破《しんぱ》の倉場《そうじょう》に狐があばれて困るので、劉は捕吏《ほり》をつかわして狐を生け捕らせ、毎日それを毬場《まりば》へ放して、犬に逐《お》わせるのを楽しみとしていた。こうして年を経るうちに、百数頭を捕殺した。

後に一頭の疥《かさ》のある狐を捕えて、例のごとく五、六頭の犬を放したが、犬はあえて追い迫らない。狐も平気で逃げようともしない。不思議に思って大将の家の猟狗《かりいぬ》を連れて来た。監軍《かんぐん》もまた自慢の巨犬を牽《ひ》いて来たが、どの犬も耳を垂れて唯その狐を取り巻いているばかりである。暫くすると、狐は跳《おど》って役所の建物に入り、さらに脱け出して城の墻《かき》に登って、その姿は見えなくなった。

劉はその以来、狐を捕らせない事にした。道士の術のうちに天狐の法というのがある。天狐は九尾で金色で、日月宮に使役《しえき》されているのであるという。

妬婦津

伝えて言う、晋の大始《たいし》年中、劉伯玉《りゅうはくぎょく》の妻段氏《だんし》は字《あざな》を光明《こうめい》といい、すこぶる嫉妬ぶかい婦人であった。

伯玉は常に洛神《らくしん》の賦《ふ》を愛誦して、妻に語った。

「妻を娶《めと》るならば、洛神のような女が欲しいものだ」

「あなたは水神を好んで、わたしをお嫌いなさるが、わたしとても神になれないことはありません」

妻は河に投身して死んだ。それから七日目の夜に、彼女は夫の夢にあらわれた。

「あなたは神がお好きだから、わたしも神になりました」

伯玉は眼が醒めて覚《さと》った。妻は自分を河へ連れ込もうとするのである。彼は注意して、その一生を終るまで水を渡らなかった。

以来その河を妬婦津《とふしん》といい、ここを渡る女はみな衣裳をつくろわず、化粧を剝《は》がして渡るのである。美服美粧して渡るときは、たちまちに風波が起った。ただし醜《みにく》い女は粧飾して渡っても、神が妬《ねた》まないと見えて無事であった。そこで、この河を渡るとき、風波の難に逢わない者は醜婦であるということになるので、いかなる醜婦もわざと衣服や化粧を壊して渡るのもおかしい。

斉の人の諺《ことわざ》に、こんなことがある。

「よい嫁を貰おうと思ったら、妬婦津の渡し場に立っていろ。渡る女のよいか醜いかは自然にわかる」

悪少年

元和《げんな》の初年である。都の東市に李和子《りわし》という悪少年があって、その父を努眼《どがん》といった。和子は残忍の性質で、常に狗《いぬ》や猫を掻っさらって食い、市中の害をなす事が多かった。彼が鷹《たか》を臂《ひじ》に据えて往来に立っていると、紫の服を着た男二人が声をかけた。

「あなたは李努眼の息子さんで、和子という人ではありませんか」

和子がそうだと答えて会釈《えしゃく》すると、二人はまた言った。

「少し子細《しさい》がありますから、人通りのない所で話しましょう」

五、六歩さきの物蔭へ連れ込んで、われわれは冥府の使いであるから一緒に来てくれと言ったが、和子はそれを信じなかった。

「おまえ達は人間ではないか。なんでおれを欺《だま》すのだ」

「いや、われわれは鬼《き》である」

ひとりがふところを探って一枚の諜状を取り出した。印《いん》の痕もまだあざやかで、李和子の姓名も分明にしるしてあった。彼に殺された犬猫四百六十頭の訴えに因って、その罪を論ずるというのである。

和子も俄かにおどろき懼《おそ》れて、臂の鷹をすてて拝礼し、その上にこう言った。

「わたくしも死を覚悟しました。しかしちっとのあいだ猶予して、わたくしに一杯飲ませてください」

あなた方にも飲ませるからと言って、無理に勧《すす》めてそこらの店屋へ案内したが、二人は鼻を掩《おお》うてはいらない。さらに杜《と》という相当の料理屋へ連れ込んだが、二人のすがたは他人に見えず、和子が独りで何か話しているので、気でも違ったのではないかと怪しまれた。彼は九碗の酒を注文して、自分が三碗を飲み、余の六碗を西の座に据えて、なんとか助けてもらう方便はあるまいかと頼んだ。

二人は顔をみあわせた。

「われわれも一酔の恩を受けたのであるから、なんとか取り計らうことにしましょう。では、ちょっと行って来るから待っていて下さい」

出て行ったかと思うと、二人は又すぐに帰って来た。

「君が四十万の銭《ぜに》をわきまえるならば、三年の命を仮《か》すことにしましょう」

和子は承諾して、あしたの午《うま》の刻までにその銭を調えることに約束した。二人は酒の代を払った上に、その酒を和子に返した。で、彼は試みに飲んでみると、その味は水のごとくで、歯に沁《し》みるほどに冷たくなっていた。和子は急いで我が家へ帰って、衣類諸道具を売り払って四十万の紙銭《しせん》を買った。

約束の時刻に酒を供えて、かの紙銭を焚《や》くと、きのうの二人があらわれてその銭を持って行くのを見た。それから三日の後に、和子は死んだ。

鬼界の三年は、人間の三日であった。

唐櫃の熊

唐の寧王《ねいおう》が鄠《ちょ》県の界《さかい》へ猟《かり》に出て、林のなかで獲物《えもの》をさがしていると、草の奥に一つの櫃《ひつ》を発見した。蓋《ふた》の錠が厳重に卸《おろ》してあるのを、家来に命じてこじ明けさせると、櫃の内から一人の少女が出た。その子細をたずねると、彼女は答えた。

「わたくしは姓を莫《ばく》と申しまして、父はむかし仕官の身でござりました。昨夜劫盗《ごうとう》に逢いましたが、そのうちの二人は僧で、わたくしを拐引《かどわか》してここへ運んで参ったのでござります」

愁《うれ》いを含んで訴える姿は、又なく美しく見えたので、王は悦《よろこ》んで自分の馬へ一緒に乗せて帰った。そのときあたかも一頭の熊を獲たので、少女の身代りにその熊を櫃に入れて、もとの如くに錠をおろして置いた。

その頃、帝は美女を求めていたので、王はかの少女を献上し、且つその子細を申し立てると、帝はそれを宮中に納《い》れて才人《さいじん》の列に加えた。それから三日の後に、京兆の役人が奏上した。

鄠県の食店へ二人の僧が来て、一昼夜万銭で部屋を借り切りにした。何か法事をおこなうのだといっていたが、ただ一つの櫃を舁《か》き込んだだけであった。その夜ふけに、ばたばたいう音がきこえて、翌あさの日の出る頃まで戸を明けないので、店の主人が怪しんで、戸をあけて窺うと、内から一頭の熊が飛び出して、人を突き倒して走り去った。二人の僧は熊に啖《く》われたと見えて、骸骨をあらわして死んでいた。

帝はその奏聞《そうもん》を得て大いに笑った。すぐに寧王のもとへその事を知らせてやって、君はかの悪僧らをうまく処置してくれたと褒めた。少女は新しい唄を歌うのが上手で、莫《ばく》才人囀《さいじんてん》と言いはやされた。

徐敬業

唐の徐敬業《じょけいぎょう》は十余歳にして弾射を好んだ。小弓をもって弾丸を射るのである。父の英公《えいこう》は常に言った。

「この児の人相は善くない。後には我が一族を亡ぼすものである」

敬業は射術ばかりでなく、馬を走らせても消え行くように早く、旧い騎手《のりて》も及ばない程であった。英公は猟《かり》を好んだので、あるとき敬業を同道して、森のなかへはいって獣《けもの》を逐い出させた。彼のすがたが森の奥に隠れた時に、英公は風上《かざかみ》から火をかけた。父は我が子の将来をあやぶんで焼き殺そうとしたのである。

敬業は火につつまれて、逃るるところのないのを覚るや、乗馬の腹を割いてその中に伏していた。火が過ぎて、定めて焼け死んだと思いのほか、彼は馬の血を浴びて立ち上がったので、父の英公もおどろいた。

敬業は後に兵を挙げて、則天武后《そくてんぶこう》を討とうとして敗れた。

死婦の舞

鄭賓于《ていひんう》の話である。彼が曾《かつ》て河北に客《かく》となっているとき、村名主《むらなぬし》の妻が死んでまだ葬らないのがあった。日が暮れると、その家の娘子供は、どこかで音楽の声がきこえるように思ったが、その声は次第に近づいて庭さきへ来た。妻の死骸は動き出した。

音楽の声は室内へはいって、梁《はり》か棟《むなぎ》のあいだに在るかと思うと、死骸は起《た》って舞いはじめた。声はさらに表の方へ出ると、それに導かれたように死骸もあるき出して、ついに門外へ立ち去った。家内一同はおどろき懼《おそ》れたが、月の暗い夜であるので、追うことも出来なかった。

夜ふけに名主は外から帰って来て、その話を聞くと、彼はふとい桑の枝を折り取った。

それから酒をしたたかに飲んで、大きい声で罵りわめきながら、墓場の森の方角へたずねてゆくと、およそ五、六里（六丁《ちょう》一里）の後、柏の樹の森の上で又もやかの音楽の声がきこえた。

近寄ってみると、樹の下に明るい火が燃えて、そこに妻の死骸が舞っているのである。彼は桑の杖を振りあげて死骸を撃った。

死骸が倒れると、怪しい楽《がく》の声もやんだ。彼は死骸を背負って帰った。

宣《せん》室《しつ》志《し》

第四の男は語る。

「わたくしは『宣室志』のお話をいたします。この作者は唐《とう》の張読《ちょうどく》であります。張は字《あざな》を聖朋《せいほう》といい、年十九にして進士《しんし》に登第《とうだい》したという俊才で、官は尚書左丞《しょうしょさじょう》にまで登りました。祖父の張薦《ちょうせん》も有名の人物で、張薦はかの『遊仙窟《ゆうせんくつ》』や『朝野僉載《ちょうやせんさい》』を書いた張文成《ぶんせい》の孫にあたるように聞いて居ります。

この書も早く渡来しましたので、わが国の小説や伝説に少なからざる影響をあたえているようでございます」

七聖画

唐の長安《ちょうあん》の雲花寺《うんげじ》に聖画殿があって、世にそれを七聖画と呼んでいる。この殿堂が初めて落成したときに、寺の僧が画工をまねいて、それに彩色画《さいしきが》を描かせようとしたが、画料が高いので相談がまとまらなかった。それから五、六日の後、ふたりの少年がたずねて来た。

「われわれは画を善く描く者です。このお寺で画工を求めているということを聞いて参りました。画料は頂戴するに及びませんから、われわれに描かせて下さいませんか」

「それではお前さん達の描いた物を見せてください」と、僧は言った。

「われわれの兄弟は七人ありますが、まだ長安では一度も描いたことがありませんから、どこの画を見てくれというわけには行きません」

そうなると、やや不安心にもなるので、僧は少しく躊躇《ちゅうちょ》していると、少年はまた言った。

「しかし、われわれは画料を一文も頂戴しないのですから、もしお気に入らなかったならば、壁を塗り換えるだけのことで、さしたる御損もありますまい」

なにしろ無料《ただ》というのに心を惹《ひ》かされて、僧は結局かれらに描かせることにすると、それから一日の後、兄弟と称する七人の少年が画の道具をたずさえて来た。

「これから七日のあいだ、決してこの殿堂の戸をあけて下さるな。食い物などの御心配に及びません。画《え》の具の乾かないうちに風や日にさらすことは禁物ですから、誰も覗《のぞ》きに来てはいけません」

こう言って、かれらは殿堂のなかに閉じ籠ったが、それから六日のあいだ、堂内はひっそりしてなんの物音もきこえないので、寺の僧等も不審をいだいた。

「あの七人はほんとうに画を描いているのかしら」

「なんだかおかしいな。なにかの化け物がおれ達をだまして、とうに消えてしまったのではないかな」

評議まちまちの結果、ついにその殿堂の戸をあけて見ることになった。幾人の僧が忍び寄って、そっと戸をあけると、果たして堂内に人の影はみえなかった。七羽の鴿《はと》が窓から飛び去って、空中へ高く舞いあがった。

さてこそと堂内へはいって調べると、壁画は色彩うるわしく描かれてあったが、約束の期日よりも一日早かったために、西北の窓ぎわだけがまだ描き上げられずに残っていた。その後に幾人の画工がそれを見せられて、みな驚嘆した。

「これは実に霊妙の筆である」

誰も進んで描き足そうという者がないので、堂の西北の隅だけは、いつまでも白いままで残されている。

法喜寺の龍

政陽《せいよう》郡の東南に法喜寺《ほうきじ》という寺があって、まさに渭水《いすい》の西に当っていた。唐の元和《げんな》の末年に、その寺の僧がしばしば同じ夢をみた。一つの白い龍《りゅう》が渭水から出て来て、仏殿の軒にとどまって、それから更に東をさして行くのである。不思議な事には、その夢をみた翌日にはかならず雨が降るので、僧も怪しんでそれを諸人に語ると、清浄の仏寺に龍が宿るというのは、さもありそうなことである。そのしるしとして、仏殿の軒に土細工の龍を置いたらどうだという者があった。

僧も同意して、職人に命じて土の龍を作らせることになった。惜しむらくはその職人の名が伝わっていないが、彼は決して凡手ではなかったと見えて、その細工は甚だ巧妙に出来あがって、寺の西の軒に高く置かれたのを遠方から瞰《み》あげると、さながらまことの龍のわだかまっているようにも眺められた。

長慶《ちょうけい》の初年に、その寺中に住む人で毎夜門外の宿舎に眠るものがあった。彼はある夜、寺の西の軒から一つの物が雲に乗るように飄《ひょうひょう》々と飛び去って、渭水の方角へむかったかと思うと、その夜半に再び帰って来たのを見たので、翌日それを寺僧に語ると、僧もすこぶる不思議に思っていた。

それからまた五、六日の後、村民の斎《とき》に呼ばれて、寺中の僧は朝からみな出てゆくと、その留守の間にかの土龍の姿が見えなくなったので、人びとはまた驚かされた。

「たとい土で作った物でも、龍の形をなす以上、それが霊ある物に変じたのであろう」

こう言っていると、その晩に渭水の上から黒雲が湧き起って、次第にこの寺をつつむように迫って来たかと見るうちに、その雲のあいだから一つの物が躍り出て、西の軒端へ流れるように入り込んだので、寺の僧らはまた驚き怖れた。やがて雲も収まり、空も明るくなったので、かの軒の下にあつまって瞰あげると、土龍は元の通りに帰っていたが、その鱗《うろこ》も角《つの》もみな一面に湿《ぬ》れているのを発見した。

その以来、龍の再び抜け出さないように、鉄の鎖《くさり》をもって繋いで置くことにした。旱魃《かんばつ》のときに雨を祈れば、かならず奇特《きどく》があると伝えられている。

阿弥陀仏

宣城郡《せんじょう》、当塗《とうと》の民に劉成《りゅうせい》、李暉《りき》の二人があった。かれらは大きい船に魚や蟹《かに》のたぐいを積んで、呉《ご》や越《えつ》の地方へ売りに出ていた。

唐の天宝《てんぽう》十三年、春三月、かれらは新安《しんあん》から江を渡って丹陽《たんよう》郡にむかい、下査浦《かさほ》というところに着いた。故郷の宣城を去る四十里（六丁一里）の浦である。日もすでに暮れたので、二人は船を岸につないで上陸した。

そこで、李は岸の人家へたずねて行き、劉は岸のほとりにとどまっていると、夜は静かで水の音もひびかない。その時、たちまち船のなかで怪しい声がきこえた。

「阿弥陀仏、阿弥陀仏」

おどろいて透かして視ると、一尾の大きい魚が船のなかから鬚《ひげ》をふり、首をうごかして、あたかも人の声をなして阿弥陀仏を叫ぶのであった。劉はぞっとして、蘆《あし》のあいだに身をひそめ、なおも様子をうかがっていると、やがて船いっぱいの魚が一度に跳ねまわって、みな口々に阿弥陀仏を唱え始めたので、劉はもう堪《た》まらなくなって、あわてて船へ飛び込んで、船底にあるだけの魚を手あたり次第に水のなかへ投げ込んだ。

全部の魚を放してしまったところへ、李が戻って来た。彼は劉の話をきいて大いに怒った。

「ばかばかしい。おれたちは今夜初めてこの商売をするのじゃあねえ。魚なんぞが化けて堪まるものか」

劉がいかに説明して聞かせても、李は決して信じなかった。商売物の魚をみんな捨ててしまってどうするのだと、彼は激しく劉に食ってかかるので、劉もその言い訳に困って、とうとう李の損失だけを自分がつぐなうことにした。そうなると、剰《あま》すところは僅《わず》かに百銭に過ぎないので、劉はその村で荻《おぎ》十余束を買い込み、あしたの朝になったらば船に積むつもりで、その晩は岸のほとりに横たえて置いた。

さて翌朝になって、いよいよそれを積み込もうとすると、荻の束《たば》がひどく重い。怪しんでその束を解いてみると、緡《さし》になっている銭《ぜに》一万五千を発見した。それには「汝に魚の銭を帰《き》す」と書いてあった。劉はますます奇異の感を深うして、瓜洲《かしゅう》に僧侶をあつめて読経をしてもらった上に、かの銭はみな施して帰った。

柳将軍の怪

東洛《とうらく》に古屋敷があって、その建物はすこぶる宏壮であるが、そこに居る者は多く暴死《ぼうし》するので、久しく鎖《とざ》されたままで住む者もなかった。

唐の貞元《ていげん》年中に盧虔《ろけん》という人が御史《ぎょし》に任ぜられて、宿所を求めた末にかの古屋敷を見つけた。そこには怪異があるといって注意した者もあったが、盧は肯《き》かなかった。

「妖怪があらわれたらば、おれが鎮めてやる」

平気でそこに移り住んで、奴僕《しもべ》どもはみな門外に眠らせ、自分は一人の下役人と共に座敷のまん中に陣取っていた。下役人は勇悍《ゆうかん》にして弓を善《よ》くする者であった。

やがて夜が更けて来たので、下役人は弓矢をたずさえて軒下に出ていると、やがて門を叩く者があった。下役人は何者だとたずねると、外では答えた。

「柳《りゅう》将軍から盧君に書面をお届け申す」

言うかと思うと、一幅《いっぷく》の書がどこからとも知れずに軒下へ舞い落ちた。それは筆をもって書いたもので、字画《じかく》も整然と読まれた。その文書の大意は――我はここに年《とし》久しく住んでいて、家屋門戸《もんこ》みな我が物である。そこへ君が突然に入り込んで済むと思うか。もし君の住宅へ我々が突然に踏み込んだら、君もおそらく捨てては置くまい。左様な不法を働いて、君はたとい我を懼《おそ》れずと誇るとも、省《かえり》みて君のこころに恥じないであろうか。君はみずから悔い改めて早々に立ち去るべきである。小勇を恃《たの》んで大敗の辱《はじ》を蒙《こうむ》るなかれ。――

このいかめしい抗議文をうけ取って、盧はまだ何とも答えないうちに、その紙は灰のごとくにひらひらと散ってしまった。つづいて又、物々しく呼ぶ声がきこえた。

「柳将軍、御意《ぎょい》を得《え》申す」

忽然《こつぜん》として現われ出でたのは、身のたけ数十尋《ひろ》(一尋は六尺)もあろうかと思われる怪物で、手に一つの瓢《ふくべ》をたずさえて庭先に突っ立った。下役人は弓を張って射かけると、矢は彼の手にある瓢にあたったので、怪物はいったん退いてその瓢を捨てたが、更にまた進んで来て、首《こうべ》を俯《ふ》してこちらの様子を窺っているらしいので、下役人は更に二の矢を射かけると、今度はその胸に命中したので、さすがの怪物も驚いたらしく、遂にうしろを見せておめおめと立ち去った。

夜が明けてから彼の来たらしい方角をたずねると、東の空き地に高さ百余尺の柳の大《たい》樹《じゅ》があって、ひと筋の矢がその幹に立っていたので、いわゆる柳将軍の正体はこれであることが判った。それから一年あまりの後に家屋の手入れをすると、家《や》根《ね》瓦の下から長さ一丈ほどの瓢を発見した。その瓢にもひと筋の矢が透っていた。

黄衣婦人

唐の柳宗元《りゅうそうげん》先生が永州《えいしゅう》の司馬《しば》に左遷される途中、荊門《けいもん》を通過して駅舎に宿ると、その夜の夢に黄衣の一婦人があらわれた。彼女は再拝して泣いて訴えた。

「わたくしは楚水《そすい》の者でございますが、思わぬ禍いに逢いまして、命も朝夕《ちょうせき》に迫って居ります。あなたでなければお救い下さることは叶いません。もしお救い下されば、長く御恩を感謝するばかりでなく、あなたの御運をひるがえして、大臣にでも大将にでも御出世の出来るように致します」

先生も無論に承知したが、夢が醒めてから、さてその心あたりがないので、ついそのままにしてまた眠ると、かの婦人は再びその枕元にあらわれて、おなじことを繰り返して頼んで去った。

夜が明けかかると、土地の役人が来て、荊州の帥《そつ》があなたを御招待して朝飯をさしあげたいと言った。先生はそれにも承知の旨を答えたが、まだ東の空が白みかけたばかりであるので、又もやうとうとと眠っていると、かの婦人が三たび現われた。その顔色は惨として、いかにも危難がその身に迫っているらしく見えた。

「わたくしの命はいよいよ危うくなりました。もう半ときの猶予もなりません。どうぞ早くお救いください。お願いでございます」

一夜のうちに三度もおなじ夢を見たので、先生も考えさせられた。あるいは何か役人らのうちに不幸の者でもあるのかと思った。あるいは今朝の饗応について、何かの鳥か魚が殺されるのではないかとも思った。いずれにしても、行ってみたら判るかも知れないと思ったので、すぐに支度をして饗宴の席に臨んだ。そうして、主人にむかってかの夢の話をすると、彼も不思議そうに首をかたむけながら、ともかくも下役人を呼んで取調べると、役人は答えた。

「実は一日前に、大きい黄魚《こうぎょ》(石首魚《いしもち》)が漁師の網にかかりましたので、それを料理してお客さまに差し上げようと存じましたが……」

「その魚はまだ活かしてあるか」と、先生は訊いた。

「いえ、たった今その首を斬りました」

先生は思わずあっと言った。今更どうにもならないが、せめてもの心ゆかしに、その魚の死骸を河へ投げ捨てさせて出発した。

その夜の夢に、かの黄衣の婦人が又もや先生の前にあらわれたが、彼女には首がなかった。それがためか、先生は大臣にも大将にもなれず、ついに柳州の刺史《しし》をもって終った。

玄陰池

太原《たいげん》の商人に石憲《せきけん》という者があった。唐の長慶《ちょうけい》二年の夏、北方へあきないに行って、雁門関《がんもんかん》を出た。時は夏の日盛りで、旅行はすこぶる難儀であるので、彼は路ばたの大樹の下に寝ころんでいるうちに、いつかうとうとと眠ってしまった。

たちまちにそこへ一人の僧があらわれた。かれは褐色《かっしょく》の法衣《ころも》を着て、その顔も風体《ふうてい》もなんだか異様にみえたが、石《せき》にむかって親しげに話しかけた。

「われわれは五台山の南に盧《いおり》を構えていた者でござるが、そのあたりは森も深く、水も深く、塵俗《じんぞく》を遠く離れたところでござれば、あなたも一緒にお出でなさらぬか。さもないと、あなたは暑さにあたって死にましょうぞ」

実際暑さに苦しんでいるので、石はその言うがままに誘われてゆくと、西のかた五、六里のところに果たして密林があって、大勢の僧が水のなかを泳ぎまわっていた。

「これは玄陰池《げんいんち》といい、わが徒はここに水浴して暑気を凌ぐのでござる」

僧はこう説明して、彼を案内した。石はそのあとに付いて池のまわりをめぐっているうちに、ふと気の付いたのは大勢の僧の顔がみな一様で、どの人の眼鼻も少しも異《ことな》っていないことであった。やがて日が暮れかかると、僧はまた言った。

「お聴きなされ、衆僧がこれから梵音《ぼんおん》を唱え始めます」

石は池のほとりに立って耳をかたむけていると、たちまちに水中の僧らが一斉に声をそろえて、なにか判《わか》らない梵音を唱え出した。その声が甚だ騒々しいと思っていると、一人の僧が水中から手を出して彼を引いた。

「あなたも試しにはいって御覧《ごらん》なされ。決して怖いことはござらぬ」

引かるるままに彼は池にはいっていると、その水の冷たいこと氷のごとく、思わずぞっと身ぶるいすると共に、半日の夢は醒めた。彼はやはり元の大樹の下に眠っていたのである。しかしその衣服はびしょ濕《ぬ》れになっていて、からだには悪寒《さむけ》がするので、彼は早々にそこを立ち去って、近所の村びとの家に一夜を明かした。

翌日は気分も快《よ》くなったので、きのうの通りにあるき出すと、路ばたに蛙《かわず》の鳴く声がそうぞうしくきこえた。それがかの僧らのいわゆる梵音に甚だ似ているので、彼は俄かに思い当ることがあった。夢のうちの記憶をたどりながら、五、六里ほども西の方角へたずねて行くと、そこには深い森もあり、大きい池もあった。池のなかにはたくさんの蛙が浮かんでいた。

「坊主の正体はこれであったか」

彼はその蛙を片端から殺し尽くした。

鼠の群れ

洛陽《らくよう》に李氏《りし》の家があった。代々の家訓で、生き物を殺さないことになっているので、大きい家に一匹の猫をも飼わなかった。鼠を殺すのを忌《い》むが故である。

唐の宝応《ほうおう》年中、李の家で親友を大勢よびあつめて、広間で飯を食うことになった。一同が着席したときに、門外に不思議のことが起ったと、奉公人らが知らせて来た。

「何百匹という鼠の群れが門の外にあつまって、なにか嬉しそうに前足をあげて叩いて居ります」

「それは不思議だ。見て来よう」

主人も客も珍しがってどやどやと座敷を出て行った。その人びとが残らず出尽くしたときに、古い家が突然に頽《くず》れ落ちた。かれらは鼠に救われたのである。家が頽れると共に、鼠はみな散りぢりに立ち去った。

陳巌の妻

舞陽《ぶよう》の人、陳巌《ちんがん》という者が東呉《とうご》に寓居《ぐうきょ》していた。唐の景龍《けいりゅう》の末年に、かれは孝廉《こうれん》にあげられて都へゆく途中、渭南《いなん》の道で一人の女に逢った。かれは白衣《はくい》をつけた美女で、袂《たもと》をもって口を被《おお》いながら泣き叫んでいるのである。

見すごしかねてその子細をきくと、女は泣きながら答えた。

「わたくしは楚《そ》の人で、侯《こう》という姓の者でございます。父はこころざしの高い人物として、湘楚《しょうそ》のあいだに知られて居りましたが、山林に隠れて富貴栄達《ふっきえいたつ》を望みませんでした。しかし沛国《はいこく》の劉《りゅう》という人とは親しい友達でありまして、その関係からわたくしはその劉家へ縁付《えんづ》くことになりました。それから丁度十年になりまして、自分としてはなんの過失《あやまち》もないつもりで居りますのに、夫は昨年から更に盧《ろ》氏の娘を娶《めと》りましたので、家内に風波が絶えません。又その女が気の強い乱暴な生まれ付きで、わたくしのような者にはしょせん同棲はできません。そんなわけで、逃げ出したような、逐い出されたような形で、劉家を立ち退いたのでございますが、どこへ行くという目的《めあて》もないので、こうして路頭《ろとう》に迷っているのでございます」

陳は律義《りちぎ》一方の人物であるので、初対面の女の訴えることをすべて信用してしまった。なにしろ行く先がなくては困るであろうと、一緒に連れ立って行くうちに、いつか夫婦のような関係が結ばれて、都へのぼって後も永崇里《えいそうり》というところに同棲していた。然るにこの女、最初のあいだは大層つつましやかであったが、だんだんに乱暴の本性《ほんしょう》をあらわして、時には気ちがいのようになって我が夫に食ってかかることもあるので、飛んだ者と夫婦になったと、陳も今さら悔んでいた。

ある日、陳が外出すると、その留守のあいだに妻は夫の衣類をことごとく庭先へ持ち出して、みなずたずたに引き裂いたばかりか、夕方になって陳が戻って来ると、彼女は門を閉じて入れないのである。陳も怒って、門を叩き破って踏み込むと、前に言ったような始末であるので、彼はいよいよ怒った。

「なんで夫の着物を破ってしまったのだ」

その返事の代りに、妻は夫にむしり付いた。そうして、今度はその着ている物をむやみに引き裂くばかりか、顔を引っ掻く、手に食いつくという大乱暴に、陳もほとほと持て余していると、その騒動を聞きつけて、近所の人や往来の者がみな門口《かどぐち》にあつまって来た。そのなかに郝居士《かくこじ》という人があった。かれは邪を攘《はら》い、魔を降《くだ》すの術をよく知っていた。

居士は表から女の泣き声を聞いて、あたりの人にささやいた。

「あれは人間ではない。山に棲む獣《けもの》に相違ない」

それを陳に教えた者があったので、陳は早速に居士を招じ入れると、妻はその姿をみて俄かに懼れた。居士は一紙の墨符《ぼくふ》を書いて、空《くう》にむかってなげうつと、妻はひと声高く叫んで、屋根瓦《がわら》の上に飛びあがった。居士はつづいて一紙の丹符《たんぷ》をかいて投げつけると、妻は屋根から転げ落ちて死んだ。それは一匹の猿であった。

その後、別に何の祟りもなかったが、陳はあまりの不思議に滑南をたずねて、果たしてそこに劉という家があるかと聞き合わせると、その家は郊外にあった。主人の劉は陳に向ってこんな話をした。

「わたしはかつて弋陽《よくよう》の尉《じょう》を勤めていたことがあります。その土地には猿が多いので、わたしの家にも一匹を飼っていました。それから十年ほど経《た》って、友達が一匹の黒い犬を持って来てくれたので、これも一緒に飼っておくと、なにぶんにも犬と猿とは仲が悪く、猿は犬に咬《か》まれて何処へか逃げて行ってしまいました」

李生の罪

唐の貞元年中に、李生《りせい》という者が河朔《かさく》のあいだに住んでいた。少しく力量がある上に、俠客肌の男であるので、常に軽薄少年らの仲間にはいって、人もなげにそこらを横行していた。しかも二十歳《はたち》を越える頃から、俄かにこころを改めて読書をはげみ、歌詩をも巧みに作るようになった。

それから追いおいに立身して、深州《しんしゅう》の録事参軍《ろくじさんぐん》となったが、風采も立派であり、談話も巧みであり、酒も飲み、鞠《まり》も蹴る。それで職務にかけては廉直《れんちょく》というのであるから申し分がない。州の太守も彼を認めて、将来は大いに登庸《とうよう》しようとも思っていた。

その頃、成徳《せいとく》軍の帥《そつ》に王武俊《おうぶしゅん》という大将があった。功を恃《たの》んで威勢を振うので、付近の郡守はみな彼を恐れていると、ある時その子の士真《ししん》をつかわして、付近の各州を巡検させることになって、この深州へも廻って来た。深州の太守も王を恐れている一人であるので、その子の士真に対しても出来るだけの敬意を表して歓待した。しかし迂闊《うかつ》な者を酒宴の席に侍らせて、酒の上から彼の感情を害すような事があってはならないという遠慮から、すべての者を遠ざけて、酒席の取持ちは太守一人が受持つことにした。それが士真の気にかなって、さすがに用意至れり尽くせりと喜んでいたが、昼から夜まで飲み続けているうちに、太守ひとりでは持ち切れなくなって来た。士真の方でも誰か変った相手が欲しくなった。

「今夜は格別のおもてなしに預かって、わたしも満足した。しかしあなたと二人ぎりでは余りに寂しい。誰か相客《あいきゃく》を呼んで下さらんか」

「何分にもこの通りの偏土《へんど》でござりまして……」と、太守は答えた。「お相手になるような者が居りません。しいて探しますれば、録事参軍の李と申すものが、何か少しはお話が出来るかとも存じますが……」

それを呼んでくれというので、李はすぐに召出された。そうして、酒の席へ出て来ると、士真の顔色は俄かに変った。李は行儀正しく坐に着くと、士真の機嫌はいよいよ悪くなった。太守も不思議に思って、ひそかに李の方をみかえると、彼も色蒼ざめて、杯を執《と》ることも出来ないほどに顫《ふる》えているのである。やがて士真は声を厲《はげ》しゅうして、自分の家来に指図した。

「あいつを縛って獄屋につなげ」

李は素直に引っ立てられて去ると、士真の顔色はまたやわらいで、今まで通りに機嫌よく笑いながら酒宴を終った。太守はそれで先ずほっとしたが、一体どういうわけであるのか、それがちっとも判らないので、獄中に人をつかわしてひそかに李にたずねさせた。

「お前の礼儀正しいのは、わたしもふだんから知っている。殊に今夜はなんの落度もなかったように思われる。それがどうして王君の怒りに触れたのか判らない。お前に何か思い当ることがあるか」

　李はしばらく啜《すす》り泣きをしていたが、やがて涙を呑んで答えた。

「因果《いんが》応報という仏氏の教えを今という今、あきらかに覚りました。わたくしの若いときは放蕩無頼《ほうとうぶらい》の上に貧乏でもありましたので、近所の人びとの財物を奪い取った事もしばしばあります。馬に乗り、弓矢をたずさえ、大道《だいどう》を往来して旅びとをおびやかしたこともあります。そのうちに或る日のこと、一人の少年が二つの大きい嚢《ふくろ》を馬に載せて来るのに逢いました。あたかも日が暮れかかって、左右は断崖絶壁のところであるので、わたくしはかの少年を崖から突き落して、馬も嚢も奪い取りました。家へ帰って調べると、嚢のなかには綾絹《あやぎぬ》が百余反《たん》もはいっていましたので、わたくしは思わぬ金儲けをいたしました。それを機会に悪行《あくぎょう》をやめ、門を閉じて読書に努めたお蔭で、まず今日《こんにち》の身の上になりましたが、数えてみるとそれはもう二十七年の昔になります。昨夜お召しに因って王君の前に出ますと、その顔容《かおかたち》が二十七年前に殺したかの少年をその儘《まま》であるので、わたくしも実におどろきました。王君がむかしの罪を覚えていられるかどうかは知りませんが、わたくしとしては王君に殺されるのが当然のことで、自分も覚悟しています」

太守はその報告を聞いて驚嘆していると、士真は酒の酔いが醒めて、すぐに李の首を斬って来いと命令した。太守は命乞いをするすべもなくて、その言うがままに李の首を渡すと、彼はその首をみてこころよげに笑っていた。

「自分の部下にかような罪人をいだしましたのは、わたくしが重々の不行き届きでございますが、一体かれはどういうことで御機嫌を損じたのでございましょうか」と、太守はさぐるように訊いてみた。

「いや、別に罪はない」と、士真は言った。「ただその顔をみるとなんだか無暗《むやみ》に憎くなって、とうとう殺す気になったのだ。それがなぜであるかは自分にもよく判《わか》らない。もう済んでしまったことだから、その話は止そうではないか」

彼自身にもはっきりした説明が出来ないらしかった。太守はさらに士真の年を訊くと、彼はあたかも三十七歳であることが判ったので、李の懺悔の嘘ではないのがいよいよ確かめられた。

黒犬

唐の貞元年中、大理評事《だいりひょうじ》を勤めている韓《かん》という人があって、西河《せいか》郡の南に寓居していたが、家に一頭の馬を飼っていた。馬は甚だ強い駿足《しゅんそく》であった。

ある朝早く起きてみると、その馬は汗をながして、息を切って、よほどの遠路をかけ歩いて来たらしく思われるので、厩《うまや》の者は怪しんで主人に訴えると、韓は怒った。

「そんないい加減のことを言って、実は貴様がどこかを乗り廻したに相違あるまい。主人の大切の馬を疲らせてどうするのだ」

韓はその罰として厩の者を打った。いずれにしても、厩を守る者の責任であるので、彼はおとなしくその折檻《せっかん》を受けたが、明くる朝もその馬は同じように汗をながして喘《あえ》いでいるので、彼はますます不思議に思って、その夜は隠れてうかがっていると、夜がふけてから一匹の犬が忍んで来た。それは韓の家に飼っている黒犬であった。犬は厩にはいって、ひと声叫んで跳《おど》りあがるかと思うと、忽ちに一人の男に変った。衣服も冠もみな黒いのである。かれは馬にまたがって傲然《ごうぜん》と出て行ったが、門は閉じてある、垣は甚だ高い。かれは馬にひと鞭《むち》くれると、駿馬《しゅんめ》は跳《おど》って垣を飛び越えた。

こうしてどこへか出て行って、かれは暁け方になって戻って来た。厩にはいって、かれはふたたび叫んで跳りあがると、男の姿はまた元の犬にかえった。厩の者はいよいよ驚いたが、すぐには人には洩らさないで猶《なお》も様子をうかがっていると、その後のある夜にも黒犬は馬に乗って出て、やはり暁け方になって戻って来たので、厩の者はひそかに馬の足跡をたずねて行くと、あたかも雨あがりの泥がやわらかいので、その足跡ははっきりと判った。韓の家から十里ほどの南に古い墓があって、馬の跡はそこに止まっているので、彼はそこに茅《かや》の小家を急造して、そのなかに忍んでいることにした。

夜なかになると、黒衣の人が果たして馬に乗って来た。かれは馬をそこらの立ち木につないで、墓のなかにはいって行ったが、内には五、六人の相手が待ち受けているらしく、なにか面白そうに笑っている話し声が洩れた。そのうちに夜も明けかかると、黒い人は五、六人に送られて出て来た。褐色の衣服を着ている男がかれに訊いた。

「韓の家《いえ》の名簿はどこにあるのだ」

「家《うち》の砧石《きぬたいし》の下にしまってあるから、大丈夫だ」と、黒い人は答えた。

「いいか。気をつけてくれ。それを見付けられたら大変だぞ。韓の家の子供にはまだ名がないのか」

「まだ名を付けないのだ。名が決まれば、すぐに名簿に記入して置く」

「あしたの晩もまた来いよ」

「むむ」

こんな問答の末に、黒い人は再び馬に乗って立ち去った。それを見とどけて、厩の者は主人に密告したので、韓は肉をあたえるふうをよそおって、すぐにかの黒犬を縛りあげた。それから砧石の下をほり返すと、果たして一軸《いちじく》の書が発見されて、それには韓の家族は勿論、奉公人どもの姓名までが残らず記入されていた。ただ、韓の子は生まれてからひと月に足らないので、まだその字《あざな》を決めていないために、そのなかにも書き漏らされていた。

一体それがなんの目的であるかは判らなかったが、ともかくもこんな妖物をそのままにして置くわけにはゆかないので、韓はその犬を庭さきへ牽《ひ》き出させて撲殺《ぼくさつ》した。奉公人どもはその肉を煮て食ったが、別に異状もなかった。

韓はさらに近隣の者を大勢駆り集めて、弓矢その他の得物《えもの》をたずさえてかの墓を発《あば》かせると、墓の奥から五、六匹の犬があらわれた。かれらは片端からみな撲殺されたが、その毛色も形も普通の犬とは異っていた。

煞神

俗に伝う。人が死んで数日の後、柩《ひつぎ》のうちから鳥が出る、それを煞《さつ》という。

太和年中、鄭生《ていせい》というのが一羽の巨《おお》きい鳥を網で捕った。色は蒼《あお》く、高さ五尺余、押えようとすると忽ちに見えなくなった。

里びとをたずねて聞き合わせると、答える者があった。

「ここらに死んで五、六日を過ぎた者があります。うらない者の言うには、きょうは煞がその家を去るであろうと。そこで、忍んで窺っていますと、色の蒼い巨きい鳥が棺の中から出て行きました。あなたの網に入ったのは恐らくそれでありましょう」

白猿伝《はくえんでん》・其他《そのた》

第五の男は語る。

「唯今は『酉陽雑俎』と『宣室志』のお話がありました。そこで、わたくしには其の拾遺《しゅうい》といったような意味で、唐代の怪談総まくりのようなものを話せという御注文ですが、これはなかなか大変でございます。とても短い時間に出来ることではありません。勿論、著名の物を少々ばかり紹介いたすに過ぎないと御承知ください。就きましては、まず『白猿伝』を申し上げます。この作者の名は伝わって居りません。唐に欧陽詢《おうようじゅん》という大学者がありまして、後に渤海男《ぼっかいだん》に封《ほう》ぜられましたが、この人の顔が猿に似ているというので、或る人がいたずらにこんな伝奇を創作したのであって、本当に有った事ではないという説があります。しかし〈志怪の書〉について、その事実の有無《うむ》を論議するのは、無用の弁に近いかとも思われます。ともかくも古来有名な物になって居りまして、かの頼光《らいこう》の大江山《おおえやま》入りなども恐らくこれが粉本《ふんぽん》であろうと思われますから、事実の有無を問わず、ここに紹介することに致します。

そのほかには、原化記《げんかき》、朝野僉載《ちょうやせんさい》、博異記《はくいき》、伝奇、広異記《こういき》、幻異志《げんいし》などから、面白そうな話を選んで申し上げたいと存じます。これらもみな有名の著作でありまして、一つ一つ独立して紹介するの価値があるのでございますが、あとがつかえて居りますから、そのなかで特色のあるお話を幾つか拾い出すにとどめて置きます。右あらかじめお含み置きください」

白猿伝

梁《りょう》（六朝《りくちょう》）の大同《だいどう》の末年、平南将軍藺欽《りんきん》をつかわして南方を征討せしめた。その軍は桂林《けいりん》に至って、李師古《りしこ》と陳徹《ちんてつ》を撃破した。別将の欧陽紇《おうようこつ》は各地を攻略して長楽《ちょうらく》に至り、ことごとく諸洞の敵をたいらげて、深く険阻《けんそ》の地に入り込んだ。

欧陽紇の妻は白面細腰《はくめんさいよう》、世に優れたる美人であったので、部下の者は彼に注意した。

「将軍はなぜ麗人を同道して、こんな蕃地へ踏み込んでお出《い》でになったのです。ここらの山の神は若い女をぬすむといいます。殊に美しい人はあぶのうございますから、よく気をお付けにならなければいけません」

紇はそれを聞いて甚だ不安になった。夜は兵をあつめて宿舎の周囲を守らせ、妻を室内に深く閉じ籠めて、下婢《かひ》十余人を付き添わせて置くと、その夜は暗い風が吹いた。五更《ごこう》（午前三時—五時）に至るまで寂然《せきぜん》として物音もきこえないので、守る者も油断して仮寝《うたたね》をしていると、たちまち何物かはいって来たらしいので驚いて眼をさますと、将軍の妻はすでに行くえ不明であった。扉《とびら》はすべて閉じたままで、どこから出入りしたか判らない。門の外は嶮《けわ》しい峰つづきで、眼さきも見えない闇夜にはどこへ追ってゆくすべもない。夜が明けても、そこらになんの手がかりも見いだされなかった。

紇の痛憤はいうまでもない。彼はこのままむなしく還《かえ》らないと決心して、病いと称してここに軍を駐《とど》め、毎日四方を駈けめぐって険阻の奥まで探り明かした。こうしてひと月あまりを経たるのち、百里（六丁一里）ほどを隔てた竹藪で妻の繍履《ぬいぐつ》の片足を見付け出した。雨に湿《ぬ》れ朽ちてはいたが、確かにそれと認められたので、紇はいよいよ悲しみ怒って、そのゆくえ捜索の決心をますます固めた。

彼は三十人の壮士をすぐって、武器をたずさえ、糧食を背負い、巌窟《がんくつ》に寝《い》ね、野原で食事をして、十日あまりも進むうちに、宿舎を去ること二百里、南のかたに一つの山を認めた。山は青く秀《ひい》でて、その下には深い渓《たに》をめぐらしていた。一行は木を編んで、嶮しい巌や翠《あお》い竹のあいだを渡り越えると、時に紅い衣《きもの》が見えたり、笑い声がきこえたりした。

蔦《つた》かずらを攀《よ》じて登り着くと、そこには良い樹を植えならべて、そのあいだには名花も咲いている。緑の草がやわらかに伸びて、さながら毛氈《もうせん》を敷いたようにも見える。あたりは清く静けく、一種の別天地である。

路を東にとって石門にむかうと、婦女数十人、いずれも鮮麗の衣服を着て歌いたわむれていたが、紇の一行を見てみな躊躇するようにたたずんでいた。やがて近づくと、かれらは一行にむかって、なにしに来たかと訊《き》いた。紇は事情をつまびらかに打ち明けると、女たちは顔をみあわせて嘆息した。

「あなたの奥さんはひと月ほど前からここに来ておいでですが、今は病気で寝ておられます。来てごらんなさい」

門をはいると、木の扉がある。内は寛《ひろ》くて、座敷のようなものが三、四室ある。壁に沿うて床《とこ》を設け、その床は綿に包まれている。紇の妻は石の榻《とう》の上に寝ていたが、畳をかさね、茵《しとね》をかさねて、結構な食物がたくさんに列べてあった。たがいに眼を見合わせると、妻は急に手を振って、夫に早く立ち去れという意を示した。

女たちは言った。

「奥さんはこの頃お出でですが、わたし達の中にはもう十年もここにいる者があります。ここは神霊ある物の棲む所で、自由に人を殺す力を持っています。百人の精兵でも、かれを取り押えることは出来ません。幸いに今は留守ですから、還らない間に早く立ち去るが好うございます。しかし美い《い》酒二石と、食用の犬十匹と、麻数十斤《きん》とを持ってお出でになれば、みんなが一致して彼を殺すことが出来ます。来るならば必ず正午ごろに来てください。それも直ぐに来てはなりません。十日を過ぎてお出でなさい」

それでは十日の後に再び来ると約束して、紇の一行は立ち帰った。それから美酒と犬と麻とを用意して、約束の時刻にたずねて行くと、女たちは待っていた。

「かれは酒が大好きで、酔うと力が満ちて来ると見えて、私たちに言いつけて綵糸《いろいと》で自分のからだを牀《ゆか》に縛り付けさせます。そうして、一つ跳《は》ねあがると、糸は切れてしまうのです。しかし三本の糸をまき付けると、力が不足で切ることが出来ません。それですから、帛《きぬ》のなかに麻を隠して置いて縛ったらば、おそらく切ることは出来まいと思われます。彼のからだはすべて鉄のようで刃物などは透りませんが、ただ臍《へそ》のした五、六寸のところを大事そうに隠していますから、そこがきっと急所で、刃物を防ぐことが出来ないのであろうと察せられます」

女たちは更にかたわらの巌室《いわむろ》を指さして教えた。

「そこは食物庫《ぐら》ですから暫く忍んでおいでなさい。酒を花の下に置き、犬を林のなかに放して置いて、わたし達の計略が成就《じょうじゅ》した時に、あなた方に合図をします」

その通りにして、一行は息を忍ばせて待っていると、日も早や申《さる》の刻（午後三時―五時）とおぼしき頃に、練絹《ねりぎぬ》のような物があなたの山から飛ぶが如くに走って来て、たちまちに洞《ほら》のなかにはいった。見れば、身のたけ六尺余の男で、美しい髯《ひげ》をたくわえ、白衣を着て杖を曳いていた。かれは女たち大勢に取り巻かれて庭に出たが、たちまちに犬を見つけて驚き喜び、身を跳らせて引っ捕えたかと思うと、引き裂いて片端から啖《くら》い尽くした。女たちは玉の杯で酒をすすめると、機嫌よく笑い興じながらかれは数斗《と》の酒を飲んだ。

女たちはかれを扶《たす》けて奥にはいったが、そこでも又笑い楽しむ声がきこえた。やや暫くして、女が出て来て絃の一行を招いたので、すぐに武器をたずさえて踏み込むと、一頭の大きい白猿が四足《しそく》を牀《ゆか》にくくられていて、一行を見るや慌て騒いで、しきりに身をもがいても動くことが出来ず、いたずらに電光のような眼を輝かすばかりであった。一行は先を争って刃を突き立てたが、あたかも鉄石の如くである。しかも臍の下を刺すと、刃《やいば》は深く突き透って、そそぐが如くに血が流れた。

「ああ、天がおれを殺すのだ」と、かれは大きい溜め息をついた。「貴様たちの働きではない。しかし貴様の女房はもう孕《はら》んでいる。必ずその子を殺すな。明天子に逢って家を興すに相違ないぞ」

言い終って彼は死んだ。その庫《くら》をさがすと、宝物珍品が山のように積まれていて、およそ人世の珍とする物は備わらざるなしという有様であった。名香《めいこう》数斛《こく》、宝剣一雙《そう》、婦女三十人、その婦女はみな絶世の美女で、久しいものは十年もとどまっている。容色おとろえた者はどこへか連れて行かれて、どうなってしまうか判らない。女を取り、物を取るのはすべて自分ひとりで、他に党類はない。朝はたらいで顔を洗い、帽をかぶり、白衣を着るが、寒さ暑さに頓着せず、全身は長さ幾寸の白い毛に蔽《おお》われている。

かれが家にある時は、常に木彫りの書物を読んでいるが、その文字は符篆《ふてん》の如くで、誰にも読むことは出来ない。晴れた日には両手に剣を舞わすが、その光りは身をめぐって飛び、あたかも円月の如くである。飲み食いは時を定めず、好んで木実《このみ》や栗を食うが、もっとも犬をたしなみ、啖い殺して血を吸うのである。午《ひる》を過ぎると飄然として去り、半日に数千里を往復して夕刻には必ず帰って来る。夜は婦女にたわむれて暁に至り、かつて眠ったことがない。要するに玃玃《かかく》のたぐいである。

ことしの秋、木の葉が落ち始める頃に、かれはさびしそうに言った。

「おれは山の神に訴えられて、死罪になりそうだ。しかし救いをもろもろの霊ある物に求めたから、どうにか免《まぬ》かれるだろう」

前月、書物を収めてある石橋が火を発して、その木簡《もっかん》を焼いてしまった。かれは書物を石の下に置いたのである。かれは悵然《ちようぜん》としてまた言った。

「おれは千歳《せんざい》にして子がなかったが、今や初めて子を儲けた。おれの死期もいよいよ至った」

かれはまた、女たちを見まわして、涙を催しながら言った。

「この山は険阻で、かつて人の踏み込んだことのない所だ。上は高くして樵夫《きこり》なども見えず、下は深うして虎狼《ころう》怪獣が多い。ここへもし来る者があれば、それは天の導きというものだ」

怪物の話はこれで終った。紇はその宝玉や珍品や婦女らを連れて帰ったが、婦女のうちには我が家を知っていて、無事に戻る者もあった。紇の妻は一年の後に男の子を生んだが、その容貌は父に肖《に》ていた。

紇は後に陳《ちん》の武帝《ぶてい》のために誅せられたが、彼は平素から江総《こうそう》と仲がよかった。江総は紇の子の聡明なるを愛して、常に自分の家に留めて置いたので、紇のほろびる時にもその子は難をまぬかれた。生長の後、その子は果たして文学に達し、書を善くし、名声を一代に知られた。

（白猿伝）

女侠

唐の貞元年中、博陵《はくりよう》の崔慎思《さいしんし》が進士《しんし》に挙げられて上京したが、京に然るべき第宅《ていたく》がないので、他人の別室を借りていた。家主は別の母屋《おもや》に住んでいたが、男らしい者は一人も見えず、三十ぐらいの容貌《きりよう》のよい女と唯ふたりの女中がいるばかりであった。崔は自分の意を通じて、その女を妻にしたいと申し入れると、彼女は答えた。

「わたくしは人に仕えることの出来る者ではありません。あなたとは不釣合いです。なまじいに結婚して後日《ごじつ》の恨みを残すような事があってはなりません」

それでは妾《めかけ》になってくれと言うと、女は承知した。しかも彼女は自分の姓を名乗らなかった。そうして二年あまりも一緒に暮らすうちに、ひとりの子を儲けた。それから数月の後、ある夜のことである。崔は戸を閉じ、帷《とばり》を垂れて寝《しん》に就くと、夜なかに女の姿が見えなくなった。

崔はおどろいて、さては他に姦夫《かんぷ》があるのかと、憤怒《いきどおり》に堪えぬままに起き出でて室外をさまよっている時、おぼろの月のひかりに照らされて、彼女は屋上から飛び降りて来た。白の練絹を身にまとって、右の手には、匕首《あいくち》、左の手には一人の首をたずさえているのである。

「わたくしの父は罪なくして郡守に殺されました。その仇を報ずるために、城中に入り込んで数年を送りましたが、今や本意を遂げました。ここに長居は出来ません。もうお暇《いとま》をいたします」

彼女は身支度して、かの首をふくろに収め、それを小脇にかかえて言った。

「わたくしは二年間あなたのお世話になりまして、幸いに一人の子を儲けました。この住居も二人の奉公人もすべてあなたに差し上げますから、どうぞ子供の養育を願います」

男に別れて墻《かき》を越え、家を越えて立ち去ったので、崔も暫くはただ驚嘆するのみであった。やがて女はまた引っ返して来た。

「子供に乳をやって行くのを忘れましたから、ちょっと飲ませて来ます」

彼女は室内にはいったが、やや暫くして出て来た。

「乳をたんと飲ませました」

言い捨てて出たままで、彼女はかさねて帰らなかった。それから時を移しても、赤児《あかご》の啼く声がちっとも聞えないので、崔は怪しんでうかがうと、赤児もまた殺されていた。その子を殺したのは、のちの思いの種を断つためであろう。昔の俠客もこれには及ばない。

（原化記）

霊　鏡

唐の貞元年中、漁師十余人が数艘《そう》の船に小網を載せて漁に出た。蘇州《そしゅう》の太湖が松江《しょうこう》に入るところである。

網をおろしたがちっとも獲物《えもの》はなかった。やがて網にかかったのは一つの鏡で、しかもさのみに大きい物でもないので、漁師はいまいましがって水に投げ込んだ。それから場所をかえて再び網をおろすと、又もやかの鏡がかかったので、漁師らもさすがに不思議に思って、それを取り上げてよく視ると、鏡はわずかに七、八寸であるが、それに照らすと人の筋骨《きんこつ》から臓腑《ぞうふ》まではっきりと映ったので、最初に見た者はおどろいて気絶した。

ほかの者も怪しんで鏡にむかうと、皆その通りであるので、驚いて倒れる者もあり、嘔吐《はきけ》を催す者もあった。最後の一人は恐れて我が姿を照らさず、その鏡を取って再び水中に投げ込んでしまった。彼は倒れている人びとを介抱して我が家へ帰ったが、あれは確かに妖怪であろうと言い合った。

あくる日もつづいて漁に出ると、きょうは網に入る魚が平日の幾倍であった。漁師のうちで平生から持病のある者もみな全快した。故老の話によると、その鏡は河や湖水のうちに在って、数百年に一度あらわれるもので、これまでにも見た者がある。しかもそれが何の精であるかを知らないという。（同上）

仏像

白鉄余《はくてつよ》は延州《えんしゅう》の胡人《こじん》（西域《せいいき》の人）である。彼は邪道をもって諸人を惑わしていたが、深山の柏の樹の下に銅《あかがね》の仏像を埋め、その後数年、そこに草が生えたのを見すまして、土地の人びとを欺《あざむ》いた。

「昨夜わたしが山の下を通ると、仏のひかりを見た。日をさだめて精進潔斎《しょうじんけっさい》をして、尊い御仏《みほとけ》を迎えることにしたい」

定めの日に数百人をあつめて、ここらという所を掘りかえしたが、仏は見付からなかった。彼はまた言った。

「諸人が誠心をささげて布施物《ふせもつ》を供えなければ、仏の姿を拝むことは出来ない」

集まっている男女はあらそって百余万銭を供えると、彼はさきに埋めたところを掘り起して、一体の仏像を示した。その噂が四方に伝わって、それを拝ませてくれという者が多くなると、彼はまた宣言した。

「尊い御仏を拝むと、万病が本復《ほんぷく》する」

その計略成就して、数百里のあいだの老若男女《ろうにゃくなんにょ》がみな集まった。そこで、紫や緋《ひ》や黄の綾絹《あやぎぬ》をもって幾重にも仏像をつつみ、拝む者があれば先ずその一重を剝《は》いで見せる。一回の布施が十万銭、その正体を拝むまでには幾十万銭に及ぶのであった。

こんな詭計《きけい》を用いているうちに、一、二年の後には土地の者がみな彼に帰伏した。彼は遂に乱をおこして、みずから光王《こうおう》と称し、もろもろの官職を設け、長吏《ちょうり》を置き、諸国の禍いをなすこと数年に及んだので、朝廷は将軍程務挺《ていむてい》に命じてこれを討たしめ、かれらをほろぼして光王を斬った。

（朝野僉載）

孝　子

東海に郭純《かくじゅん》という孝子があった。母を喪《うしな》って彼は大いに哭《こく》した。その哭するごとに、鳥の群れがたくさん集まって来るのである。官から使者を派して取調べさせると、果たしてその通りであったので、彼は孝子として村の入口に表彰された。

後に聞くと、この孝子は哭するごとに、地上に餅を撒《ま》き散らして鳥にあたえた。それが幾たびも続いたので、その泣き声を聞きつけると、鳥の群れは餅を拾うために集まって来たのであった。

（同上）

柴紹(さいしょう)の弟なにがしは身も軽く、足も捷(はや)く、どんな所へでも身を躍らせてのぼるばかりか、十余歩ぐらいは飛んで行った。

唐の太宗《たいそう》皇帝が彼に命じて長孫無忌《ちょうそんむき》（太宗の重臣）の鞍を取って来いと言った。同時に無忌にも内報して、取られないように警戒しろと注意した。その夜、鳥のようなものが無忌の邸内に飛び込んで、二つの鞍を二つに切って持ち去った。それ逃がすなと追いかけたが、遂に捉え得なかった。

帝はまたかれに命じて丹陽公主《たんようこうしゅ》（公主＝皇女）の枕を取って来いと言った。それは金をちりばめた函《はこ》付きの物である。かれは夜半にその寝室へ忍び入って、手をもって睡眠中の公主の顔を撫でた。思わず頭をあげるあいだに、かれは他の枕と掏《す》りかえて来た。公主は夜の明けるまでそれを覚らなかった。

又ある時、彼は吉莫靴《かわぐつ》をはいて、石瓦の城に駈けあがった。城上の墻《かき》には手がかりがないので、かれは足をもって仏殿の柱を踏んで、檐《のき》さきに達し、さらに椽《たるき》を攀《よ》じて百尺の楼閣に至った。実になんの苦もないのである。太宗帝は不思議に思った。

「こういう男は都の近所に置かない方がよい」

彼は地方官として遠いところへ遷《うつ》された。時の人びとは彼を称して壁龍《へきりゆう》といった。

太宗は又かつて長孫無忌に七宝帯を賜わった。そのあたい千金である。この当時、段《だん》師子《しし》と呼ばれる大泥坊があって、屋上の椽のあいだから潜り込んで無忌の枕もとに降り立った。

「動くと、命がありませんぞ」

彼は白刃を突き付けて、その枕の函の中から七宝帯を取り出した。更にその白刃を床に突き立てて、それを力に飛びあがって、ふたたび元の椽のあいだから逃げ去った。

（同上）

登仙奇談

唐の天宝《てんぽう》年中、河南緱子《かなんこうし》県の仙鶴観《せんかくかん》には常に七十余人の道士が住んでいた。いずれも専ら修道を怠らない人びとで、未熟の者はここに入ることが出来なかった。

ここに修業の道士は、毎年九月三日の夜をもって、一人は登仙《とうせん》することを得るという旧例があった。

夜が明ければ、その姓名をしるして届け出るのである。勿論、誰が登仙し得るか判らないので、毎年その夜になると、すべての道士らはみな戸を閉じず、思い思いに独り歩きをして、天の迎いを待つのであった。

張竭忠《ちょうけつちゅう》がここの県令となった時、その事あるを信じなかった。そこで、九月三日の夜二人の勇者に命じて、武器をたずさえて窺わせると、宵のあいだは何事もなかったが、夜も三更《さんこう》に至る頃、一匹の黒い虎が寺内へ入《い》り来たって、一人の道士をくわえて出た。それと見て二人は矢を射かけたが中《あた》らなかった。しかも虎は道士を捨てて走り去った。

夜が明けて調べると、昨夜は誰も仙人になった者はなかった。二人はそれを張に報告すると、張は更に府に申し立てて、弓矢の人数をあつめ、仙鶴観に近い太子陵の東にある石穴のなかを猟《あさ》ると、ここに幾匹の虎を獲た。穴の奥には道士の衣冠や金簡のたぐい、人の毛髪や骨のたぐいがたくさんに残っていた。これがすなわち毎年仙人になったという道士の身の果てであった。

その以来、仙鶴観に住む道士も次第に絶えて、今は陵を守る役人らの住居となっている。

（博異記）

蔣武

唐の宝暦《ほうれき》年中、循州《じゅんしゅう》河源《かげん》に蔣武《しょうぶ》という男があった。骨格たくましく、豪胆剛勇の生まれで、山中の巌窟に独居して、狩猟に日を送っていた。彼は蹶張《けっちょう》を得意とし、熊や虎や豹《ひょう》が、その弦音《つるおと》に応じて斃《たお》れた。蹶張というのは片足で弓を踏ん張って射るのである。その鏃《やじり》をあらためると、皆その獣の心《むね》をつらぬいていた。

ある時、甚だ忙がしそうに門を叩く者があるので、蔣は扉を隔ててうかがうと、一匹の猩々《しょうじょう》が白い象にまたがっていた。蔣は猩々がよく人の言葉を語ることを知っているので、内から訊《き》いた。

「象と一緒に来たのはどういうわけだ」

「象に危難が逼《せま》って居ります。わたくしに人間の話が出来るというので、わたくしを乗せてお願いに出たのでございます」と、猩々は答えた。

「その危難のわけを言え」と、蔣はまた訊いた。

「この山の南二百余里のところに、天にそびゆる大きい巌穴《いわあな》がございます」と、猩々は言った。「そのなかに長さ数百尺の巴蛇《うわばみ》が棲んで居ります。その眼はいなずまのごとく、その牙《きば》はつるぎの如くで、そこを通る象の一類はみな呑まれたり噬《か》まれたりします。その難に遭うもの幾百、もはや逃げ隠れるすべもありません。あなたが弓矢を善くするのを存じて居りますので、どうぞ毒矢をもってかれを射殺して、われわれの患《うれ》いを除いて下されば、かならず御恩報じをいたします」

象もまた地にひざまずいて、涙を雨のごとくに流した。

「御承知ならば、矢をたずさえてお乗り下さい」と、猩々はうながした。

蔣は矢に毒を塗って、象の背にまたがった。行けば果たして巌の下に二つの眼が輝いて、その光りは数百歩を射るのであった。

「あれが蛇の眼です」と、猩々は教えた。

それを見て、蔣も怒った。彼は得意の蹶張をこころみて、ひと矢で蛇の眼を射ると、象は彼を乗せたままで奔《はし》り避けた。やがて巌穴のなかでは雷の吼《ほ》えるような声がして、大蛇《だいじゃ》は躍り出てのたうち廻ると、数里のあいだの木も草も皆その毒気に焼けるばかりであった。蛇は狂い疲れて、日の暮れる頃に仆《たお》れた。

それから穴のあたりを窺うと、そこには象の骨と牙とが、山のように積まれていた。十頭の象があらわれて来て、その長い鼻で紅《あか》い牙一枚ずつを捲いて蔣に献じた。それを見とどけて、猩々も別れて去った。蔣は初めの象に牙を積んで帰ったが、後にその牙を売って大いに資産を作った。（伝奇）

笛師

唐の天宝の末に、安禄山《あんろくざん》が乱をおこして、潼関《どうかん》の守りも敗れた。都の人びとも四方へ散乱した。梨園《りえん》の弟子《ていし》のうちに笛師《ふえし》があって、これも都を落ちて終南山《しゅうなんざん》の奥に隠れていた。

そこに古寺があったので、彼はそこに身を忍ばせていると、ある夜、風清く月明らかであるので、彼はやるかたもなき思いを笛に寄せて一曲吹きすさむと、嚠喨《りゅうりょう》の声は山や谷にひびき渡った。たちまちにそこへ怪しい物がはいって来た。かしらは虎で、かたちは人、身には白い着物を被《き》ていた。

笛師はおどろき懼《おそ》れて、階をくだって立ちすくんでいると、その人は言った。

「いい笛の音《ね》だ。もっと吹いてくれ」

よんどころなしに五、六曲を吹きつづけると、その人はいい心持そうに聴きほれていたが、やがておおいびきで寝てしまった。笛師はそっと抜け出して、そこらの高い樹《き》の上に攀《よ》じ登ると、枝や葉が繁っているので、自分の影をかくすに都合がよかった。やがてその人は眼をさまして、笛師の見えないのに落胆したらしく、大きい溜め息をついた。

「早く喰わなかったので、逃がしてしまった」

彼は立って、長くうそぶくと、暫くして十数頭の虎が集まって来て、その前にひざまずいた。

「笛吹きの小僧め、おれの寝ている間に逃げて行った。路を分けて探して来い」と、かれは命令した。

虎の群れはこころ得て立ち去ったが、夜の五更《ごこう》の頃に帰って来て、人のように言った。

「四、五里のところを探し歩きましたが、見付かりませんでした」

その時、月は落ちかかって、斜めに照らす光りが樹の上の人物を映し出した。それを見てかれは笑った。

「貴様は雲かすみと消え失せたかと思ったが、はは、此処《ここ》にいたのか」

かれは虎の群れに指図して、笛師を取らせようとしたが、樹が高いので飛び付くことが出来ない。かれも幾たびか身を跳らせたが、やはり目的を達しなかった。かれらもとうとう思い切って立ち去ると、やがて夜もあけて往来の人も通りかかったので、笛師は無事に樹から離れた。（広異記）

担　生

昔、ある書生が路で小さい蛇に出逢った。持ち帰って養っていると、数月の後にはだんだんに大きくなった。書生はいつもそれを担《にな》いあるいて、かれを担生《たんせい》と呼んでいたが、蛇はいよいよ長大になって、もう担い切れなくなったので、これを范《はん》県の東の大きい沼のなかへ放してやった。

それから四十余年の月日は過ぎた。かの蛇は舟をくつがえすような大蛇《だいじゃ》となって、土地の人びとに沼の主《ぬし》と呼ばれるようになった。迂闊に沼に入る者は、かならず彼に呑まれてしまった。一方の書生は年すでに老いて他国にあり、何かの旅であたかもこの沼のほとりを通りかかると、土地の者が彼に注意した。

「この沼には大蛇が棲んでいて人を食いますから、その近所を通らないがよろしゅうございます」

時は冬の最中《さなか》で、気候も甚だ寒かったので、今ごろ蛇の出る筈はないと、書生は肯《き》かずにその沼へさしかかった。行くこと二十里余、たちまち大蛇があらわれて書生のあとを追って来た。書生はその蛇の形や色を見おぼえていた。

「おまえは担生ではないか」

それを聞くと、蛇はかしらを垂れて、やがてしずかに立ち去った。書生は無事に范県にゆき着くと、県令は蛇を見たかと訊いた。見たと答えると、その蛇に逢いながら無事であったのは怪しいというので、書生はひとまず獄屋につながれた。結局、彼も妖妄《ようもう》の徒であると認められて、死刑におこなわれることになった。書生は心中大いに憤った。

「担生の奴め。おれは貴様を養ってやったのに、かえっておれを死地におとしいれるとは何たることだ」

蛇はその夜、県城を攻め落して一面の湖《みずうみ》とした。唯その獄屋だけには水が浸《ひた》さなかったので、書生は幸いに死をまぬかれた。

天宝の末年に独孤暹《どっこせん》という者があって、その舅《しゅうと》は范県の県令となっていた。三月三日、家内の者どもと湖水に舟を浮かべていると、子細もなしに舟は俄かに顚覆して、家内大勢がほとんど溺死しそうになった。（同上）

板橋三娘子

汴《べん》州の西に板橋店《はんきょうてん》というのがあった。店の姐さんは三娘子《さんじょうし》といい、どこから来たのか知らないが、三十歳あまりの独り者で、ほかには身内もなく、奉公人もなかった。家は幾間《いくま》かに作られていて、食い物を売るのが商売であった。

そんな店に似合わず、家は甚だ富裕であるらしく、驢馬《ろば》のたぐいを多く飼っていて、往来の役人や旅びとの車に故障を生じた場合には、それを牽《ひ》く馬匹《ばひつ》を廉《やす》く売ってやるので、世間でも感心な女だと褒めていた。そんなわけで、旅をする者は多くここに休んだり、泊まったりして、店はすこぶる繁昌した。

唐の元和《げんな》年中、許《きょ》州の趙季和《ちょうきわ》という旅客が都へ行く途中、ここに一宿《いっしゅく》した。趙よりも先に着いた客が六、七人、いずれも榻《とう》に腰をかけていたので、あとから来た彼は一番奥の方の榻に就いた。その隣りは主婦《あるじ》の居間であった。

三娘子は諸客に対する待遇すこぶる厚く、夜ふけになって酒をすすめたので、人びとも喜んで飲んだ。しかし趙は元来酒を飲まないので、余り多くは語らず笑わず、行儀よく控えていると、夜の二更（午後九時—十一時）ごろに人びとはみな酔い疲れて眠りに就いた。三娘子も居間へかえって、扉を閉じて灯を消した。

諸客はみな熟睡しているが、趙ひとりは眠られないので、幾たびか寝返りをしているうちに、ふと耳に付いたのは主婦の居間で何かごそごそいう音であった。それは生きている物が動くように聞えたので、趙は起きかえって隙間から窺うと、あるじの三娘子は或るうつわを取り出して、それを蠟燭《ろうそく》の火に照らし視た。さらに手箱のうちから一具の鋤鍬《すきくわ》と、一頭の木牛《ぼくぎゅう》と、一個の木人《ぼくじん》とを取り出した。牛も人も六、七寸ぐらいの木彫り細工である。それらを竈《かまど》の前に置いて水をふくんで吹きかけると、木人は木馬を牽き、鋤鍬をもって牀《ゆか》の前の狭い地面を耕し始めた。

三娘子はさらにまた、ひと袋の蕎麦《そば》の種子《たね》を取り出して木人にあたえると、彼はそれを播《ま》いた。すると、それがまた、見るみるうちに生長して花を着け、実を結んだ。木人はそれを刈って践《ふ》んで、たちまちに七、八升の蕎麦粉を製した。彼女はさらに小さい臼《うす》を持ち出すと、木人はそれを擣《つ》いて麵を作った。それが済むと、彼女は木人らを元の箱に収め、麵をもって焼餅《しょうべい》数枚を作った。

暫くして雞《とり》の声がきこえると、諸客は起きた。三娘子はさきに起きて灯をともし、かの焼餅を客にすすめて朝の点心《てんしん》とした。しかし趙はなんだか不安心であるので、何も食わずに早々出発した。彼はいったん表へ出て、また引っ返して戸の隙から窺うと、他の客は焼餅を食い終らないうちに、一度に地を蹴っていなないた。かれらはみな変じて驢馬となったのである。三娘子はその驢馬を駆って家のうしろへ追い込み、かれらの路銀《ろぎん》や荷物をことごとく巻き上げてしまった。

趙はそれを見ておどろいたが、誰にも秘して洩らさなかった。それからひと月あまりの後、彼は都からかえる途中、再びこの板橋店へさしかかったが、彼はここへ着く前に、あらかじめ蕎麦粉の焼餅を作らせた。その大きさは前に見たと同様である。そこで、なにげなく店に着くと、三娘子は相変らず彼を歓待した。

その晩は他に相客がなかったので、主婦はいよいよ彼を丁寧に取扱った。夜がふけてから何か御用はないかとたずねたので、趙は言った。

「あしたの朝出発のときに、点心《てんしん》を頼みます……」

「はい、はい。間違いなく……。どうぞごゆるりとおやすみください」

こう言って、彼女は去った。

夜なかに趙はそっと窺うと、彼女は先夜と同じことを繰り返していた。夜があけると、彼女は果物と、焼餅数枚を皿に盛って持ち出した。それから何かを取りに行った隙をみて、趙は自分の用意して来た焼餅一枚を取り出して、皿にある焼餅一枚と掏《す》り換えて置いた。そうして、三娘子を油断させるために、自分の焼餅を食って見せたのである。

いざ出発というときに、彼は三娘子に言った。

「実はわたしも焼餅を持っています。一つたべて見ませんか」

取り出したのはさきに掏りかえて置いた三娘子の餅である。

彼女は礼をいって口に入れると、忽ちにいななないて驢馬に変じた。それはなかなか壮健な馬であるので、趙はそれに乗って出た。ついでにかの木人と木牛も取って来たが、その術を知らないので、それを用いることが出来なかった。

趙はその驢馬に乗って四方を遍歴したが、かつて一度もあやまちなく、馬は一日に百里を歩《あゆ》んだ。それから四年の後、彼は関に入って、華岳廟《かがくびょう》の東五、六里のところへ来ると、路ばたに一人の老人が立っていて、それを見ると手を拍《う》って笑った。

「板橋の三娘子、こんな姿になったか」

老人はさらに趙にむかって言った。

「かれにも罪はありますが、あなたに逢っては堪まらない。あまり可哀そうですから、もう赦《ゆる》してやってください」

彼は両手で驢馬の口と鼻のあたりを開くと、三娘子はたちまち元のすがたで跳り出た。彼女は老人を拝し終って、ゆくえも知れずに走り去った。（幻異志）

録《ろく》異《い》記《き》

第六の男は語る。

「わたくしの役割は五代という事になっています。昔から五代乱離といいまして、なにしろ僅か五十四年のあいだに、梁、唐、晋、漢、周と、国朝が五たびも変ったような混乱時代でありますので、文芸方面は頗る振わなかったようです。しかしまた一方には、五代乱離といえどもみな国史ありといわれていまして、皆それぞれの国史を残している位ですから、文章まったく地に墜《お》ちたというのではありません。したがって、国史以外にも相当の著述があります。

さてそのなかで、今夜の御注文に応じるには何がよかろうかと思案しました末に、まずこの『録異記』をえらむことにしました。作者は蜀《しょく》の杜光庭《とこうてい》であります。杜光庭は方士《ほうし》で、学者で、唐の末から五代に流れ込み、蜀王の昶《しょう》に親任された人物です。申すまでもなく、この時代の蜀は正統ではありません、乱世に乗じて自立したものですから、三国時代の蜀と区別するために、歴史家は偽蜀などと呼んでいます。その偽蜀に仕えていたので、杜光庭の評判はあまり好くないようですが、単に作物《さくぶつ》として見る時は、この『録異記』などは五代ちゅうでも屈指の作として知られています。彼はこのほかにも『神仙感遇伝』『集仙録』などの著作があります。これから紹介いたしますのは、『録異記』八巻の一部と御承知ください」

異蛇

剣利門《けんりもん》に蛇がいる。長さは三尺で、その大きいのは甕《かめ》のごとく、小さいのも柱の如く、かしらは兎、からだは蛇で、うなじの下が白い。かれが人を害せんとする時は、山の上からくるくると廻転しながら落ちて来て、往来の人を噛むのである。そうして、人の腋《わき》の下を喰《く》い破ってその穴から生血を吸う。この蛇の名を板鼻《はんび》といい、常に穴のなかにひそんで、その鼻を微《かす》かにあらわしている。鳴く声は牛の吼えるようで数里の遠きにきこえ、大地も為に震動する。住民が冬期に田を焼く時、あるいは誤まって彼を焼き殺すことがあるが、他の蛇に比して脂が多いのみである。

乾符《けんぷ》年中のことである。神仙《しんせん》駅に巨きい蛇が出た。黒色で、身のたけは三十余丈、それにしたがう小蛇の太さは椽《たるき》のごとく、柱のごとく、あるいは十石《こく》入り又は五石入りの甕のごときもの、およそ幾百匹、東から西へむかって隊を組んで行く。朝の辰《たつ》どき（午前七時—九時）に初めてその前列を見て、夕の酉《とり》どき（午後五時—七時）にいたる頃、その全部がようやく行き尽くしたのであって、その長さ実に幾里であるか判らない。その隊列が終らんとするところに、一人の小児《こども》が紅い旗を持ち、蛇の尾の上に立って踊りつ舞いつ行き過ぎた。この年、山南の節度使の陽守亮《ようしゅりょう》が敗滅した。

会稽山《かいけいざん》の下に雞冠蛇《けいかんだ》というのが棲んでいる。かしらには雄雞《おんどり》のような雞冠《とさか》があって、長さ一尺あまり、胴まわり五、六寸。これに撃たれた者はかならず死ぬのである。

爆身蛇《ばくしんだ》というのがある。灰色で、長さ一、二尺、人の路ゆく声を聞けば、林の中から飛び出して来て、あたかも枯枝が横に飛ぶように人を撃つ。撃たれた者はみな助からない。

黄頷蛇《おうがんだ》は長さ一、二尺、黄金のような色で、石のひだのうちにひそんでいる。雨が降る前には牛のように吼える。これも人を撃って殺すもので、四明山《しめいざん》に棲んでいる。

異材

唐の大尉《たいじょう》、李徳裕《りとくゆう》の邸へ一人の老人がたずねて来た。老人は五、六人に大木を舁《か》かせていて、御主人にお目通りを願うという。門番もこばみかねて主人に取次ぐと、李公も不思議に思って彼に面会を許した。

「わたくしの家では三代前からこの桑の木を家宝として伝えて居ります」と、老人は言った。「しかしわたくしももう老年になりました。うけたまわれば、あなたはいろいろの珍しい物をお蒐《あつ》めになっているそうでございますから、これを献上したいと存じて持参いたしました。この木のうちには珍しい宝がございまして、上手な職人に伐らせれば、必ずその宝が見いだされます。洛邑《らくゆう》にその職人が居りますが、その年頃を測ると余ほどの老人になって居りまして、あるいはもうこの世にいないかも知れません。それでも子孫のうちには、その道を伝えられている者があろうと思います。いずれにしても、洛に住む職人でなければ、これを伐ることは出来ません」

李公は受取って、その老人を帰した。それから洛中をたずねさせると、かの職人は果たして死んだあとであった。その子が召されて来て、暫くその木材を睨《にら》んでいたが、やがてよろしゅうございますと引き受けた。

「これはしずかに伐らなければなりません」

その言う通りに切り開いて、二面《めん》の琵琶の胴を作らせたが、その面《おもて》には自然に白い鴿《はと》があらわれていて、羽から足の爪に至るまで、巨細《こさい》ことごとく備わっているのも不思議であった。ただ、職人が少しの手あやまちで、厚さ幾分のむらが出来たために、一羽の鴿はその翼《つばさ》を欠いたので、李公はその完全なものを宮中に献じ、他の一面を自分の手もとにとどめて置いた。それは今も伝わって民間にある。

異肉

洪州《こうしゅう》の北ざかいの大王埠《たいおうふ》に胡《こ》という家があった。家はもと貧しかったが、五人の子のうちで末子《ばっし》は姿も心もすぐれていて、この子が生まれてからは、その家がだんだんに都合がよくなって、百姓仕事も繁栄にむかい、家計もいよいよ豊かになったので、近所の者も不思議がっていた。

ある時、その家では末子に言いつけて、舟にたくさんの麦を積み込み、流れにさかのぼって州の市《いち》へ送らせると、その途中の河岸に険《けわ》しい所があって、牽《ひ》き舟は容易に通じない。よんどころなく江を突っ切って進んでゆくと、やがて岸に着いた時に、船の勢いを止めるにも止められず、あわやという間に突き当って、洲はくだけ、岸はくずれた。

その崩れた穴から数百万の銭《ぜに》が発見されたので、麦などはもうどうでもいい。麦はみな投げ捨てて、その銭を積んで帰った。

それによって、その家はますます富み、奉公人や馬などを持って、衣服も着飾るようになった。

「この子には福がある。長く村落に蟄《ちつ》しているよりも、城中の町に往復させて、世間のことを見習わせるがよかろう」

そこで、その末子が出てゆくと、途中で乗っている馬が進まなくなった。馬は地面を踏んだままで動かないのである。彼は僕《しもべ》を見かえって言った。

「いつかは船の行き着いた所で銭を得たから、今度も馬の踏みとどまった所に、なにか掘出し物があるかも知れない」

地を掘ると、果たして金五百両を得たので、自分の家へ持って帰った。

その後に彼は城中の町へゆくと、胡人《こじん》の商人に逢った。商人はその頭に珠《たま》のあることを知って、人をもって彼を誘い出させた。そうして、たがいに打ち解けた隙をみて、彼は酒をすすめ、その酔っている間に珠を奪い去った。その末子のひたいには、生まれた時から一つの毬《まり》を割ったような肉が突起していたのであるが、珠を失うと共に、その肉は落ちてしまった。

家へ帰ると、その変った顔を見て、家族や友達も皆おどろいた。その以来、彼は精神朦朧《もうろう》のていで、やがて煩い付いて死んだ。その家計もまた次第におとろえた。

これと同様の話がある。

宣州《せん》の節使趙鍠《ちょうこう》もまた額の上に一塊の肉が突起しているので、珠があるのではないかと疑われていた。やがて淮南軍《わいなんぐん》のために郡県を攻略され、趙も乱兵のために殺された。その時、ある兵卒が趙の首をさがし求めて、そのひたいを割いてみると果たして珠を得た。

兵卒はその珠を持ち去って、胡人の商人に売ろうとすると、商人は言った。

「この珠はもう死んでいるから、役に立たない」

そこで、塑像《そぞう》を作る人に廉く売って、仏像のひたいの珠に用いるのほかはなかった。

異姓

永平《えいへい》初年のことである。姓は王《おう》、名は恵進《けいしん》という僧があった。

彼は福感寺《ふくかんじ》に住んでいたが、ある朝、わが寺を出て資福院《しふくいん》という寺をたずねると、その門前に一人の大男が突っ立っていた。

男はからだの大きいばかりでなく、その全身の色が藍《あい》のようであったが、恵進を見て突然に追い迫って来たので、僧は恐れて逃げまわった。竹簣橋《ちくさくきょう》まで逃げて来て、そこらの民家へ駈け込むと、男もつづいて追い込んで、僧を捉えて無理無体に引き摺って行こうとして、どうしても放さなかった。

僧は悲鳴をあげて救いを祈ると、その男は訊いた。

「おまえの姓はなんというのだ」

「王といいます」

「王か。名は同じだが、姓が違っている」

言い捨てて男は立ち去った。しかも僧は顫《ふる》えがやまらないので、暫くその民家に休ませてもらって、ようよう気が鎮まったのちに我が寺へ帰ると、彼と同名異姓の僧がその晩に死んだ。

異　亀

唐の玄宗帝の時に、ある方士《ほうし》が一頭の小さい亀を献上した。亀はさしわたし一寸ぐらいで、金色の可愛らしい物であった。

「この亀は神のごとくで、物なども食いません。これを枕の笥《はこ》のなかに入れて置けば、うわばみの毒を避けることが出来ます」と、方士は言った。

それから間もなく、帝の恩寵をこうむっている宦者《かんじゃ》が何か親族の罪に連坐《れんざ》して、遠い南の国へ流しやられることになった。帝は不憫に思ったが、法を枉《ま》げて彼を免《ゆる》すことを好まないので、ひそかにその亀を彼にあたえた。

「南方の僻地《へきち》には大蛇が多い。常にこの亀をそばに置いて、害を防げ」

宦者はありがたく頂戴して出た。そうして、南へくだる途中、象郡のある村に着いた。町も旅館もひっそりしていて、宿には他の泊まり客もなく、自分の食膳も馬のまぐさも部屋のともしびもみな不自由なしに整えられた。

その夜は昼のような明月であったが、しかも雨風の声が遠くきこえた。その声がだんだんに近づいて来るので、宦者はここぞと思って、かの亀を取り出して階上に置くと、やや暫くして亀は首を伸ばして一道の気を吐いた。その気はかんむりの紐ぐらいの太さで、まっすぐに三、四尺ほどもあがって徐々に消え失せた。その後は亀も常のごとくに遊んでいて、先にきこえた風雨の声もやんだ。

夜が明けると、駅の役人らもおいおいに出て来て、庭前に拝礼した。

「昨日あなたがお出でになるのを知って、打ち揃ってお迎いに出る途中、あやまって一匹の蛇を殺しました。それは報冤蛇《ほうえんだ》で、今夜きっとその祟りを受けるに相違ないので、あたりの者はみな三十里五十里の遠方へ立ち退いて、その毒気を避けましたが、わたくしどもは遠方まで立ち去らず、近所の山の岩窟にかくれて夜の明けるのを待って居りました。唯今これへ来て見れば、あなたはつつがなく一夜をおすごしなされた御様子、これは神の助けと申すもので、人間の力では及ばない事でございます」

そのうちに往来の人もだんだんに来た。その話によると、これからさきの道にあたって、十数頭のうわばみが総身くずれただれて死んでいたという。その以来、ここらに報冤蛇の跡を絶ったが、その子細《しさい》は誰にも判らなかった。

一年の後、宦者は赦されて長安の都に帰った。彼は金の亀を返上して、泣いて感謝した。

「このお蔭に因りまして、わたくし一人の命ばかりでなく、南方ぜんたいの人間が永く毒類の禍いを逃がれることになりましたのは、一に聖徳、二に神亀の力でございます」

異　洞

乾符《けんぷ》年中の事、天台の僧が台山《たいざん》の東、臨海《りんかい》県のさかいに一つの洞穴《ほらあな》を発見したので、同志の僧と二人連れで、その奥を探りにはいった。初めの二十里ほどは路が低く狭く、ぬかるみのような所が多かったが、それからさきは次第に闊《ひろ》く平らかな路になって、さらに山路にさしかかった。

山は十里ほどで、それを越えると町へ出た。町のすがたも住む人びとも、世間普通と変ることはなかった。この僧は気を吸うことを習っていたので、別に飢えも渇《かわ》きも感じなかったが、連れの僧はひどく飢えて来た。

そこである食い物店へ行って食を乞うと、そこにいる人が言った。

「飢渇《きかつ》を忍んで行けば、子細なく還られるが、ここの土地の物をむやみに食うと、還られなくなるかも知れませんぞ」

それでも余りに飢えているので、その僧は無理に頼んで何か食わせてもらった。

それからまた連れ立って行くこと十数里、路がだんだんに狭くなって、やがて一つの小さい洞穴を見つけたので、それをくぐって出ようとすると、さきに物を食った僧は立ちながら石に化してしまった。

ひとりの僧は無事に山を出て、ここはどこだと人に訊くと、牟平《ぼうへい》の海浜であるといわれた。

異石

帝尭《ぎょう》の時に、五つの星が天から落ちた。その一つは土の精で、穀城《こくじょう》山下に墜ち、化して圯橋《ひきょう》の老人となって兵書を張良《ちょうりょう》に授けた。

「この書をよめば帝王の師となることが出来る。後日にわたしを探し求めるならば、穀城山下の黄いろい石がそれである」

いわゆる黄石公《こうせきこう》である。張良は漢をたすけて功成るの後、穀城山下に於いて果たして黄石を発見した。彼は商山《しょうざん》にかくれていた四皓《しこう》にしたがい、道を学んで世を終ったので、その家では衣冠と黄石とを併せて葬った。占う者は常にその墓の上に、黄いろい気が数丈の高さにのぼっているのを見た。

漢の末に赤眉《せきび》の賊が起った時に、賊兵は張良の墓をあばいたが、その死骸は発見されなかった。黄いろい石も行くえが知れなかった。墓の上にあがる黄気もおのずから消え失せた。

異魚

鯸鮧魚《こういぎょ》は河豚《ふぐ》の一種で、虎斑がある。わが虎鰒《とらふぐ》のたぐいであって、なま煮えを食えば必ず死ぬと伝えられている。

饒州《じょう》に呉《ご》という男があった。家は豊かで、その妻の実家も富んでいて、夫婦の仲もむつまじく、なんの欠けたところもなかった。ところが、ある日のこと、呉が酔って来て、床の上にぶっ倒れてしまった。妻が立ち寄って、その着物を着換えさせ、履《くつ》を脱がせようとして其の足を挙げさせる時、酔っている夫は足をぶらぶらさせて、思わず妻の胸を蹴ると、彼女はそのまま仆《たお》れて死んだ。夫は酔っていて、なんにも知らないのであった。

しかし妻の里方《さとかた》では承知しない。呉が妻を殴《う》ち殺したといって告訴に及んだが、この訴訟事件は年を経ても解決せず、州郡の役人らにも処決することが出来ないので、遂に上聞《じょうぶん》に達することになって、呉を牢獄につないで朝廷の沙汰を待っていた。

呉の親族らはそれを聞いて懼《おそ》れた。上聞に達する上は必ず公然の処刑を受けるに相違ない。そうなっては一族全体の恥辱であるというので、差し入れの食物のうちにかの鯸鮧魚の生き鱠《なます》を入れて送った。呉がそれを食って獄中で自滅するように計ったのである。しかも呉はそれを食っても平気であった。親族らはしばしばこの手を用いたが、遂に彼を斃《たお》すことが出来なかったのみか、却《かえ》ってますます元気を増したように見えた。

そのうちにあたかも大赦《たいしゃ》に逢って、呉は赦されて家に帰った。その後も子孫繁昌して、彼は八十歳までも長命して天寿をまっとうした。この魚はなま煎《に》えを食ってさえも死ぬというのに、生《なま》のままでしばしば食っても遂に害がなかったのは、やはり一種の天命というのであろうか。

稽《けい》神《しん》録《ろく》

第七の女は語る。

「五代を過ぎて宋《そう》に入りますと、まず第一に『太平広記』五百巻という大物がございます。但しこれは宋の太宗《たいそう》の命によって、一種の政府事業として李昉《りぼう》らが監修のもとに作られたもので、汎《ひろ》く古今の小説伝奇類を蒐集したのでありますから、これを創作と認めるわけには参りません。そこで、わたくしは自分の担任として『稽神録』について少々お話をいたしたいと存じます。

『稽神録』の作者は徐鉉《じょげん》であります。徐鉉は五代の当時、南唐に仕えて金陵《きんりょう》に居りましたが、南唐が宋に併合されると共に、彼も宋朝に仕うる人となって、かの『太平広記』編集者の一人にも加えられて居ります。兄弟ともに有名の学者で、兄の徐鉉を大徐、弟の徐鍇《じょかい》を小徐と言い伝えているそうでございます。女のくせに、知ったか振りをいたすのは恐れ入りますから、前置きはこのくらいにして、すぐに本文《ほんもん》に取りかかることに致します」

廬山の廟

庚寅《こういん》の年、江西の節度使の徐知諫《じょちかん》という人が銭《ぜに》百万をもって廬山使者の廟《びょう》を修繕することになりました。そこで、潯陽《じんよう》の県令が一人の役人をつかわして万事を取扱わせると、その役人は城中へはいって、一人の画工を召出して、自分と一緒に連れて行きました。

画工は画の具《え》その他をたずさえて、役人に伴われて行きますと、どういうわけか、城の門を出る頃からその役人はただ昏々《こんこん》として酔えるが如きありさまで、自分の腰帯をはずして地に投げ付けたりするのです。

「この人は酔っているのだな」と、画工は思いました。

そこで忤《さか》らわずに付いてゆくと、役人はやがてまた、着物をぬぎ、帽子をぬぐという始末で、山へ登る頃にはほとんど赤裸《あかはだか》になってしまいました。そうして、廟に近い渓《たに》川《がわ》のほとりまで登って来ますと、一人の卒《そつ》が出て参りました。卒は青い着物をきて、白い皮で膝を蔽っていましたが、つかつかと寄って来て、かの役人を捕えるのです。

「この人は酔っているのですから、どうぞ御勘弁を……」

こう言って、画工が取りなすと、卒は怒って叱り付けました。

「おまえ達に何がわかるか。黙っていろ」

卒は遂に彼を捕虜《とりこ》にして、川のなかに坐らせました。その様子が唯《ただ》の人らしくないと思ったので、画工は走って廟中の人びとに訴えると、大勢が出て来ました。見ると、卒の姿はいつか消え失せて、役人だけが水のなかに坐っているのです。声をかけても返事がないので、更によく見ると、彼はもう死んでいるのでした。あとになって帳簿を調べてみると、彼は修繕の銭百万の半分以上を着服《ちゃくふく》していることが判りました。

夢に火を吹く

張易《ちょうえき》という人が洛陽にいた時に、劉《りゅう》なにがしと懇意になりました。劉は仕官もせずに暮らしている男でしたが、すこぶる奇術を善くするのでした。

ある時、劉が町の人に銀を売ると、その人は満足に値《あた》いを支払わないのです。そこで、劉は張と連れ立ってその催促にゆくと、彼はそれを素直に支払わないばかりか、種々の難癖《なんくせ》をつけて逆捻《さかね》じに劉を罵りました。劉は黙ってそのまま帰って来ましたが、あとで張に話しました。

「彼は愚人で道理を識らないから、私がすこしく懲らしてやります。さもないと、土地の神霊のために重い罰を受けるようになりますから、彼を懲らすのは彼を救うがためです」

どんな事をするのかと見ていると、劉はその晩、燈火《あかり》を消した後、自分の寝床の前に炭火をさかんにおこして、なにか一種の薬を焼きました。張は寝た振りをして窺っていると、暗いなかに一人の男があらわれて、頻《しき》りにその火を吹いています。よく見ると、それはかの町の人でありました。彼は夜の明けるまで火を吹きつづけて、その姿はいつか消え失せてしまいました。

その後に、張が町の人の家をたずねると、彼はひどく弱っていました。

「どうも不思議な目に逢いました。このあいだの晩、夢のうちに誰かが来てわたくしを何処へか連れて行って、夜通し火を吹かせられましたが、しまいには息が続かなくなって、実に弱り果てました。その夢が醒めると、火を吹いていた口唇《くちびる》がひどく腫《は》れあがって、なんだか息が切れて、十日《とおか》ばかりは苦しみました」

それを聞いて、張はいよいよ不思議に思いました。

劉はこういう奇術を知っているために、河南の尹《いん》を勤めている張全義《ちょうぜんぎ》という人に尊敬されていましたが、あるとき張全義が梁《りょう》の太祖《たいそ》と一緒に食事をしている際に、太祖は魚の鱠《なます》が食いたいと言い出しました。

「よろしゅうございます」と、張全義は答えました。「わたくしの所へまいる者に申し付ければ、すぐに御前へ供えられます」

すぐに劉を呼び寄せると、劉は小さい穴を掘らせ、それにいっぱいの水を湛《たた》えさせて、しばらく釣竿を垂れているうちに、五、六尾の魚をそれからそれへと釣りあげました。その不思議に驚くよりも、太祖は大いに怒りました。

「こいつ、妖術をもって人を惑わす奴だ」

背を打たせること二十杖《じょう》の後、首枷《くびかせ》手枷《てかせ》をかけて獄屋につながせ、明日かれを殺すことにしていると、その夜のうちに劉は消えるように逃げ去って、誰もそのゆくえを知ることが出来ませんでした。

桃林の地妖

閩《みん》の王審知《おうしんち》はかつて泉《せん》州の刺史《しし》(州の長官)でありましたが、州の北にある桃林《とうりん》という村に、唐末の光啓《こうけい》年中、一種の不思議が起りました。

ある夜、一村の土地が激しく震動して、地下で数百の太鼓を鳴らすような響きがきこえましたが、明くる朝になってみると、田の稲は一本もないのです。試みに土をほり返すと、その稲はみな地中に逆《さか》さまに生えていました。

その年、審知は兄の王潮《おうちょう》と共に乱を起して晋安《しんあん》に勝ち、ことごとく欧閩《おうみん》の地を占有して、みずから閩王と称することになりました。それから伝うること六十年、延義《えんぎ》という人の代に至って、かの桃林の村にむかしの地妖が再び繰り返されました。やはり一村の地下に怪しい太鼓の音がきこえたのです。但しその時はもう刈り入れが終ったのちで、稲の根だけが残っていたのですが、土を掘ってみると、それが前と同じように、みな地中に逆さまに立っていました。

その年、延義は家来のために殺されて、王氏は滅亡しました。

怪青年

軍吏《ぐんり》の徐彦成《じょげんせい》は材木を買うのを一つの商売にしていまして、丁亥《ていがい》の年、信《しん》州の汭口《ぜいこう》場《じょう》へ材木を買いに行きましたが、思うような買物が見当らないので、暫くそこに舟《ふな》がかりをしていると、ある日の夕暮れ、ひとりの青年が二人の僕《しもべ》をつれて、岸のあたりを人待ち顔に徘徊しているのを見ましたので、徐は声をかけてその三人を舟へ呼び込み、有り合わせの酒や肴を馳走すると、青年はひどく気の毒がっているようでしたが、帰るときに徐に言いました。

「わたしはここから五、六里のところにある別荘に住んでいる者です。明日一度お遊びにお出で下さいませんか」

「ありがとうございます」

あくる日、約束の通りにたずねて行くと、一里ばかりのところに迎いの者が来ていました。馬に乗せられ、案内されると、やがて大きい邸宅の前に着きました。かの青年も出《い》で迎えて、いろいろの馳走をしてくれた末に、徐が材木を仕入れに来ていることを聞いて、青年は言いました。

「それならば私の持っている山に材木がたくさんありますから、早速に伐り出させましょう」

舟へ帰って待っていると、果たして一両日の後にたくさんの材木を運ばせて来ました。しかも木地が良くて、値《ね》が廉《やす》いので、徐は大喜びで取引きをしました。

それでもうこの土地にいる必要もないので、徐はさらに暇《いとま》乞《ご》いに行きますと、青年はまた四枚の大きい杉の板を出しました。

「これは売り買いではなく、わたしからお餞別《せんべつ》に差し上げるのです。呉《ご》の地方へお持ちになると、きっと良い御商法になりましょう」

そこで、呉の地方へ舟を廻しますと、あたかも呉の帥《そつ》が死んで、その棺にする杉の板が入用だということになったのですが、その土地にはよい板がない。そこへかの杉を売り込みに行ったので、たちまち買い上げられることになって、一度に数十万銭を儲けました。

徐もその謝礼として、種々の珍しい物を買い込んで、再びかの青年のところへ持参すると、青年もよろこんで再び材木を売ってくれました。

その後にもまた二、三度往復して、徐は大金儲けをしましたが、それから一年ほども間を置いて訪ねてゆくと、もう其の家は見えませんでした。

あんな大きい邸宅がどこへ移転したのかと、近所の里の人びとに聞き合わせると、初めからそんな家のあったことさえも知らないというのでした。

鬼国

梁《りょう》の時、青州《せい》の商人が海上で暴風に出逢って、どことも知れない国へ漂着しました。遠方からみると、それは普通の嶋などではなく、山や川や城もあるらしいのです。

「どこだろう」

「そうですねえ」と、船頭も考えていました。「わたし達も多年の商売で、方々へ吹き流されたこともありますが、こんな処へは一度も流れ着いたことがありません。なんでもここらの方角に鬼国《きこく》というのがあると聞いていますから、あるいはそれかも知れません」

なにしろ訪ねてみようというので、人びとが上陸すると、家の作りや田畑のさまは中国とちっとも変りません。ただ変っているのは、途中で逢う人びとに会釈《えしゃく》しても、相手はみな知らない顔をして行き過ぎてしまうのです。むこうの姿はこちらに見えても、こちらの姿はむこうに見えないらしいのです。

やがて城門の前に行き着くと、そこには門を守る人が立っているので、こちらでは試みに会釈すると、かれらはやはり知らない顔をしているのです。そこで、構わずに城内へはいり込んでゆくと、建物もなかなか宏壮で、そこらを往来している人物もみな立派にみえますが、どの人もやはりこちらを見向きもしないので、ますます奥深く進んでゆくと、その王宮では今や饗宴の最中らしく、大勢の家来らしい者が列坐している。その服装も器具も音楽もみな中国と大差がないのでした。

咎める者がないのを幸いに、人びとは王座のそばまで進み寄ってうかがうと、王は俄かに病いにかかったという騒ぎです。そこで巫女《みこ》らしい者を呼び出して占わせると、かれはこう言いました。

「これは陽地の人が来たので、その陽気に触れて、王は俄かに発病されたのでございます。しかしその人びとも偶然にここへ来合わせたので、別に祟《たた》りをなすというわけでもございませんから、食い物や乗り物をあたえて還《かえ》してやったらよろしゅうございましょう」

すぐに酒や料理を別室に用意させたので、人びとはそこへ行って飲んだり食ったりしていると、巫女をはじめ他の家来らも来て何か祈っているようでした。そのうちに馬の用意も出来たので、人びとはその馬に乗って元の岸へ戻って来ましたが、初めから終りまで向うの人たちにはこちらの姿が見えなかったらしいということでした。

これは作り話でなく、青州の節度使賀徳倹《がとくけん》、魏博《ぎはく》の節度使楊厚《ようこう》などという偉い人びとが、その商人《あきんど》の口から直接に聴いたのだと申します。

蛇喰い

安陸《あんりく》の毛《もう》という男は毒蛇を食いました。食うといっても、酒と一緒に呑むのだそうですが、なにしろ変った人間で、蛇食い又は蛇使いの大道《だいどう》芸人となって諸国を渡りあるいた末に、予章《よしよう》という所に足をとどめて、やはり蛇を使いながら十年あまりも暮らしていました。

すると、ここに薪《たきぎ》を売る者がありまして、鄱陽《はんよう》から薪を船に積んで来て、黄培山《こうばいさん》の下に泊まりますと、その夜の夢にひとりの老人があらわれて、わたしが頼むから、一匹の蛇を江西の毛《もう》という蛇使いの男のところへ届けてくれと言いました。そこで、その人は予章へ行って、毛のありかを探しているうちに、持って来た薪も大抵は売り尽くしてしまいました。

そのときに一匹の蒼白い蛇が船舷《ふなぞこ》にわだかまっているのを初めて発見しましたが、蛇は人を見てもおとなしくとぐろを巻いたままで逃げようともしません。さてはこの蛇だなと気がついて、それを持って岸へあがりますと、ようように毛という男の居どころが判りました。

毛はその蛇を受取って引き伸ばそうとすると、蛇はたちまちに彼の指を強く噛みましたので、毛はあっと叫んで倒れましたが、それぎりで遂に死んでしまいました。そうして、その死骸は間もなく腐って頽《くず》れました。

蛇はどこへ行ったか、そのゆくえは知れなかったそうです。

地下の亀

李宗《りそう》が楚州の刺史《しし》（州の長官）となっている時、その郡ちゅうにひとりの尼がありました、ある日、町なかをあるいていると、たちまち大地に坐ったままで動かなくなりました。おまけに幾日も飲まず食わずにいるのです。

その訴えを聞いて、李は武士らに言い付けて無理にその尼のからだを引き起して、試みにその坐っていた地の下をほり返してみると、長さ五、六尺の大きい亀があらわれました。亀は生きているので、川へ放してやりました。

尼はその後、別条もありませんでした。

剣

建州《けん》の梨山廟《りざんびょう》というのは、もとの宰相李廻《りかい》を祀《まつ》ったのだと伝えられています。李は左遷されて建州の刺史となって、臨川《りんせん》に終りましたが、その死んだ夜に、建安《けんあん》の人たちは彼が白馬に乗って梨山に入ったという夢をみたので、そこに廟を建てることになったのだそうです。

呉《ご》という大将が兵を率いて晋安《しんあん》に攻め向うことになりました。呉は新しく鋳《い》らせた剣を持っていまして、それが甚だよく切れるのです。彼は出陣の節に、その剣をたずさえて梨山の廟に参詣しました。

「どうぞこの剣で、手ずから十人の敵を斬り殺させていただきとうございます」と、彼は神前に祈りました。

その夜の夢に、神のお告げがありました。

「人は悪い願いをかけるものではない。しかし私はおまえを祐《たす》けて、お前が人手にかからないように救ってやるぞ」

いよいよ合戦になると、呉の軍は大いに敗れて、左右にいる者もみな散りぢりになりました。敵は隙間なく追いつめて来ます。とても逃げおおせることは出来ないと覚悟して、呉はかの剣をもってみずから首を刎《は》ねて死にました。

金児と銀女

建安の村に住んでいる者が、常に一人の小さい奴《しもべ》を城中の市《いち》へ使いに出していました。

家の南に大きい古塚がありまして、城へ行くにはここを通らなければなりません。奴がそこを通るたびに、黄いろい着物をきた少年が出て来て、相撲を一番取ろうというのです。こっちも年が若いものですから、喜んでその相手になって、毎日のように相撲を取っていました。それがために往復の時間が毎日おくれるので、主人が怪しんで叱りますと、奴も正直にその次第を白状しました。

「よし。それではおれが一緒にゆく」

主人は槌《つち》を持って草のなかに忍んでいると、果たしてかの少年が出て来て、奴に相撲をいどむのです。主人が不意に飛び出して打ち据えると、少年のすがたは忽ちに金で作った小児に変りました。それを持って帰ったので、主人の家は金持になりました。

又一つ、それに似た話があります。

廬《ろ》州の軍吏蔡彦卿《さいげんけい》という人が拓皐《たくこう》というところの鎮将となっていました。ある夏の夜、鎮門の外に出て涼んでいると、路の南の桑林のなかに、白い着物をきた一人の女が舞っているのを見ました。不思議に思って近寄ると、女のすがたは消えてしまいました。あくる夜、蔡は杖を持ち出して、その桑林の草むらに潜んでいると、やがてかの女があらわれて、ゆうべと同じように舞い始めたので、彼は飛びかかって打ち仆《たお》すと、女は一枚の白金に変りました。さらにその辺の土を掘り返すと、数千両の銀が発見されました。

海神

江南の朱廷禹《しゅていう》という人の親戚なにがしが海を渡るときに難風に逢いまして、舟がもうくつがえりそうになりました。

「それは海の神が何か欲しがっているのですから、ためしに荷物を捨ててごらんなさい」と、船頭が言いました。

そこで、舟に積んでいる荷物を片端から海へ投げ込みましたが、波風はなかなか鎮まりそうもありません。そのうちに一人の女が舟に乗って来ました。女は絶世の美人で、黄いろい衣《きもの》を着て、四人の従卒に舟を漕がせていましたが、その卒はみな青い服を着て、朱《あか》い髪を散らして、豕《いのこ》のような牙《きば》をむき出して、はなはだ怖ろしい形相《ぎょうそう》の者どもばかりでした。

女はこちらの舟へはいって来て言いました。

「この舟にはいい髢《かもじ》がある筈だから、見せてもらいたい」

こちらは慌てているので、髢などはどうしたか忘れてしまって、舟にあるだけの物はみな捨てましたと答えると、女は頭《かしら》をふりました。

「いや、舟のうしろの壁ぎわに掛けてある箱のなかに入れてある筈だ」

探してみると、果たしてその通りでした。舟には食料の乾肉《ほしにく》が貯えてありましたので、女はそれを取って従卒らに食わせましたが、かれらの手はみな鳥の爪のように見えました。

女は髢を取って元の舟へ乗り移ると、人も舟もやがて波間に隠れてしまいました。波も風もいつか鎮まって、舟は安らかに目的地の岸へ着きました。

海人

東州《とう》、静海軍《せいかい》の姚氏《ちょうし》がその部下と共に、海の魚を捕って年々の貢物《みつぎもの》にしていました。ある時、日もやがて暮れかかるのに、一向に魚が捕れないので、困ったものだと思っていると、たちまち網にかかった物がありました。それは一個の真っ黒な人間で、からだじゅうに長い毛が生えていまして、手をこまぬいて突っ立っているのです。おまえは何者だと訊いても、返事をしません。

「これは海人《かいじん》というものです」と、漁師は言いました。「これが出ると必ず災いがあります。何かの事のないように、いっそ殺してしまいましょう」

「いや、これは神霊の物だ。みだりに殺すのは不吉である」

姚は彼をゆるして、祈りました。

「お前がわたしのためにたくさんの魚をあたえて、職務を怠るの罪を免かれるようにしてくれれば、まことに神というべきである」

毛だらけの黒い人間は、退いて水の上をゆくこと数十歩で沈んでしまいました。その明くる日からは例年に倍《ばい》する大漁でした。

怪獣

李遇《りぐう》が宣武《せんぶ》の節度使となっている時、その軍政は大将の朱従本《しゅじゅうほん》にまかせて置きました。朱の家には猴《さる》を飼ってありましたが、厩《うまや》の者が夜なかに起きて馬に秣《まぐさ》をやりに行くと、そこに異物を見ました。

それは驢馬《ろば》のような物で、黒い毛が生えていました。しかも手足は人間のようで、大地に坐ってかの猴を食っているのでした。人の来たのを見て、かれは猴を捨てましたが、もう半分ほどは食われていました。

その明くる年、李遇の一族は誅せられました。故老の話によると、郡中にはこの怪物が居りまして、軍部に何か異変のあるたびに、かれは姿をあらわします。それが出ると、城中いっぱいに忌《いや》な臭いがするそうです。反乱を起した田頵《でんいん》が敗れようとする時にも、かの怪物が街なかにあらわれて、夜警の者はそれを見つけましたが、恐れて近寄りませんでした。果たして一年を過ぎないうちに、田は敗れました。

四足の蛇

舒州《じょしゅう》の人が山にはいって大蛇を見たので、直ぐにそれを撃ち殺しました。よく見ると、その蛇には足があるので、不思議に思って背負って帰ると、途中で県の役人五、六人に逢いました。

「わたしは今この蛇を殺しましたが、蛇には四つの足があるのです」

そう言われても、役人たちには蛇の形が見えないのです。

「その蛇はどこにいるのだ」

「いるではありませんか。これが見えないのですか」

その人は蛇を地面に投げ出すと、役人たちは初めて蛇の形を見ました。その代りに、今度は蛇を見るばかりで、その人の形が見えなくなりました。なにかの怪物に相違ないというので、蛇はそのまま捨てて帰ったそうです。この蛇は生きているあいだに自分の形を隠すことが出来ず、死んでから人の形を隠すというのは、その理屈が判らないと著者も言っています。

小奴

天祐丙子《てんゆうひのえね》の年、浙西《せっせい》の軍士周交《しゅうこう》が乱をおこして、大将の秦進忠《しんしんちゅう》をはじめ、張胤《ちょういん》ら十数人を殺しました。

秦進忠は若い時、なにかの事で立腹して、小さい奴《しもべ》を殺しました。刃《やいば》をその心《むね》に突き透したのでした。その死骸は埋めてしまって年を経たのですが、末年になってかの小奴《しようど》がむねを抱えて立っている姿を見るようになりました。初めは百歩を隔てていましたが、後にはだんだんに近寄って来ました。

乱のおこる日も、いま家を出ようとする時、馬の前に小奴が立っているのを、左右の人びともみな見ました。役所へ出ると右の騒動で、彼は乱兵のために胸を刺されて死にました。

同時に殺された張胤は、ひと月ほど前から自分の姓名を呼ぶ者があります。勿論その姿は見えませんが、声は透き通ったような強いひびきで、これも初めは遠く、後にはだんだんに近く、当日はわが面前にあるようにきこえましたが、役所へ出ると直ぐに討たれました。

楽人

建康《けんこう》に二人の楽人《がくじん》がありまして、日が暮れてから町へ出ますと、二人の僕《しもべ》らしい男に逢いました。

「陸判官《りくはんがん》がお招きです」

招かれるままに付いてゆくと、大きい邸宅へ連れ込まれました。座敷の装飾や料理の献立《こんだて》なども大そう整っていまして、来客は十人あまり、みな善く酒を飲みました。楽人らは一生懸命に楽を奏していると、もう酒には飽きたから食うことにすると言い出しました。しかも自分たちが飲んだり食ったりするばかりで、楽人らにはなんにも宛《あて》がわないのです。

夜がしらじらと明ける頃に、この宴会は果てましたが、楽人らはもう疲れ切って、門外の床の上にころがって正体なしに眠りました。眼が醒めると、二人は草のなかに寝ているのでした。そばには大きい塚がありました。

土地の人に訊《き》くと、これは昔から陸判官の塚と言い伝えられているが、いつの時代の人だかわからないということでした。

餅二枚

霍丘《かくきゆう》の令を勤めていた周潔《しゆうけつ》は、甲辰《こうしん》の年に役を罷《や》めて淮上《わいしよう》を旅行していました。その頃、ここらの地方は大饑饉《だいききん》で、往来の旅人《りよじん》もなく、宿を仮《か》るような家もありませんでした。高いところへ昇って見渡すと、遠い村落に烟《けむ》りのあがるのが見えたので、急いでそこへたずねて行くと、一軒の田舎家《いなかや》が見いだされました。

門を叩くと、やや暫くして一人の娘が出て来ました。周は泊めてもらいたいと頼むと、娘は言いました。

「家《うち》じゅうの者は饑餓に迫り、老人も子供もみな煩らっていますので、お気の毒ですがお客人をお通し申すことが出来ません。ただ中堂に一つの榻《とう》がありますから、それでよろしければお寝《やす》みください」

周はそこへ入れてもらいますと、娘はその前に立っていました。やがて妹娘も出て来ましたが、姉のうしろに隠れていてその顔を見せませんでした。周は自分が携帯の食事をすませて、女たちにも餅二つをやりました。

二人の女はその餅を貰って、自分たちの室《へや》へ帰りましたが、その後は人声もきこえず、物音もせず、家内が余りに森閑《しんかん》としているので、周はなんだかぞっとしたような心持になりました。夜があけて、暇乞いをして出ようと思いましたが、いくら呼んでも返事をする者がありません。

いよいよ不思議に思って、戸を壊《くず》してはいってみると、家内にはたくさんの死体が重なっていて、大抵はもう骸骨になりかかっていました。そのなかで、女の死体は死んでから十日《とおか》を越えまいと思われました。妹の顔はもう骨になっていました。ゆうべの二枚の餅はめいめいの胸の上に乗せてありました。

周は後に、かれらの死体をみな埋葬してやったそうです。

鬼兄弟

軍将の陳守規《ちんしゅき》は何かの連坐《まきぞえ》で信州へ流されて、その官舎に寓居することになりました。この官舎は昔から凶宅と呼ばれていましたが、陳が来ると直ぐに鬼物《きぶつ》があらわれました。鬼《き》は昼間でも種々の奇怪な形を見せて変幻出没するのでした。しかも陳は元来剛猛な人間であるのでちっとも驚かず、みずから弓矢や刀を執って鬼と闘いました。それが暫く続いているうちに、鬼は空ちゅうで語りました。

「わたしは鬼神であるから、人間と雑居するのを好まないのである。しかし君は堅固な人物であるから、兄分として交際したいと思うが、どうだな」

「よろしい」と、陳も承知しました。

その以来、陳と鬼とは兄弟分の交際を結ぶことになりました。何か吉凶のことがあれば、鬼がまず知らせてくれる。鬼が何か飲み食いの物を求めれば、陳があたえる。鬼の方からも銭や品物をくれる。しかし長い間には、陳もその交際が面倒になって来ました。そこで、ある道士にたのんで、訴状をかいて上帝に捧げました。鬼の退去を出願したのです。

すると、その翌日、鬼は大きい声で呶鳴りました。

「おれはお前と兄弟分になったのではないか。そのおれを何で上帝に訴えたのだ。男同士の義理仁義はそんなものではあるまい」

「そんな覚えはない」と、陳は言いました。

嘘をつけとばかりに、空中から陳の訴状を投げ付けて、鬼はまた罵りました。

「お前はおれの居どころがないと思っているのだろうが、おれは今から蜀川《しょくせん》へ行く。二度とこんな所へ来るものか」

鬼はそれぎりで跡を絶ったそうです。

夷《い》堅《けん》志《し》

第八の男は語る。

「わたくしは宋《そう》で『夷堅志』をえらみました。これは有名の大物でありますから、とても全部のお話は出来ません。そのなかで自分が面白く読んだものの幾分を御紹介するにとどめて置きます。この作者は宋の洪邁《こうまい》であります。この家は、父の洪皓《こうこう》をはじめとして、せがれの洪适《こうかつ》、洪遵《こうしゅん》、洪邁の一家兄弟、揃いも揃って名臣であり、忠臣であり、学者であること、実に一種の異彩を放っていると申してもよろしいくらいでありまして、宋朝が金《きん》に圧迫せられて南渡の悲運におちいるという国家多難の際にあって、皆それぞれに忠奮の意気をあらわしているのは、まったく尊敬に値いするのであります。

しかしここでは『夷堅志』の作者たる洪邁一人について少々申し上げますと、彼は字《あざな》を景盧《けいろ》といい、もちろん幼にして学を好み、紹興《しょうこう》の中年に詞科に挙げられて、左司《さし》員外郎《いんがいろう》に累進《るいしん》しました。彼が金に使いした時に、敵国に対するの礼を用いたので、大いに金人のために苦しめられましたが、彼は死を決して遂に屈しなかった事などは、有名の事実でありますから詳しく申すまでもありますまい。

後にゆるされて帰りまして、所々の知州などを勤めた末に、端明殿学士《たんめいでんがくし》となって退隠しました。死して文敏《ぶんびん》と諡《おくりな》されて居ります。その著書や随筆は頗《すこぶ》る多いのですが、一般的に最もよく知られているのは、この『夷堅志』であります。原本は四百二十巻の大作だそうですが、その大部分は散佚《さんいつ》して、今伝わるものは五十巻、それでもなかなかの大著述というべきでしょう。

そうして、その敵国たる金の元遺山《げんいざん》が更に『続夷堅志』を書いているのは、頗るおもしろい対照というべきであります。どちらも学者で忠臣でありますから、元遺山もひそかに彼を敬慕していたのかも知れません。あまりに前置きが長くなりましては御退屈でございましょうから、ここらで本文《ほんもん》に取りかかります」

妖鬼を祭る

祁《き》州の汪《おう》氏の息子が番陽《はよう》から池《ち》州へ行って、建徳《けんとく》県に宿ろうとした。その途中、親しい友をたずねて酒の馳走になっているうちに、行李《こうり》はすでに先発したので、汪はひとりで馬に乗って出ると、路を迷ったものとみえて、行けども行けども先発の従者に逢わないので、草深い森の奥へ踏み込んでしまった。

そのうちに日が暮れかかると、草むらから幾人の男があらわれて、有無《うむ》をいわさずに彼を捕虜《とりこ》にして牽《ひ》き去った。行くこと何百里、深山の古い廟のなかへ連れ込まれて、汪はその柱へうしろ手に縛り付けられた。何を祭ってあるのか知らないが、かれらは香を焚《た》き、酒を酌んで、神像の前にうやうやしく礼拝して言った。

「どうぞ御自由にねがいます」

かれらは廟門をとざして立ち去った。かれらは人を供えて妖鬼を祭るのである。汪は初めてそれをさとったが、今更どうすることも出来ないので、日ごろ習いおぼえた大悲の呪《じゅ》を唱えて、ただ一心にその救いを祈っていると、その夜半に大風雨がおこって、森の立ち木も震動した。

廟門は忽ちにおのずから開かれて、何物かがはいって来た。その眼のひかりは松明《たいまつ》のようで、あたりも輝くばかりに見えるので、汪は恐るおそる窺うと、それは大きい蟒蛇《うわばみ》であった。蛇は首をもたげて生贄《いけにえ》に進み寄って来るので、汪は眼をとじて、いよいよ一心に念誦《ねんじゅ》していると、蛇は一丈ほどの前まで進んで来ながら、何物にかさえぎられるように逡巡《しりご》みした。一進一退、おなじようなことを三度も繰り返した後に、蛇は遂に首を伏せて立ち去ってしまった。

汪もこれでひと息ついて、ひたすらに夜の明けるのを待っていると、表がようやく白《しら》んで来た時、太鼓をたたき、笙《しょう》を吹いて、大勢の人がここへ近づいた。そのなかには昨夜の男もまじっていた。

かれらは汪が無事でいるのを見て大いにおどろいた。汪からその子細を聞かされて、かれらは更に驚嘆した。

「あなたは福のあるお人で、われわれの神にささげることは出来ないのです」

かれらは汪のいましめを解いて、昨夜来の無礼をあつく詫びた上に、官道までつつがなく送り出して、この事はかならず他言して下さるなと、堅く頼んで別れた。

床下の女

宋《そう》の紹興《しょうこう》三十二年、劉子昂《りゅうしこう》は和州《わしゅう》の太守に任ぜられた。やがて淮上《わいしょう》の乱も鎮定したので、独身で任地にむかい、官舎に生活しているうちに、そこに出入りする美婦人と親しくなって、女は毎夜忍んで来た。

それが五、六カ月もつづいた後、劉は天慶観《てんけいかん》へ参詣すると、そこにいる老道士が彼に訊《き》いた。

「あなたの顔はひどく痩《や》せ衰えて、一種の妖気を帯びている。何か心あたりがありますか」

　劉も最初は隠していたが、再三問われて遂に白状した。

「実は妾《しょう》を置いています」

「それで判りました」と、道士はうなずいた。「その婦人はまことの人ではありません。このままにして置くと、あなたは助からない。二枚の神符《しんぷ》をあげるから、夜になったら戸外に貼りつけて置きなさい」

　劉もおどろいて二枚の御符を貰って帰って、早速それを戸の外に貼って置くと、その夜半に女が来て、それを見て怨み罵った。

「今まで夫婦のように暮らしていながら、これは何のことです。わたしに来るなと言うならば、もう参りません。決して再びわたしのことを憶《おも》ってくださるな」

　言い捨てて立ち去ろうとするらしいので、劉はまた俄かに未練が出て、急にその符を引っぱがして、いつもの通りに女を呼び入れた。

　それから数日の後、かの道士は役所へたずねて来た。かれは劉をひと目見て眉をひそめた。

「あなたはいよいよ危うい。実に困ったものです。しかし、ともかくも一応はその正体をごらんに入れなければならない」

道士は人をあつめて数十荷《か》の水を運ばせ、それを堂上にぶちまけさせると、一方の隅の五、六尺ばかりの所は、水が流れてゆくと直ぐに乾いてしまうのである。そこの床下を掘らせると、女の死骸があらわれた。よく見ると、それはかの女をそのままであるので、劉は大いに驚かされた。彼はそれから十日を過ぎずして死んだ。

餅を買う女

宣城《せんじょう》は兵乱の後、人民は四方へ離散して、郊外の所々に蕭条《しょうじょう》たる草原が多かった。その当時のことである。民家の妻が妊娠中に死亡したので、その亡骸《なきがら》を村内の古廟のうしろに葬った。その後、廟に近い民家の者が草むらのあいだに灯《ひ》の影を見る夜があった。あるときは何処《どこ》かで赤児《あかご》の啼く声を聞くこともあった。

街《まち》に近い餅屋へ毎日餅を買いに来る女があって、彼女は赤児をかかえていた。それが毎日かならず来るので、餅屋の者もすこし疑って、あるときそっとその跡をつけて行くと、女の姿は廟のあたりで消え失せた。いよいよ不審に思って、その次の日に来た時、なにげなく世間話などをしているうちに、隙《すき》をみて彼女の裾に紅い糸を縫いつけて置いて、帰る時に再びそのあとを付けてゆくと、女は追って来る者のあるのを覚ったらしく、いつの間にか姿を消して、糸は草むらの塚の上にかかっていた。

近所で聞きあわせて、塚のぬしの夫へ知らせてやると、夫をはじめ、一家の者が駈け付けて、試みに塚をほり返すと、赤児は棺のなかに生きていた。女の顔色もなお生けるが如くで、妊娠中の胎児が死後に生み出されたものと判った。

夫の家では妻の亡骸《なきがら》を灰にして、その赤児を養育した。

海中の紅旗

丞相《じょうしょう》（大臣）の趙鼎《ちょうてい》が遠く流されて朱崖《しゅがい》にあるとき、桂林《けいりん》の帥《そつ》が使いをつかわして酒や米を贈らせた。雷州《らい》から船路をゆくこと三日、風力がすこぶる強いので、帆を十分に張って走らせると、洪濤《おおなみ》のあいだに紅い旗のようなものが続いてみえた。距離が遠いのでよく判《わか》らないが、あるいは海賊か、あるいは異国の兵かと、舟びとを呼んでたずねると、かれらは手をふって、なんにも言うなと制した。見れば、その顔色が甚だおだやかでない。

どうした事かと疑い惑《まど》っていると、舟びとの一人はやがて髪をふり乱して刀を持って、篷《とま》のうしろに出たかと思うと、自分の舌を傷つけてその血を海のなかへしたたらした。

「口を利いてはいけません。眼を瞑《と》じておいでなさい」と、舟びとは注意した。

その通りにしていると、ふた時《とき》ほども過ぎた後に、舟びとらはたちまち喜びの声をあげた。

「御安心なさい。みんな助かりました」

なにが何だかちっとも判らないので、使いは舟びとにその子細《しさい》をただすと、かれらは初めて説明した。

「けさから見たのは鰌魚《ゆうぎょ》の大きいので、紅い旗のように見えたのは、その鱗《うろこ》や脊鰭《せびれ》でございます。あの魚とこの舟とは十五里も距《はな》れているのですが、もしあの魚がからだを一度ゆすぶったら、こんな舟は木の葉のようにくつがえされてしまいます。あの魚は北へのぼり、この舟は南へくだり、たがいに行き違いになりながら、この強い風に幾時間を費したのですから、おそらくかの魚の長さは幾百里というのでございましょう。考えても怖ろしいことでございます」

荘子《そうじ》のいわゆる鯤鵬《こんぼう》の説も、必ずしも寓言《ぐうげん》ではないと、使いはさとった。

厲鬼《れいき》の訴訟

秦棣《しんてい》が宣州の知事となっている時である。某村の民家で酒を密造しているのを知って、巡検をつかわして召捕らせた。

巡検は数十人の兵を率いて、夜半にその家を取り囲むと、それは村内に知られた富豪であるので、夜なかに多勢《たぜい》が押し寄せて来たのを見て、賊徒の夜襲と早合点して、太鼓を鳴らして村内の者どもを呼びあつめた。その家にも大勢《おおぜい》の奉公人があるので、かれこれ一緒に協力して、巡検その他をことごとく捕縛してしまった。おれは役人であるといっても、激昂《げっこう》しているかれらは承知しないのである。

それが県署にもきこえたので、県の尉《じょう》が早馬で駈け付けると右の始末である。何分にも夜中といい相手は多勢であるので、尉はまずいい加減にかれらをなだめた。

「よし、よし。お前の家で強盗どもを捕えたのは結構なことだ。ともかくもわたしの方へ引き渡してくれないか。おまえ達にも褒美をやるよ」

だまされるとは知らないで、かれらは縄付きの巡検らをひき渡した。その家の主人と悴《せがれ》と孫との三人も、その事情を訴えるために付いて行った。さて行き着くと相手の態度は俄かに変って、知事の秦棣《しんてい》は巡検らの縄を解いて、あべこべにかの親子ら三人を引っくくった。

「役人を縛って、強盗呼ばわりをするとは不届きな奴らだ」

かれらはからだ全体を麻縄で厳重にくくり上げられて、いずれも一百ずつ打たれた。縄を解くと、三人はみな息が絶えていた。それはあまりに苛酷の仕置きであるという批難もあったが、秦棣の兄は宰相《さいしょう》であるので、誰も表向きに咎める者はなかった。但し秦棣はその明くる年に突然病死した。

そのあとへ楊厚《ようこう》という人が赴任した。ある日、楊が役所に出ていると、数人の者が手枷《かせ》や首枷をかけた一人の囚人《めしゅうど》をつれて来て、なにがし村の一件の御吟味をおねがい申すといって消え失せた。

白昼にこの不思議を見せられて、楊もおどろいた。殊《こと》に新任早々で、在来のことをなんにも知らないので、下役人を呼んで取調べると、それはかの村民らを杖殺した一件であることが判った。首枷の囚人は秦棣であるらしい。

楊は書き役の者に命じて、かの一件の記録を訂正させ、さらに紙銭《しせん》十万を焚《や》いて、かれらの冥福を祈った。

鉄塔神の霊異

蔚《うつ》州の城内に寺があって、その寺内に鉄塔神《てっとうじん》というのが祭られているが、その神霊赫《かく》灼《しゃく》たるものとして土地の人びとにも甚だ尊崇されていた。契丹《きったん》のまさに亡びんとする時、或る者はその神体が城外へ走るのを見て、おどろき怪しんで早速に参詣すると、神像の全身に汗が流れていたので、いよいよそれを怪しんだが、さてその子細はわからなかった。

その夜の夢に、神は寺の講師《こうじ》に告げた。

「われは天符を受取って、それに因るとこの城中の者はみな死すべきである。それは余りにいたましいので、われは毎日奔走尽力して、出来得るだけの人命を救うことにした。明日の午《ひる》どきに女真《じょしん》の兵が突然に襲って来て、この城は落ちる。そうして、逃がるまじき命数の者一千三百余人だけは命を失わなければならない。そのうちにはこの寺の僧四十余人も数えられている。あなたもその一人であるが、われは久しくこの地にあって、ふだんから師の高徳に感じているのであるから、死者の名簿を改訂して他人の名に換えて置いた。就いては、明日早朝にここを立ち退くがよろしい」

講師は夢が醒めて奇異に感じた。それを他の僧らに話したが、誰も信じる者がないので、講師も一時はやや躊躇したが、鉄塔神の霊あることはかねて知っているので、とうとう思い切って自分だけの荷物を取りまとめて、寺のうしろの山へ逃げ登った。

行くこと五里ばかりにして、講師は白金の食器を置き忘れたことを思い出したので、ふたたび下山して寺へ引っ返すと、あたかも檀家で供養をたのみに来ている者があった。他の僧らは講師の顔をみて喜んだ。

「あなたのような偉いかたが軽々しく夢を信ずるということがありますか。こうして檀家の方々も見えているのに、和尚のあなたが、子細もなしに寺を捨てて立ち去ったなどとあっては、世間の信仰をうしなってしまいます。今は国ざかいも平穏で、女真《じょしん》のえびすなどが押し寄せて来るという警報もないのに、一刻を争って立ち退くには及びますまい」

かれらの言うことに道理もあるので、講師はこころならずもひき留められて、かれらと共に供養の式を営み、あわせて法談を試むることになった。法談が終って、衆僧がみな午飯《ひるめし》を食いはじめると、たちまちに女真の兵がにわかに押し寄せて来たという警報を受取った。もちろん不意のことであるから、城はいっ時の後に攻め破られた。

僧らもあわてて逃げ惑ったが、もう遅かった。城中の人と寺中の僧と、死んだ者の数はかの神の告げに符合していた。講師も身を全うすることが出来なかった。

乞食の茶

都の石氏《せきし》という家では茶肆《ちゃみせ》を開いて、幼い娘に店番をさせていた。

ある時、その店へ気ちがいのような乞食が来た。垢《あか》だらけの顔をして、身には襤褸《ぼろ》をまとっているのである。彼は茶を飲ませてくれと言うと、娘はこころよく茶をすすめた。しかもその貧しいのを憫れんで銭《ぜに》を取らなかった。その以来、かの乞食は毎日ここへ茶を飲みに来ると、娘は特に佳い茶をこしらえてやった。

それがひと月もつづいたので、父もそれを知って娘を叱った。

「あんな奴が毎日来ると、ほかの客の邪魔になる。今度来たら追い出してしまえ」

それでも娘はやはり今までの通りにしているので、父はいよいよ怒って彼女を打《ぶ》つこともあった。そのうちに、かの乞食が来て、いつものように茶を飲みながら娘に言った。

「お前はわたしの飲みかけの茶を飲むか」

これには娘もすこし困って、その茶碗の茶を土にこぼすと、たちまち一種不思議のよい匂いがしたので、彼女は怪しんでその残りを飲みほした。

「わたしは呂翁《りよおう》という者だ」と、乞食は言った。「おまえは縁がなくて、わたしの茶をみんな飲まなかったが、少し飲んでも福はある。富貴か、長寿か、おまえの望むところを言ってみろ」

娘は小商人《こあきんど》の子に生まれ、しかもまだ小娘であるので、富貴などということはよく知らなかった。そこで、彼女は長寿を望むと答えると、乞食はうなずいて立ち去った。親たちもそれを聞いて今更のように驚いたが、乞食はもう再び姿をみせなかった。

娘は生長して管営指揮使の妻となり、のちに呉《ご》の燕王《えんおう》の孫娘の乳母となって、百二十歳の寿を保った。

小龍

宗立本《そうりゅうほん》は登州黄県《とうこう》の人で、父祖の代から行商を営《いとな》んでいたが、年の長《た》けるまで子がなかった。宋の紹興二十八年の夏、帛《きぬ》のたぐいを売りながら、妻と共に濰《い》州を廻って、これから昌楽《しょうらく》へ行こうとする途中、日が暮れて路ばたの古い廟に宿った。数人の従者は柝《き》を撃って、夜もすがらその荷物を守っていた。

夜があけて出発すると、六、七歳の男の児が来てその前にひざまずいた。見るから利口そうな小児である。宗は立ちどまって、お前はどこの子かとたずねると、彼ははきはきと答えた。

「わたくしは武昌《ぶしょう》の公吏の子で、父は王忠彦《おうちゅうげん》と申しました。運悪く両親に死に別れて、他人の手に育てられていましたが、ここへ来る途中で捨てられました」

宗は憐れんで彼を養うことにして、その名を神授《しんじゅ》と呼ばせた。神授は見た通りの賢い生まれつきで、書物を読めばすぐに記憶するばかりか、大きい筆を握ってよく大字をかいた。篆書《てんしょ》でも隷書《れいしょ》でも草書《そうしょ》でも、学ばずして見事に書くので、見る人みな驚嘆せざるはなかった。宗はもとより大資本の商人でもないので、しまいには自分の商売をやめて、神授を連れて諸方を遊歴し、その字を売り物にして生活するようになった。

それからのち二年の春、宗は小児を連れて済南《さいなん》の章 丘《しょうきゅう》へゆくと、路で胡服《こふく》をきた一人の僧に逢った。僧は容貌魁偉《ようぼうかいい》ともいうべき人で、宗にむかって突然に訊いた。

「おまえはこの子をどこから拾って来た」

「これはわたしの実の子です」と、宗は答えた。

「いや、おまえの子ではない筈だ」と、僧は笑いながら言った。「飛んでもないことをお言いなさるな」「これは私の住んでいる五台山の龍《りゅう》だ。五百の小龍のうちで其の一つが行くえ不明になったので、三年前から探していたのだ。お前の手もとに長くとどめて置くと、きっと大いなる禍いを受けることになる。わたしが法を施したから、かれももうどうすることも出来まい」

僧は水を索《もと》めて噴きかけると、神授はたちまち小さい朱《あか》い蛇に変った。僧は瓶《かめ》をとって神授の名を呼ぶと、蛇は躍ってその瓶のうちにはいった。呆《あき》れている宗の夫婦をあとに見て、僧は笠を深くして立ち去った。

蛇　薬

徽州《き》懐金郷《かいきんごう》の程彬《ていひん》という農民は、一種の毒薬を作って暴利をむさぼっていた。

それはたくさんの蛇を殺して土中にうずめ、それに苫《とま》をかけて、常に水をそそいでいると、毒気が蒸れてそこに怪しい蕈《きのこ》が生える。それを乾かして、さらに他の薬をまぜ合わせるのである。しかし最初に生えた蕈は、その毒があまりに猛烈で、食えばすぐに死んでしまうので、後日《ごにち》の面倒を恐れて用いず、多くは二度目に生えたのを用いて、徐々に斃《たお》れさせるのであった。

その毒をためすには、蛙《かわず》に食わせてみるのである。蛙が多く躍り狂えば、その毒の効き目が多いということになっている。その薬の名は万歳丹《まんざいたん》と称していたが、万歳どころか、実は人の命をちぢめる大毒薬で、何かの復讐などを企てるものは、大金を与えてその秘薬を買った。現に或る家では来客にその薬をすすめようとして、誤まって嫁の舅《しゅうと》に食わせたので、驚いていろいろに介抱したが、どうしても救うことが出来なかったという話も伝わっている。

程《てい》の弟に正道《せいどう》という者があった。その名のごとく彼は正しい人間であったので、兄の非行を見るに見かねて、数十里の遠いところへ立ち退いてしまった。程もだんだん老ゆるにしたがって、自分の非を悔むようになったので、本当の薬を作ることをやめて、その偽物を売りはじめたが、偽物では効き目がないので、自然に買う者もなくなった。彼は貧窮のうちに晩年を送って、ひとり息子は乞食になった。

彼がほん物の万歳丹を作っている時のことである。村役人が租税《そぜい》を催促に行って、なにか彼の感情を害すようなことを言ったので、程はあざむいてかの薬を飲ませると、役人は帰る途中から俄かに頭が痛んで血を嘔《は》いた。さてはと気がついて引っ返して、程の門前に仆《たお》れて救いを呼ぶと、彼は水を汲んで来て飲ませてくれた。それで苦痛も薄らいで、役人は無事に助かったということであるから、彼は毒を作ると共に、その毒を消す法をも知っていたらしいが、その法は伝わっていない。

重要書類紛失

宋の紹興の初年、莆田《ほでん》の林迪功《りんちゆうこう》という人は江西の尉《じよう》を勤めていたが、盗賊を捉えた功によって、満期の後は更に都の官吏にのぼせられることになっていた。

そのころ臨安府には火災が多かったので、官舎に寄寓《きぐう》している人びとは、外出するごとに勅諭《ちよくゆ》その他の重要書類を携帯してゆくのを例としていた。林《りん》も御用大事と心得ている人物であるので、外出する時には必ず重要書類を懐中して出て、途中でも二、三度ぐらいは検《あらた》めることにしていた。

それで最初は無事であったが、ある時それが紛失したので、彼は三万銭の賞を賭けてその捜査を命じると、たちまちにそれを届けて来るものがあった。それで安心すると、又もや紛失した。又もや賞をかけると、又もや直ぐに届けて来た。こういうことが三度も四度も繰り返されたので、本人も怪しみ、他の者も不審をいだくようになった。これが果てしもなしに続くときは、彼の私財が尽きてしまうか、あるいは重要書類をうしなった罪に服するか、二つに一つは免《まぬ》かれないであろうと危ぶまれた。

林は独身者であるが、近来その部屋のなかで頻《しき》りに人声を聞くことがあった。殊に或る夜は何か声高《こわだか》に論じ合っているようであったが、暫くしてひっそりと鎮まった。あくる朝になっても戸もあけないので、出入りの婆さんが不思議に思って、近所の人びとを呼びあつめ、壁をぶちこわしてはいってみると、林は腰掛けの上にたおれていた。かれは剪刀《はさみ》で喉を突いて自殺したのである。

さてその死因はわからなかった。伝うるところに拠れば、彼がさきに盗賊二人を捕えた時、いずれもその証拠不十分であるにも拘《かかわ》らず、彼は自己の功をなすに急なる余りに、鍛錬羅織《らしき》して無理にかれらを罪人におとしいれた。その恨みが重要書類の紛失となり、さらに彼の死となったのであろうというのである。但しそれが死んだ人の仕業《しわざ》か、生きている人の仕業か、本人に聞いてみなければ判らないのである。

股を焼く

宋の宣和《せんな》年中に、明州昌国《しょうこく》の人が海あきないに出た。海上何百里、名の知れない大きい島に舟を寄せて、そのうちの数人が薪《たきぎ》を採りに上陸すると、島びとに見つけられて早々に逃げ帰ったが、その一人は便所へ行っていたために逃げおくれて、遂にかれらの捕虜《とりこ》となった。

島びとは鉄の綱で彼をつないで、田を耕《たがや》させた。一、二年の後には互いに馴れて、縛って置くことを免《ゆる》されたが、初めのうちは島びとがあつまって酒を飲むたびに、彼をその席へひき出して、焼けた鉄火箸を彼の股へあてるのである。かれらはその苦しみもがくのを見て、面白そうに大いに笑った。要するに、彼に残酷な刑を加えて、酒宴の余興とするのである。

彼ものちにはそれを覚《さと》ったので、いかに熱い火箸をあてられても、騒がず、叫ばず、歯を食いしばってじっと我慢していたので、かれらは興を失ったらしく、ついにその拷《ごう》問《もん》をやめてしまった。

三年後、かれは幸いに、便船を得て逃げ帰ったが、その両股は一面に黒く焼かれていた。

三重歯

右相丞鄭雍《ていよう》の甥の鄭某は拱州《こうしゅう》に住んでいた。その頃、京東《けいとう》は大饑饉で、四方へ流浪して行く窮民が毎日つづいてその門前を通った。

そのなかに一人の女があった。泥まぶれの穢《きたな》い姿をしていたが、その容貌《きりょう》は目立って美しいので、主人の鄭は自分の家へ引き取って妾《しょう》にしようと思った。女にも異存はなく、やがては餓死するかも知れない者を、お召仕《つか》いくだされば望外の仕合わせでございますと答えた。そこで請人《うけにん》を立てて相当の金をわたして、女はここの家の人となって、髪を結わせ、新しい着物に着かえさせると、彼女の容貌はいよいよ揚がってみえた。

女は美しいが上に、なかなか利口な質《たち》であるので、主人にも寵愛されて、無事に五、六カ月をすごしたが、ある夜、大雷雨の最中に、寝間の外から声をかける者があった。

「先日の婦人を返してください。あの女は餓死すべき命数になっているので、生かして置くことは出来ないのです」

鄭は内からそれに応対していたが、外にいるのは何者であるか判らない。おそらく何かの妖物《ようぶつ》であろうと思われるので、堅く拒《こば》んで入れなかった。外の声もいつかやんだ。

しかし夜が明けてから考えると、こういう女をいつまでもとどめて置くのは、自分の家のためにもよろしくないらしい。いっそ思い切って暇《ひま》を出そうかとも思ったが、やはり未練があるのでそのままにして置くと、次の夜にも又もや門を叩いて彼女を渡せという者があった。鄭も意地になってそれを拒《こば》んだ。

「畜生。なんとでもいえ。女を連れて行きたければ、勝手に連れて行ってみろ。おれは決して渡さないぞ」

相手は毎夜のように門を叩きに来るのを、鄭はいつも強情に罵って追い返した。たがいに根《こん》くらべを幾日もつづけているうちに、ある夜かの女は俄かに歯が痛むと言い出して、夜通し唸《うな》って苦しんでいたが、朝になってみると、その歯が三重に生えて、さながら鬼のような形相《ぎょうそう》になったので、主人は勿論、一家内の者がみな怖れた。

こうなると、もう仕様がない。彼女は即日に暇を出された。

何分にもこんな形になってしまっては、誰も引き取る者もないので、彼女は遂に乞食の群れに落ちて死んだ。

鬼に追わる

宋の紹興《しょうこう》二十四年六月、江州彭沢《ほうたく》の丞を勤める沈持要《ちんじよう》という人が、官命で臨江へゆく途中、湖口《ここう》県を去る六十里の化成寺《かせいじ》という寺に泊まった。

その夜、住職をたずねると、僧は彼にむかって客室の怪を語った。

「昨年のことでございます。ひとりのお客人が客室にお泊まりになりました。その部屋のうちには旅櫬《りょしん》がございました。申すまでもなく、旅で死んだお人の棺をお預かり申していたのでございます。すると、夜なかにお客人はその棺のうちから光りを発したのを見て、不思議に思ってじっと見つめていると、その光りのなかに人の影が動いているらしいので、お客人も驚きました。となりは仏殿であるので、さあといったらそこへ逃げ込むつもりで、寝床の帳《とばり》をかかげて窺っていると、棺のなかの鬼も蓋《ふた》をあげてこちらを窺っているのでございます。いよいよ堪《た》まらなくなって、お客人は寝床からそっとひと足降りかかると、鬼もまた、棺の中からひと足踏み出す。ぎょっとして足を引っ込ませると、鬼もまた足を引っ込ませる。こっちが足をおろすと、鬼もまた足をふみ出すというわけで、同じようなことを幾たびも繰り返しているうちに、お客人ももうどうにもならないので、思い切って寝床から飛び降りて逃げ出すと、鬼も棺から飛び出して追って来る。お客人は仏殿へ逃げ込みながら、大きい声で救いを呼んでいると、鬼はもう近いところまで追い迫って来ました。

お客人は気も魂も身に添わずというわけで、ころげ廻って逃げるうちに、力が尽きて地にたおれると、鬼はここぞと飛びかかって来るとき、たちまち柱に突き当って、がちりという音がしたかと思うと、それぎりでひっそりと鎮まってしまいました。そこへ大勢の僧が駈けつけて、半死半生でたおれているお客人を介抱して、さてそこらを検《あらた》めてみると、骸骨が柱にあたってばらばらに頽《くず》れていました。

その後に、その死人の家から棺をうけ取りに来ましたが、死骸が砕けているのを見て承知しません。なんでも寺《じ》ちゅうの者が棺をあばいたに相違ないといって、とうとう訴訟沙汰にまでなりましたが、当夜の事情が判明して無事に済みました」

土偶

鄭安恭《ていあんきよう》が肇慶《ちようけい》の太守となっていた時のことである。

夜番の卒《そつ》が夜なかに城中を見まわると、城中の一つの亭《てい》に火のひかりの洩れているのを発見したので、怪しんでその火をたずねてゆくと、そこには十余人の男と五、六人の小児とが集まって博奕《ばくち》をしているのであった。卒は大胆な男であるので、進み寄って冗談半分に声をかけた。

「おい。おれにも銭《ぜに》をくれ」

彼が手を出すと、諸人は黙って銭をくれた。その額は三千銭ほどであった。夜が明けてからあらためると、それは本当の銅銭であったので、彼は大いに喜んだ。明くる晩もやはりその通りで、彼は又もや三千あまりの銭を貰って来た。それに味を占めて、彼は上役に巧《うま》く頼み込んで、以来は夜更けの見まわりを、自分ひとりが毎晩受持つことにした。そうして、相変らず賭博者の群れからテラ銭《せん》のようなものを受取っていたので、彼の懐中はいよいよ膨らんだ。

そのうちに、城中の軍資を入れてある庫《くら》のなかから銀数百両と銭数千緡《びん》が紛失したことが発見されて、その賊の詮議が厳重になった。かの卒は近来俄かに銭使いがあらい上に、新しい着物などを拵《こしら》えたというのが目について、真っ先に捕えられて吟味を受けることになったので、彼も包み切れないで正直に白状した。太守の鄭はその賭博者の風俗や人相をくわしく取調べた後に、こう言った。

「それはまことの人ではあるまい。おそらく土偶《どぐう》のたぐいであろう」

そこで、かの卒を見知り人にして、他の役人らが付き添って、近所の廟をたずね廻らせると、城隍廟《じょうこうびょう》のうちに大小の土人形がならんでいる。その顔や形がそれらしいというので、試みに一つの人形の腹を毀《こわ》してみると、果たして銀があらわれた。つづいて他の人形を打ち砕くと、皆その腹に銀をたくわえていた。さらに足の下の土をほり返すと、土の中からもたくさんの銭《ぜに》が出た。

卒が貰った銭と、掘り出した銀と銭とを合算すると、あたかも紛失の金高に符合しているので、もう疑うところはなかった。

土人形は片っ端から打ち毀《こわ》された。その以来、怪しい賭博者は影をかくした。

野象の群れ

宋の乾道《けんどう》七年、縉雲《しんうん》の陳由義《ちんゆうぎ》が父をたずねるために閩《みん》より広《こう》へ行った。その途中、潮州《ちょう》を過ぎた時に、人からこんな話を聞かされた。

近年のことである。恵《けい》州の太守が一家を連れて、福《ふく》州から任地へ赴《おもむ》く途中、やはりこの潮州を通りかかると、元来このあたりには野生の象が多くて、数百頭が群れをなしている。時あたかも秋の刈り入れ時であるので、土地の農民らは象の群れに食いあらされるのを恐れて、その警戒を厳重にし、田と田のあいだに陥穽《おとしあな》を設けて、かれらの進入を防ぐことにしたので、象の群れは遠く眺めているばかりで、近寄ることが出来なかった。

かれらは腹立たしそうに唸っていたが、やがて群れをなして太守の一行を取り囲んだ。一行には二百人の兵が付き添っていたが、幾百という野象に囲まれては身動きも出来ない。なんとか賺《すか》して逐《お》いやろうとしても、かれらはなかなか立ち去らないで、一行を包囲すること半日以上にも及んだので、一行ちゅうの女子供は途方にくれた。そのなかには恐怖のあまりに気を失う者もできた。

こうなると、土地の者も見捨てては置かれないので、大勢が稲をになって来てその四方に積んだ。最初のうちは象も知らぬ顔をしていたが、だんだんにたくさん運ばれて、自分たちの食うには十分であることを見きわめた時に、かれらは初めて囲みを解いて、その稲を盛んに食いはじめた。かれらは太守の一行を人質《ひとじち》にして、自分たちの食料を強要したのである。

野獣の智、まことに及ぶべからずと、人びとは舌をまいた。

碧瀾堂

南康《なんこう》の建昌《けんしょう》県の某家では紫姑神《しこじん》を祭っていたが、その神には甚だ霊異があって、何かにつけて伺いを立てると、直ちに有難いお告げをあたえられた。たとえば長江の下流地方では茶の価いが高くなっているから、早く持ち出して売れといい、どこでは米の相場が騰《あが》っているから、早く積み出してゆけというたぐいで、それが一々適中するために、その家は大いに工面《くめん》がよくなった。

ある日、又もや神のお告げがあった。

「あしたは貴い客人が来る。かならず鄭重に取扱わなければならぬぞ」

そこで、家の息子たちや奉公人どもは早朝から門に立って待ち受けていたが、日の暮れる頃まで誰も来なかった。

神様のお告げにいつわりがあろうとは思われないが、是非なく門を閉じようとする時、ひとりの乞食が物を貰いに来た。

「さあ、これだ」

無理に内へ連れ込んで、湯に入れるやら、着物を着せ換えるやら、家内が総がかりで下へも置かない歓待《もてなし》に、乞食は面食らった。嬉しいのを通り越して、かれは怖ろしくなった。もしや自分を生贄《いけにえ》にして何かの神を祭るのではないかとも疑った。

「どうぞお助けください。わたくしのような者でも命は惜しゅうございます」と、かれは泣いて訴えた。

主人から神のお告げを言い聞かされて、乞食も不思議そうに言った。

「それではお禱《いの》りをして、わたくしからその子細を伺ってみましょう」

香を焚いて禱ると、やがて神はくだった。

神は捧げられた紙の上に、左の文字を大きく書いた。

「あなたは碧瀾堂《へきらんどう》の昔を忘れましたか」

それを見ると、乞食はあっと気を失ってしまった。家内の人びともおどろいて介抱して、さてその子細を詮議すると、かれは泣いて答えた。

「わたくしも元は相当の金持の家のせがれで、ある娼妓《しょうぎ》と深く言いかわしましたが、両親がとても添わせてくれる筈はないので、女をつれて駈落ちをしました。そのうちに貯えの金はなくなる、女はいつまでも付きまとっている。どうにも仕様がないので、呉《ご》興《こう》へ行ったときに、碧瀾堂へ遊びに行こうといって連れ出して、酒に酔った勢いで女を水へ突き落して逃げましたが、その後にもやはりよいこともなくて、とうとう乞食の群れに落ちてしまいました。今日《こんにち》わたくしがここへ呼び込まれましたのは、死んだ女がむかしの恨みを言おうがためでございましたろう」

言い終って、彼はまた泣いた。

その家では数百金をあたえて彼を帰してやった。そうして、その以後は神を祭らなくなったそうである。

雨夜の怪

後に尚書《しようしよ》に立身した呂安老《りよあんろう》という人は、若いときに蔡《さい》州の学堂にはいっていた。ある日同じ寄宿舎にいる学生七、八人と夕方から宿舎をぬけ出して、そこらを遊びまわって、夜なかに帰って来ると、にわかに驟雨《しゆうう》がざっと降り出した。

かれらは雨具を持っていなかった。しかもこの当時は学堂の制度がはなはだ厳重で、無断外泊などは決して許されないので、かれらは引っ返して酒屋へ行って、単衣《ひとえ》の衾《よぎ》を借りた。その衾の四隅を竹でささえて、大勢がその下へはいって駈けて来ると、学堂の墻《かき》に近づいた頃に、夜廻りの者が松明《たいまつ》を持って、火の用心を呼びながら来たので、これに見付けられては大変だと思って、かれらは俄かに立ちすくんだ。双方相距《さ》ること二十余歩、夜廻りの者は俄かに引っ返して、あとをも見ずに走り去ったので、かれらはその間に墻を乗り越えてはいったが、内心びくびくしていた。おそらく無断外出を夜廻りに見付けられて、譴責《けんせき》を受けるか、退学を命ぜられるかと、その夜は碌々《ろくろく》眠られなかった。

その明くる日である。夜廻りの邏卒《らそつ》が府庁に出て申し立てた。

「昨夜の二更《にこう》、大雨の最中に、しかじかの処を廻って居りますと、忽ちに一つの怪物が北の方角から参りました。上は四角で平らで、蓆《むしろ》のようで、糢糊《もこ》として判りません。その下にはおよそ二、三十の足のような物がありまして、人のようにぞろぞろと歩いて参りまして、学校の墻のあたりへ来て消え失せました」

その報告におどろいた郡守以下の役人らは、それがいかなる怪物であるか、ほとんど想像が付かなかった。その噂がそれからそれへと拡まって、何か巨大な怪物がここらに出現するという風説が騒がしくなった。

町々では厄払いの道場を設けて、三昼夜の祈禱をおこない、その怪物の絵姿をかいて神社の前で磔刑《はりつけ》にした。

世の怪談にはこの類が少なくない。

術くらべ

鼎《てい》州の開元寺《かいげんじ》には寓居の客が多かった。ある夏の日に、その客の五、六人が寺の門前に出ていると、ひとりの女が水を汲みに来た。

客の一人は幻術をよくするので、たわむれに彼女を悩まそうとして、なにかの術をおこなうと、女の提げている水桶が動かなくなった。

「みなさん、御冗談をなすってはいけません」と、女は見かえった。

客は黙っていて術を解かなかった。暫くして女は言った。

「それでは術くらべだ」

彼女は荷《にな》いの棒を投げ出すと、それがたちまちに小さい蛇となった。客はふところから粉《こな》の固まりのような物を取り出して、地面に二十あまりの輪を描いて、自分はそのまん中に立った。蛇は進んで来たが、その輪にささえられて入ることが出来ない。それを見て、女は水をふくんで吹きかけると、蛇は以前よりも大きくなった。

「旦那、もう冗談はおやめなさい」と、彼女はまた言った。

客は自若《じじゃく》として答えなかった。蛇はたちまち突入して、第十五の輪まで進んで来た。

いった。ここで女は再びやめろと言ったが、客は肯《き》かなかった。蛇はとうとう客の足から身体にまき付いて、頭の上にまで登って行った。

往来の人も大勢立ちどまって見物する。寺の者もおどろいた。ある者は役所へ訴え出ようとすると女は笑った。

「心配することはありません」

その蛇を摑んで地に投げつけると、忽ち元の棒となった。彼女はまた笑った。

「おまえの術はまだ未熟だのに、なぜそんな事をするのだ。わたしだからいいが、他人に逢えばきっと殺される」

客は後悔してあやまった。彼は女の家へ付いて行って、その弟子になったという。

渡頭の妖

邵武《しょうぶ》の渓河《たにがわ》の北に怪しい男が棲んでいて、夜になると河ばたに出て来た。そうして徒渉《かちわた》りの者をみると、必ずそれを背負って南へ渡した。ある人がその子細を訊くと、彼は答えた。

「これは私の発願《ほつがん》で、別に子細はありません」

ここに黄敦立《こうとんりゅう》という胆勇の男があって、彼は何かの害をなす者であろうと疑った。そこで、試みに毎晩出てゆくと、かの男はいつものように彼を背負って渡った。三日の後、黄は彼に言った。

「人間の礼儀はお互いという。わたしはいつもお前に渡してもらうから、今夜は私がおまえを渡してあげよう」

男は辞退したが、黄は肯《き》かなかった。

無理に彼をいだいて河を渡ると、むこう岸には大きい石があった。黄はあらかじめ家僕《しもべ》に言い付けて、その石の上に草をたばねて置いたのである。黄は抱いている男を大石に叩きつけると、男は悲鳴をあげて助けを求めた。灯《ひ》に照らして見ると、彼は青面《せいめん》の大きい玃猿《かくえん》に変じていた。打ち殺してそれを火に燔《や》くと、その臭気が数里にきこえた。

その後、ここに怪しいことはなかった。

異聞総録《いぶんそうろく》・其他《そのた》

第九の男は語る。

「わたくしは宋代の怪談総まくりというような役割でございますが、これも唐に劣らない大役でございます。就いてはまず『異聞総録』を土台にいたしまして、それから他の小説のお話を少々ばかり紹介いたしたいと存じます。この『異聞総録』はまったく異聞に富んだ面白いものでありますが、作者の名が伝わって居りません。専門の研究家のあいだにはすでにお判りになっているのかも知れませんが、浅学寡聞《せんがくかぶん》のわれわれはやはり作者不詳と申すのほかはございませんから、左様御承知をねがいます」

竹人、木馬

宋の紹興《しょうこう》十年、両淮《りょうわい》地方の兵乱がようやく鎮定したので、兵を避けて江南に渡っていた人びともだんだんに故郷へ立ち戻ることになった。そのなかで山陽《さんよう》地方の士人《しじん》ふたりも帰郷の途中、淮揚《わいよう》を通過して北門外に宿ろうとすると、宿の主人が丁寧に答えた。

「わたくしもこの宿舎を持っているのですから、お客人を長くお泊め申して置きたいのはやまやまですが、あなた方に対しては正直に申し上げなければなりません。何分にも軍《いくさ》のあとで、ここらも荒れ切っているので、家《うち》はきたなくなっているばかりか、盗賊どもがしきりに徘徊するので困ります。ここから十里ばかり先に呂《りょ》という家がありまして、そこは閑静で綺麗な上に、賊をふせぐ用心も出来ていますから、そこへ行ってお泊まりなさるがよろしゅうございます。わたくしの家から僕《しもべ》や馬を添えてお送り申させますから」

ふたりは素直にその忠告を肯《き》いた。殊に呂氏の家というのもかねて知っているので、それではすぐに行こうと出かけると、主人は慇懃《いんぎん》に別れを告げた。

「どうぞお帰りにもお立ち寄りください。もう日が暮れましたから、馬にお召しなさい」

主人は達者そうな僕二人に二匹の馬をひかせて送らせた。途中も無事で、まだ夜半にならないうちにかの呂氏の家にゆき着くと、家の者は出で迎えて不思議そうに言った。

「近頃この辺にはいろいろの化け物が出るというのに、どうして夜歩きをなすったのです」

二人はここへ来たわけを説明して、鞍から降り立とうとすると、馬も僕も突っ立ったままで動かない。

すぐに飛び降りて燈火《あかり》に照らしてみると、人も馬も姿は消えて、そこに立っているのは、二本の枯れた太い竹と、二脚の木の腰掛けと唯それだけであった。竹も木も打ち砕いて焚かれてしまったが、別に怪しいこともなかった。

それから五、六カ月の後、ふたたび先度の北門外へ行くと、そこは空き家で、主人らしい者は住んでいなかった。（異聞総録）

疫　鬼

紹興三十一年、湖州の漁師の呉一因《ごいちいん》という男が魚を捕《と》りに出て、新城柵界の河岸に舟をつないでいた。

岸の上には民家がある。夜ふけて、その岸の上で話し声がきこえた。暗いので、人の形はみえないが、その声だけは舟にいる呉の耳にも洩れた。

「おれ達も随分ここの家《うち》に長くいたから、そろそろ立ち去ろうではないか。いっそこの舟に乗って行ってはどうだな」

「これは漁師の舟だ。おまけにほか土地の人間だからいけない。あしたになると、東南の方角から大きい船が来る。その船には二つの紅い食器と、五つ六つの酒瓶《さかがめ》を乗せているはずだから、それに乗り込んで行くとしよう。その家《うち》はここの親類で、なかなか金持らしいから、あすこへ転げ込めば間違いなしだ」

「そうだ、そうだ」

それぎりで声はやんだ。

呉はあくる日、上陸してその民家をたずねると、家には疫病にかかっている者があって、この頃だんだんに快方に向かっているという話を聞かされたので、ゆうべ語っていた者どもは疫鬼《えきき》の群れであったことを初めて覚《さと》った。そこで、舟を東南五、六里の岸に移して、果たしてかれらの言うような船が来るかどうかと窺っていると、やがて一艘の小舟がくだって来た。舟に積んでいる物も鬼の話と符合しているので、呉は急に呼びとめて注意すると、舟の人びともおどろいた。

「おまえさんはいいことを教えて下すった。それはわたしの婿の家で、これから見舞いながら食い物を持って行ってやろうと思っていたところでした。なんにも知らずに行ったが最後、疫病神《やくびょうがみ》がこっちへ乗り込んで来て、どんな目に逢うか判らなかったのです」

積んで来た酒や肉を彼に馳走して、舟は早々に漕ぎ戻した。


（同上）

亡妻

宋の大観《たいかん》年中、都の医官の耿愚《こうぐ》がひとりの妾を買った。女は容貌《きりよう》も好く、人間もなかなか利口であるので、主人の耿にも眼をかけられて、無事に一年余を送った。

ある日のこと、その女が門前に立っていると、一人の小児が通りかかって、阿母《おっか》さんと声をかけて取りすがると、女もその頭を撫でて可愛がってやった。小児は家へ帰って、その父に訴えた。

「阿母さんはこういう所にいるよ」

しかしその母というのは一年前余に死んでいるので、父はわが子の報告をうたがった。しかしその話を聞くと、まんざら嘘でもないらしいので、ともかくも念のためにその埋葬地を調べると、盗賊のために発《あば》かれたと見えて、その死骸が紛失しているのを発見した。そこで、その児を案内者にして、耿の家の近所へ行って聞きあわせると、その女は亡き妻と同名であることが判《わか》った。

もう疑うところはないと、父は行商に姿をかえ、その近所の往来を徘徊して、女の出入りを窺っているうちに、ある時あたかも彼女に出逢った。それはまさしく自分の妻であった。女も自分の夫を見識っていた。不思議の対面に、その場はたがいに泣いて別れたが、それが早くも主人の耳に入って、耿は女を詮議すると、彼女は明らかに答えた。

「あの人はわたくしの夫で、あの児はわたくしの子でございます」

「嘘をつけ」と、耿は怒った。「去年おまえを買ったときには、ちゃんと桂庵《けいあん》の手を経ているのだ。おまえに夫のないということは、証文面にも書いてあるではないか」

女は密夫を作って、それを先夫と詐《いつわ》るのであろうと、耿は一途《いちず》に信じているので、彼女をその夫に引き渡すことを堅く拒《こば》んだ。こうなると、訴訟沙汰になるのほかはない。役人はまず女を取調べると、彼女はこう言うのである。

「わたくしも確かなことは覚えません。ただ、ぼんやりと歩きつづけて、一つの橋のあるところまで行きましたが、路に迷って方角が判らなくなってしまいました。そこへ桂庵のお婆さんが来て、わたくしを連れて行ってくれましたが、ただ遊んでいては食べることが出来ませんから、お婆さんと相談してここの家《うち》へ売られて来ることになったのでございます」

さらに桂庵婆をよび出して取調べると、その申し立てもほぼ同じようなもので、広備《こうびき》橋《よう》のほとりに迷っている女をみて、自分の家へ連れて来たのであると言った。なにしろ死んだ女が生き返ってこういうことになったのであるから、役人もその裁判に困って、先夫から現在の主人に相当の値《あた》いを支払った上で、自分の妻を引き取るがよかろうと言い聞かせたが、耿の方が承知しない。いったん買い取った以上は、その女を他人に譲ることは出来ないというので、さらに御史台《ぎょしだい》に訴え出たが、ここでも容易に判決をくだしかねて、かれこれ暇取《ひまど》っているうちに、問題の女は又もや姿を消してしまった。

相手が失せたので、この訴訟も自然に沙汰やみとなったが、女のゆくえは遂に判らなかった。それから一年を過ぎずして、主人の耿も死んだ。（同上）

盂蘭盆

撫《ぶ》州の南門、黄柏路《こうはくろ》というところに詹《たん》六、詹七という兄弟があって、帛《きぬ》を売るのを渡世としていた。又その季《すえ》の弟があって、家内では彼を小哥《しょうか》と呼んでいたが、小哥は若い者の習い、賭博《とばく》にふけって家の銭《ぜに》を使い込んだので、兄たちにひどい目に逢わされるのを畏《おそ》れて、どこへか姿をくらました。

彼はそれぎり音信不通であるので、母はしきりに案じていたが、占《うらな》い者《しゃ》などに見てもらっても、いつも凶と判断されるので、もうこの世にはいないものと諦めるよりほかはなかった。そのうちに七月が来て、盂蘭盆会《うらぼんえ》の前夜となったので、詹の家では燈籠をかけて紙銭《しせん》を供えた。紙銭は紙をきって銭の形を作ったもので、亡者の冥福を祈るがために焚《や》いて祭るのである。

日が暮れて、あたりが暗くなると、表で幽《かす》かに溜め息をするような声がきこえた。

「ああ、小哥はほんとうに死んだのだ」と、母は声をうるませた。盂蘭盆で、その幽霊が戻って来たのだ。

母はそこにある一枚の紙銭を取りながら、闇にむかって言い聞かせた。

「もし本当に小哥が戻って来たのなら、わたしの手からこの銭《ぜに》をとってごらん。きっとおまえの追善《ついぜん》供養をしてあげるよ」

やがて陰風がそよそよと吹いて来て、その紙銭をとってみせたので、母も兄弟も今更のように声をあげて泣いた。早速に僧を呼んで、読経《どきよう》その他の供養を営んでもらって、いよいよ死んだものと思い切っていると、それから五、六カ月の後に、かの小哥のすがたが家の前に飄然と現われたので、家内の者は又おどろいた。

「この幽霊め、迷って来たか」

総領の兄は刀をふりまわして逐《お》い出そうとするのを、次の兄がさえぎった。

「まあ、待ちなさい。よく正体を見とどけてからのことだ」

だんだんに詮議すると、小哥は死んだのではなかった。彼は実家を出奔《しゆつぽん》して、宜黄《ぎこう》というところへ行って或る家に雇われていたが、やはり実家が恋しいので、もう余焔《ほとぼり》の冷《さ》めた頃だろうと、のそのそ帰って来たのであることが判《わか》った。して見ると、前の夜の出来事は、無縁の鬼がこの一家をあざむいて、自分の供養を求めたのであったらしい。

(同上)

義犬

青州《せい》に朱《しゆ》老人というのがあって、薬を売るのを家業とし、常に妻と妾と犬とを連れて、南康県付近を往来していた。

紹興二十七年四月、黄岡《こうこう》の旅館にある時、近所の村民が迎いに来て、母が病中であるからその脈を見た上で相当の薬をあたえてくれと頼んだ。ここから五、六里の所だというので、朱老人は今夜そこへ一泊するつもりで、妻妾と犬とを伴って出てゆくと、途中の森のなかには村民の徒党が待ち伏せをしていて、老人は勿論、あわせて妻妾をも惨殺して、その金嚢《かねぶくろ》や荷物を奪い取った。

そのなかで、犬は無事に逃げた。彼はその場から主人の実家へ一散に駈け戻って、しきりに悲しげに吠《ほ》え立てるのみか、何事をか訴えるように爪で地を掻きむしった。家の者もそれを怪しんで、県の役所へ牽《ひ》いてゆくと、犬はその庭に伏して又しきりに吠えつづけた。その様子をみて、役人もさとった。

「もしやお前の主人が何者にか殺されたのではないか。それならば案内しろ」

言い聞かされて、犬はすぐに先に立って出た。役人らもそのあとに付いてゆくと、犬はかの森のなかへ案内して、三人の死骸の埋めてある場所を教えた。

「死骸はこれで判ったが、賊のありかはどこだ」

犬は又かれらを村民の住み家に案内したので、賊の一党はみな召捕られた。（同上）

窓から手

少保《しょうほ》の馬亮公《ばりょうこう》がまだ若いときに、燈下で書を読んでいると、突然に扇のような大きい手が窓からぬっと出た。公は自若《じじゃく》として書を読みつづけていると、その手はいつか去った。

その次の夜にも、又もや同じような手が出たので、公は雌黄《しおう》の水を筆にひたして、その手に大きく自分の書き判を書くと、外では手を引っ込めることが出来なくなったらしく、俄かに大きい声で呼んだ。

「早く洗ってくれ、洗ってくれ、さもないと、おまえの為にならないぞ」

公はかまわずに寝床にのぼると、外では焦《じ》れて怒って、しきりに洗ってくれ、洗ってくれと叫んでいたが、公はやはりそのままに打ち捨てて置くと、暁け方になるにしたがって、外の声は次第に弱って来た。

「あなたは今に偉くなる人ですから、ちょっと試《ため》してみただけの事です。わたしをこんな目に逢わせるのは、あんまりひどい。晋《しん》の温嶠《おんきょう》が牛渚《ぎゅうしょ》をうかがって禍いを招いためしもあります。もういい加減にして免《ゆる》してください」

化け物のいうにも一応の理屈はあるとさとって、公は水をもって洗ってやると、その手はだんだんに縮んで消え失せた。

公は果たして後に少保の高官に立身したのであった。　（同上）

張鬼子

洪州の州学正《しゅうがくせい》を勤めている張《ちょう》という男は、元来刻薄《こくはく》の生まれ付きである上に、年を取るに連れてそれがいよいよ激しくなって、生徒が休暇をくれろと願っても容易に許さない。学官が五日の休暇をあたえると、張はそれを三日に改め、三日の休暇をあたえると二日に改めるというふうで、万事が皆その流儀であるから、諸生徒から常に怨まれていた。

その土地に張鬼子《ちょうきし》という男があった。彼はその風貌が鬼によく似ているので、鬼子という渾名《あだな》を取ったのである。

そこで、諸生徒は彼を鬼に仕立てて、意地の悪い張学正をおどしてやろうと思い立って、その相談を持ち込むと、彼は慨然《がいぜん》として引き受けた。

「よろしい。承知しました。しかし無暗《むやみ》に鬼の真似をして見せたところで、先生は驚きますまい。冥府の役人からこういう差紙《さしがみ》を貰って来たのだぞといって、眼のさきへ突き付けたら、先生もおそらく真物《ほんもの》だと思って驚くでしょう。それを付け込んで、今後は生徒を可愛がってやれと言い聞かせます」

しかし冥府から渡される差紙などというものの書式《しょしき》を誰も知らなかった。

「いや、それはわたしが曾《かつ》て見たことがあります」

張は紙を貰って、それに白礬《はくはん》で何か細かい字を書いた。用意はすべて整って、日の暮れるのを待っていると、一方の張先生は例のごとく生徒をあつめて、夜学の勉強を監督していた。

州の学舎は日が暮れると必ず門を閉じるので、生徒は隙《すき》をみてそっと門をあけて、かの張鬼子を誘い込む約束になっていた。その門をまだ明けないうちに、張鬼子はどこかの隙間から入り込んで来て、教室の前にぬっと突っ立ったので、人びとはすこしく驚いた。

「畜生、貴様はなんだ」と、張先生は怒って罵った。「きっと生徒らにたのまれて、おれをおどしに来たのだろう。その手を食うものか」

「いや、おどしでない」と、張鬼子は笑った。「おれは閻羅王《えんらおう》の差紙を持って来たのだ。嘘だと思うなら、これを見ろ」

かねて打ち合わせてある筋書の通りに、かれはかの差紙を突き出したので、先生はそれを受取って、まだしまいまで読み切らないうちに、かれはたちまちその被り物を取り除けると、そのひたいには大きい二本の角があらわれた。先生はおどろき叫んで仆《たお》れた。

張は庭に出て、人びとに言った。

「みなさんは冗談にわたしを張鬼子と呼んでいられたが、実は私はほんとうの鬼です。牛頭《ごず》の獄卒です。先年、閻羅王の命を受けて、張先生を捕えに来たのですが、その途中で水を渡るときに、誤まって差紙を落してしまったので役目を果たすことも出来ず、むなしく帰ればどんな罰を蒙《こうむ》るかも知れないので、あしかけ二十年の間、ここにさまよっていたのですが、今度みなさん方のお蔭で仮《か》を弄《ろう》して真《しん》となし、無事に使命を勤め負《おう》せることが出来ました。ありがとうございます」

かれは丁寧に挨拶して、どこへか消えてしまったので、人びとはただ驚き呆れるばかりであった。張先生は仆れたままで再び生きなかった。

（同上）

両面銭

南方では神鬼をたっとぶ習慣がある。狄青《てきせい》が儂智高《のうちこう》を征伐する時、大兵が桂林の南に出ると、路ばたに大きい廟があって、すこぶる霊異ありと伝えられていた。

将軍の狄青は軍をとどめて、この廟に祈った。

「軍《いくさ》の勝負はあらかじめ判りません。就いてはここに百文の銭《ぜに》をとって神に誓います。もしこの軍が大勝利であるならば、銭の面《おもて》がみな出るように願います」

左右の者がさえぎって諫《いさ》めた。

「もし思い通りに銭の面が出ない時には、士気を沮《はば》める虞《おそ》れがあります」

狄青は肯《き》かないで神前に進んだ。万人が眼をあつめて眺めていると、やがて狄青は手に百銭をつかんで投げた。どの銭もみな紅い面が出たのを見るや、全軍はどっと歓び叫んで、その声はあたりの林野を震わした。狄青もまた大いに喜んだ。

彼は左右の者に命じて、百本の釘を取り来たらせ、一々その銭を地面に打付けさせた。そうして、青い紗《しゃ》の籠をもってそれを掩《おお》い、かれ自身で封印した。

「凱旋《がいせん》の節、神にお礼を申してこの銭を取ることにする」

それから兵を進めてまず崑崙関《こんろんかん》を破り、さらに智高《ちこう》を破り、邕管《ゆうかん》を平らげ、凱旋の時にかの廟に参拝して、曩《さき》に投げた銭を取って見せると、その銭はみな両面《りようおもて》であった。

（鉄囲山叢談）

古御所

洛陽《らくよう》の御所は隋唐五代の故宮《こきゆう》である。その後にもここに都するの議がおこって、宋の太祖の開宝《かいほう》末年に一度行幸の事があったが、何分にも古御所《ふるごしよ》に怪異が多く、又その上に霖雨《ながあめ》に逢い、旱《ひでり》を禱《いの》ってむなしく帰った。

それから宣和《せんな》年間に至るまで年を重ぬること百五十、故宮はいよいよ荒れに荒れて、金鑾殿《きんらんでん》のうしろから奥へは白昼も立ち入る者がないようになった。立ち入ればとかくに怪異を見るのである。大きな熊蜂や蟒蛇《うわばみ》も棲んでいる。さらに怪しいのは、夜も昼も音楽の声、歌う声、哭《な》く声などの絶えないことである。

宣和の末に、呉本《ごほん》という監官があった。彼は武人の勇気にまかせて、何事をも畏《おそ》れ憚《はばか》らず、夏の日に宮前の廊下に涼んでいて、申《さる》の刻（午後三時―五時）を過ぐるに至った。まだ暗くはならないが、場所が場所であるので、従者は恐れて早く帰ろうと催促したが、呉は平気で動かなかった。

たちまち警蹕《けいひつ》の声が内からきこえて、衛従の者が紅い絹をかけた金籠の燭を執ること数十対《つい》、そのなかに黄いろい衣服を着けて、帝王の如くに見ゆる男一人、その胸のあたりにはなまなましい血を流していた。そのほかにも随従の者大勢、列を正しく廊下づたいに奥殿へ徐々《しずしず》と練って行った。

呉と従者は急いで戸の内に避けたが、最後の衛士は呉がここに涼んでいて行列の妨げをなしたのを怒ったらしく、その臥榻《がとう》の足をとって倒すと、榻は石甎《いしがわら》をうがって地中にめり込んだ。衛士らはそれから他の宮殿へむかったかと思うと、その姿は消えた。呉もこれを見て大いにおどろいた。その以来、彼は決してこの古御所に寝泊まりなどをしなかった。彼は自分の目撃したところを絵にかいて、大勢の人に示すと、洛陽の識者は評して「これは必ず唐の昭宗《しょうそう》であろう」と言った。

唐の昭宗皇帝は英主であったが、晩唐の国勢振わず、この洛陽で叛臣朱全忠《しゅぜんちゅう》のために弑《しい》せられたのである。（同上）

我来也

京城の繁華の地区には窃盗が極めて多く、その出没すこぶる巧妙で、なかなか根絶することは出来ないのである。

趙尚書《ちょうしょうしょ》が臨安《りんあん》の尹《いん》であった時、奇怪の賊があらわれた。彼は人家に入って賊を働き、必ず白粉《おしろい》をもってその門や壁に「我来也《がらいや》」の三字を題して去るのであった。その逮捕甚だ厳重であったが、久しいあいだ捕獲することが出来ない。

我来也の名は都鄙《とひ》に喧伝《けんでん》して、賊を捉えるとはいわず、我来也を捉えるというようになった。

ある日、逮捕の役人が一人の賊を牽《ひ》いて来て、これがすなわち我来也であると申し立てた。すぐに獄屋へ送って鞠問《きくもん》したが、彼は我来也でないと言い張るのである。なにぶんにも証拠とすべき贓品《ぞうひん》がないので、容易に判決をくだすことが出来なかった。そのあいだに、彼は獄卒にささやいた。

「わたしは盗賊には相違ないが、決して我来也ではありません。しかし斯《こ》うなったら逃がれる道はないと覚悟していますから、まあ劬《いたわ》っておくんなさい。そこで、わたしは白金そくばくを宝叔塔《ほうしゅくとう》の何階目に隠してありますから、お前さん、取ってお出でなさい」

しかし塔の上には昇り降りの人が多い。そこに金を隠してあるなどは疑わしい。こいつ、おれを担《かつ》ぐのではないかと思っていると、彼はまた言った。

「疑わずに行ってごらんなさい。こちらに何かの仏事があるとかいって、お燈籠に灯を入れて、ひと晩廻り廻っているうちに、うまく取り出して来ればいいのです」

獄卒はその通りにやってみると、果たして金を見いだしたので、大喜びで帰って来て、あくる朝はひそかに酒と肉とを獄内へ差し入れてやった。それから数日の後、彼はまた言った。

「わたしはいろいろの道具を瓶《かめ》に入れて、侍郎橋《じろうきよう》の水のなかに隠してあります」

「だが、あすこは人足《ひとあし》の絶えないところだ。どうも取り出すに困る」と、獄卒は言った。

「それはこうするのです。お前さんの家《うち》の人が竹籃《たけかご》に着物をたくさん詰め込んで行って、橋の下で洗濯をするのです。そうして往来のすきをみて、その瓶を籃に入れて、上から洗濯物をかぶせて帰るのです」

獄卒は又その通りにすると、果たして種々の高価の品を見つけ出した。彼はいよいよ喜んで獄内へ酒を贈った。すると、ある夜の二更《にこう》（午後九時―十一時）に達する頃、賊は又もや獄卒にささやいた。

「わたしは表へちょっと出たいのですが……。四更（午前一時―三時）までには必ず帰ります」

「いけない」と、獄卒もさすがに拒絶した。

「いいえ、決してお前さんに迷惑はかけません。万一わたしが帰って来なければ、お前さんは囚人《めしゆうど》を取り逃がしたというので流罪《るざい》になるかも知れませんが、これまで私のあげた物で不自由なしに暮らして行かれる筈です。もし私の頼みを肯《き》いてくれなければ、その以上に後悔することが出来るかも知れませんよ」

このあいだからの一件を、こいつの口からべらべら喋《しゃ》べられては大変である。獄卒も今さら途方にくれて、よんどころなく彼を出してやったが、どうなることかと案じていると、やがて檐《のき》の瓦を踏む音がして、彼は家根《やね》から飛び下りて来たので、獄卒は先ずほっとして、ふたたび彼に手枷足枷をかけて獄屋のなかに押し込んで置いた。

夜が明けると、昨夜三更、張府に盗賊が忍び入って財物をぬすみ、府門に「我来也」と書いて行ったという報告があった。

「あぶなくこの裁判を誤まるところであった。彼が白状しないのも無理はない。我来也はほかにあるのだ」と、役人は言った。

我来也の疑いを受けた賊は、叩きの刑を受けて境外へ追放された。獄卒は我が家へ帰ると、妻が言った。

「ゆうべ夜なかに門を叩く者があるので、あなたが帰ったのかと思って門をあけると、一人の男が、二つの布囊《ぬのぶくろ》をほうり込んで行きました」

そのふくろをあけて見ると、みな金銀の器《うつわ》で、賊は張府で盗んだ品を獄卒に贈ったものと知られた。趙尚書は明察の人物であったが、遂に我来也の奸計を覚《さと》らなかったのである。
獄卒はやがて役を罷《や》めて、ふところ手で一生を安楽に暮らした。その歿後、せがれは家産を守ることが出来ないで全部蕩尽《とうじん》、そのときに初めてこの秘密を他人に洩らした。

（諧史）

海井

華亭《かてい》県の市中に小道具屋があった。その店に一つの物、それは小桶に似て底がなく、竹でもなく、木でもなく、金でもなく、石でもなく、名も知れなければ使い途も知れなかった。店に置くこと数年、誰も見かえる者もなかった。

ある日、商船の老人がそれを見て大いにおどろき、また喜んだ気色《けしき》で、しきりにそれを撫でまわしていたが、やがてその値いを訊いた。道具屋の亭主もぬかりなく、これは何かの用に立つものと看《み》て取って、出たらめに五百緡《びん》と吹っかけると、老人は笑って三百緡に負けさせた。その取引きが済んだ後に、亭主は言った。

「実はこれは何という物か、わたしも知らないのです。こうして取引きが済んだ以上、決してかれこれは申しませんから、どうぞ教えてください」

「これは世にめずらしい宝だ」と、老人は言った。「その名を海井《かいせい》という。普通の航海には飲料として淡水を積んで行くのが習い、しかもこれがあれば心配はない。海の水を汲んで大きいうつわに満々とたたえ、そのなかに海井を置けば、潮水は変じて清い水となる。異国の商人からかねてその話を聞いていたが、わたしも見るのは今が始めで、これが手に入れば、もう占めたものだ」（癸辛雑識続集）

報冤蛇

南粤《なんえつ》の習いとして蠱毒呪詛《こどくじゅそ》をたっとび、それに因って人を殺し、又それによって人を救うこともある。もし人を殺そうとして仕損ずる時は、かえっておのれを斃《たお》すことがある。

かつて南中に遊ぶ人があって、日盛りを歩いて林の下に休んでいる時、二尺ばかりの青い蛇を見たので、たわむれに杖をもって撃つと、蛇はそのまま立ち去った。旅びとはそれから何だか体の工合いがよくないように感じられた。

その晩の宿に着くと、旅舎の主人が怪しんで訊いた。

「あなたの面《かお》には毒気があらわれているようですが、どうかなさいましたか」

旅人はぼんやりして、なんだか判《わか》らなかった。

「きょうの道中にどんな事がありましたか」と、主人はまた訊いた。

旅人はありのままに答えると、主人はうなずいた。

「それはいわゆる『報冤蛇《ほうえんだ》』です。人がそれに手出しをすれば、百里の遠くまでも追って来て、かならず其の人の心《むね》を噬《か》みます。その蛇は今夜きっと来るでしょう」

旅人は懼《おそ》れて救いを求めると、主人は承知して、龕《がん》のなかに供えてある竹筒を取り出し、押し頂いて彼に授けた。

「構わないから唯《ただ》これを枕もとにお置きなさい。夜通し燈火《あかり》をつけて、寝た振りをして待っていて、物音がきこえたらこの筒をお明けなさい」

その通りにして待っていると、果たして夜半に家根瓦のあいだで物音がきこえて、やがて何物か几《つくえ》の上に堕《お》ちて来た。竹筒のなかでもそれに応《こた》えるように、がさがさいう音がきこえた。そこで、筒をひらくと、一尺ばかりの蜈蚣《むかで》が這い出して、旅人のからだを三度廻って、また直ぐに几の上に復《かえ》って、暫くして筒のなかに戻った。それと同時に、旅人は俄かに体力のすこやかになったのを覚えた。

夜が明けて見ると、きのうの昼間に見た青い蛇がそこに斃《たお》れていた。旅人は主人の話の嘘でないことを初めてさとって、あつく礼を述べて立ち去った。

又こんな話もある。旅人が日暮れて宿に行き着くと、旅舎の主人と息子が客の荷物をじろじろと眺めている。その様子が怪しいので、ひそかに主人らの挙動をうかがっていると、父子は一幅の猴《さる》の絵像を取り出して、うやうやしく禱《いの》っていた。

旅人は僕《しもべ》に注意して夜もすがら眠らず、剣をひきつけて窺っていると、やがて戸を推してはいって来た物がある。それは一匹の猴で、体は人のように大きかった。剣をぬいて追い払うと、猴はしりごみして立ち去った。

暫くして母屋《おもや》で、主人の哭《な》く声がきこえた。息子は死んだというのである。


（独醒雑志）

紅衣の尼僧

唐《とう》の宰相の賈耽《かたん》が朝《ちょう》よりしりぞいて自邸に帰ると、急に上東門の番卒を召して、厳重に言い渡した。

「あしたの午《ひる》ごろ、変った色の人間が門に入ろうとしたら、容赦なく打ち叩け。打ち殺しても差し支えない」

門卒らはかしこまって待っていると、翌日の巳《み》の刻を過ぎて午《うま》の刻になった頃、二人の尼僧が東の方角の百歩ほどの所から歩いて来た。別に変ったこともなく、かれらは相前後して門前に近づいた。見ればかれらは紅白粉《べにおしろい》をつけて、その艶容は娼婦の如くであるのみか、その内服は真っ紅で、下飾りもまた紅かった。

「こんな尼があるものか」と、卒は思った。かれらは棒をもって滅多《めった》打ちに打ち据えると、二人の尼僧は脳を傷つけ、血をながして、しきりに無罪を泣き叫びながら、引っ返して逃げてゆく。その疾《と》きこと奔馬の如くであるのを、また追いかけて打ち据えると、かれらは足を傷つけられてさんざんの体《てい》になった。それでも百歩以上に及ぶと、その行くえが忽《たちま》ち知れなくなった。

門卒はそれを賈耽に報告して、他に異色の者を認めず、唯《ただ》かの尼僧の衣服容色が異っているのみであったと陳述すると、賈は訊いた。

「その二人を打ち殺したか」

脳を傷つけ、足を折り、さんざんの痛い目に逢わせたが、打ち殺すことを得ないでその行くえを見失ったと答えると、賈は嘆息した。

「それでは小さい災いを免かれまい」

その翌日、東市から火事がおこって百千家を焼いたが、まずそれだけで消し止めた。

（芝田録）

画虎

霊池《れいち》県、洛帯《らくたい》村に郭二《かくじ》という村民がある。彼が曾《かつ》てこんな話をした。

自分の祖父は医師と卜者《ぼくしゃ》を業とし、四方の村々から療治や占《うらな》いに招かれて、ほとんど寸暇《すんか》もないくらいであった。彼は孫真人《そんしんじん》が赤い虎を従えている図をかかせて、それを町の店なかに懸けて置くこと数年、だんだん老境に入るにしたがって、毎日唯ぼんやりと坐ったままで、画《え》ける虎をじっと見つめていた。

彼は一日でも画ける虎を見なければ楽しまないのであった。倅や孫たちが城中へ豆や麦を売りに行って、その帰りに塩や醤油を買って来る。それについて何か気に入らない事があると、すぐに怒って罵って、時には杖をもって打ち叩くこともある。そんな時でも画ける虎を見れば、たちまちに機嫌が直って、なにもかも忘れてしまうのである。療治に招かれて病家へ行っても、そこに画虎《がこ》の軸でもあれば、いい心持になって熱心に療治するのであった。したがって、親戚などの附き合いからも、画虎の軸や屏風を贈って来るのを例とするようになった。こうして、幾年を経《ふ》るあいだに、自宅の座敷も台所も寝間も一面に画虎を懸けることになって、近所の人たちもおどろき怪しみ、あの老人は虎に魅《みこ》まれたのだろうなどと言った。あまりの事に、その老兄も彼を責めた。

「お前はこんなものを好んでどうするのだ」

「いつもむしゃくしゃしてなりません。これを見ると、胸が少し落ちつくのです」

「それならば城内の薬屋に活きた虎が飼ってあるのを知っているのか」

「まだ知りません。どうぞ連れて行って一度見せてください」

兄に頼んで一緒に連れて行ってもらったが、一度見たが最後、ほとんど寝食を忘れて十日《とおか》あまりも眺め暮らしていた。その以来、毎月二、三回は城内に入って、活きた虎を眺めているうちに、食い物も肉ばかりを好むようになった。肉も煮焼きをしたものは気に入らず、もっぱら生《なま》の肉を啖《くら》って、一食ごとに猪の頭や猪の股を梨や棗《なつめ》のように平らげるので、子や孫らはみな彼をおそれた。城内に入って活き虎を見て帰ると、彼はいよいよ気があらくなって、子や孫らの顔を見ると、杖をもって叩き立てた。

五代の蜀《しょく》が国号を建てた翌年、彼は或る夜ひそかに村舎の門をぬけ出して、行くえ不明になった。そのうちに、往来の人がこんなことを伝えた。

「ゆうべ一頭の虎が城内に跳り込んだので、半日のあいだ城門を開かなかった。軍人らが城内に駈け付けて虎を射殺し、その肉を分配して食ってしまった」

彼はいつまでも帰らず、又そのたよりも聞えなかった。彼は虎に化けたのである。遺族は虎の肉を食った人びとをたずねて、幾塊かの骨片を貰って来て、それを葬ることにした。


（茅亭客話）

霊鐘

陳述古《ちんじゆつこ》が建州《けん》浦城《ほじよう》県の知事を勤めていた時、物を盗まれた者があったが、さてその犯人がわからなかった。そこで、陳は欺いて言った。

「かしこの廟には一つの鐘があって、その霊験《れいげん》あらたかである」

その鐘を役所のうしろの建物に迎え移して、仮りにそれを祀《まつ》った。彼は大勢の囚人を牽《ひ》き出して言い聞かせた。

「みんな暗い所でこの鐘を撫でてみろ。盗みをしない者が撫でても音を立てない。盗みをした者が手を触るればたちまちに音を立てる」

陳は下役の者どもを率《ひき》いて荘重な祭事をおこなった。それが済んで、鐘のまわりに帷《とばり》を垂れさせた。彼はひそかに命じて、鐘に墨を塗らせたのである。そこで、疑わしい囚人を一人ずつ呼び入れて鐘を撫でさせた。出て来た者の手をあらためると、みな墨が付いていた。ただひとり黒くない手を持っている者があったので、それを詰問《きつもん》すると果たして白状した。彼は鐘に声あるを恐れて、手を触れなかったのである。

これは昔からの法で、小説にも出ている。


（夢渓筆談）

続夷堅志《ぞくいけんし》・其他《そのた》

第十の男は語る。

「わたくしは金《きん》・元《げん》を割り当てられました。御承知の通り、金は朔北《さくほく》の女真族《じょしんぞく》から起って中国に侵入し、江北に帝と称すること百余年に及んだのですから、その文学にも見るべきものがある筈ですが、小説方面はあまり振わなかったようです。そのなかで、学者として、詩人として、最も有名であるのは元好問《げんこうもん》でありましょう。彼は本名よりも、その雅号の元遺山《げんいざん》をもって知られて居ります。前に『夷堅志』が紹介された関係上、ここでは元遺山の『続夷堅志』を紹介することに致しました。

元は小説戯曲勃興の時代と称せられ、例の水滸伝《すいこでん》のごとき大作も現われて居りますが、今晩のお催しの御趣意から観《み》ますると、戯曲は勿論例外であり、小説の方面にも多く採るべきものを見いだし得ないのは残念でございます。就いてはまず『続夷堅志』を主として、それに元代諸家の作を付け加えることにとどめて置きました」

梁氏の復讐

戴十《たいじゅう》というのはどこの人であるか知らないが、兵乱の後は洛陽の東南にある左家荘《さかそう》に住んで、人に傭《やと》われて働いていた。いわゆる日傭《ひよう》取りのたぐいで、甚だ貧しい者であった。

金《きん》の大定《たいてい》二十三年の秋八月、ひとりの通事（通訳）が畑の中に馬を放して豆を食わせていた。それは通事が所有の畑ではなく、戴が傭われて耕作している土地であるので、戴はその狼藉《ろうぜき》を見逃《みの》がすわけには行かなかった。彼はその馬を叱って逐《お》い出した。

それをみて通事は大いに怒った。彼は策《むち》をもって戴をさんざんに打ち据えて、遂に無残に打ち殺してしまったので、戴の妻の梁氏《りょうし》は夫の死骸を営中へ舁《か》き込んで訴えた。通事は人殺しの罪をもって捕えられた。

この通事は身分の高い家に仕えている者であったので、その主人が牛三頭と白金一笏《こつ》をつぐなうことにして、梁氏に示談を申し込んだ。

「夫の代りにあの男の命を取ったところで、今更どうなるものではあるまい。夫の死んだのは天命とあきらめてはくれまいか。おまえの家は貧しい上に、二人の幼い子供が残っている。この金と牛とで自活の道を立てた方が将来のためであろう」

他の人たちも成程そうだと思ったが、梁氏は決して承知しなかった。

「わたしの夫が罪なくして殺された以上、どうしても相手を安穏《あんのん》に捨てて置くことは出来ません。この場合、損得などはどうでもいいのです。たとい親子が乞食になっても構いませんから、あの男を殺させてください」

こうなると、手が着けられないので、他の人たちも持てあました。

「おまえは自分であの男を殺すつもりか」と、一人が訊《き》いた。

「勿論です。なに、殺せないことがあるものか」

彼女は袖をまくって、用意の刃物を突き出した。その権幕が怖ろしいので、人びとも思わずしりごみすると、梁氏は進み寄って縄付きの通事を切った。しかもひと思いには殺さないで、幾度も切って、切って、切り殺した。そうして、いよいよ息の絶えたのを見すまして、彼女はその血をすくって飲んだ。あまりの怖ろしさに、人びとはただ呼吸《いき》をのんでいると、彼女は二人の子を連れて、そのままどこへか立ち去った。


（続夷堅志）

樹を伐る狐

鄭《てい》村の鉄李《てつり》という男は狐を捕るのを商売にしていた。大定《たいてい》の末年のある夜、かれは一羽の鴿《はと》を餌《えさ》として、古い墓の下に網を張り、自分はかたわらの大樹の上に攀《よ》じ登ってうかがっていると、夜の二更《にこう》（午後九時—十一時）とおぼしき頃に、狐の群れがここへ集まって来た。かれらは人のような声をなして、樹の上の鉄を罵った。

「鉄の野郎め、貴様は鴿一羽を餌にして、おれたちを釣り寄せるつもりか。貴様の親子はなんという奴らだ。まじめな百姓わざも出来ないで、明けても暮れても殺生《せっしょう》ばかりしていやあがる。おれたちの六親眷族《ろくしんけんぞく》はみんな貴様たちの手にかかって死んだのだ。しかし今夜こそは貴様の天命も尽きたぞ。さあ、その樹の上から降りて来い。降りて来ないと、その樹を挽《ひ》き倒すぞ」

なにを言やあがると、鉄も最初は多寡《たか》をくくっていたが、狐らはほんとうに樹を伐るつもりであるらしく、のこぎりで幹を伐るような音がきこえはじめた。そうして、釜の火を焚《た》け、油を沸かせと罵り合う声もきこえた。かれらは鉄をひきおとして油煎《い》りにする計画であることが判ったので、彼も俄かに怖ろしくなったが、今更どうすることも出来ない。

「ともかくも樹にしっかりとかじり付いているよりほかはない。万一この樹が倒されたら、腰につけている斧《おの》で手当り次第に叩っ斬ってやろう」と、彼は度胸を据えていた。

幸いに何事もないうちに夜が明けかかったので、狐らはみな立ち去った。鉄もほっとして樹を降りると、幹にはのこぎりの痕《あと》らしいものも見えなかった。ただそこらに牛の肋骨《あばらぼね》が五、六枚落ちているのを見ると、かれらはこの骨をもってのこぎりの音を聞かせたらしい。

「畜生め。おれを化かして嚇《おど》かしゃあがったな。今にみろ」

かれは爆発薬を竹に巻き、別に火を入れた缶を用意して、今夜も同じところへ行くと、やはり二更に近づいた頃に、狐の群れが又あつまって来て樹の上にいる彼を罵った。それを黙って聴きながら、鉄は爆薬に火を移して投げ付けると、凄まじい爆音と共に火薬が破裂したので、狐らはおどろいて逃げ散るはずみに、我から網にかかるものが多かった。鉄は斧をもって片端から撲《なぐ》り殺した。（同上）

兄の折檻

王《おう》という役人は大定年中に死んだ。その末の弟の王確《かく》というのは大酒飲みの乱暴で、亡き兄の妻や幼な児をさんざんに苦しめるのであるが、どうにも抑え付けようがないので、一家は我慢に我慢して日を送っていた。

そういう苦労がつづいたために、妻はとうとう病いの床に就くようになった。ある夜のことである。夜も更けて、ともしびも消えたとき、暗いなかで何やら衣摺《きぬず》れのような音が低くきこえた。やがてまた、そこらの双陸《すごろく》や棋石《ごいし》に触れるような響きがして、誰か幽《かす》かな溜め息をついているようにも聞かれた。

　それが亡き夫の霊で、乱暴者の弟が勝負事にふけるのを嘆息しているのではないかとも思われたので、彼女は泣いて訴えた。

「末の叔父さんには困り切ります。さりとてお上《かみ》で罰して下さるというわけにも行かず、このままにしていたら私たち母子《おやこ》はどうなるか判りません」

　それから五、六日を過ぎないうちに、王確は酔って襄《じょう》という所へ出かけた。帰りには日が暮れて、趙《ちょう》という村まで来かかると、路のまんなかで兄の王に出逢った。とうに死んでいる筈の兄は、地に筋を引いて一々に弟の罪状をかぞえ立てた上に、馬の策《むち》をふるって続け打ちに打ち据えたので、さすがの乱暴者も頭を抱えて逃げ廻って、僅《わず》かに自分の家へ帰ることが出来た。

　燈火《あかり》の下でよく視ると、彼の着物はさんざんに破れているばかりか、背中一面が青く腫れあがっていたので、彼はいよいよおびやかされた。翌朝かれは兄の画像の前に百拝して、以来は決して酒を飲まなくなった。　（同上）

古廟の美人

広寧《こうねい》の閭山公《ろざんこう》の廟は霊験いやちこなるをもって聞えていた。殊にその木像が甚だ獰悪《どうあく》であるうえに、周囲には古木うっそうとして昼なお暗いほどであるので、夜は勿論、白昼でもここに入るものは毛髪おのずから立つという物凄い場所であった。夜が更けると、神か鬼か知らず、廟内で罪人を拷問《ごうもん》するような声がきこえるという噂も伝えられた。

参知政事の梁粛《りょうしゅく》は、若い時にこの郷《さと》の揀馬嶺《けんばれい》というところに住んでいた。彼は挙子《きょし》となって他の諸生と夏期講習の勉強をしている間に、あるとき鬼神に関する噂が出て、誰が強かったとか、誰が偉かったとか言っていると、梁は傲然《ごうぜん》として言った。

「わたしはどの人も強いとは思わない。そんなことは誰にでも出来るのだ。論より証拠で、わたしは日が暮れてから閭山の廟へ行って、廟のなかを一周してみせる」

「ほんとうに行くか」

「おお、いつでも行く」

「行ったという証拠をみせるか」

「わたしが通ったところには、壁や板に何かのしるしを付けて置く」と、梁は答えた。

若い者にはよくある習いで、その明くる晩いよいよ一緒にゆくことになった。但し他の諸生は門外に待っていて、梁ひとりが廟内の奥深く進み入るのである。彼は恐るる色なく、木立ちのあいだをくぐりぬけて、古廟のうちへ踏み込むと、灯《ひ》ひとつの光りもないので、あたりは真の闇であった。手探りでしるしを付けながら、だんだんに廟の東の隅まで廻ってゆくと、何者かが壁に倚りかかっているのを探り当てた。それが人であるか鬼であるか判らないので、梁は門外へ引っ返して、燈火を取って来て更によく照らしてみると、それは一人の若い女であった。

女は容貌《きりよう》がすぐれて美しい上に、その服装もここらには見馴れないほどに美麗なものであった。こんな女がどうしてここにいたのか、その子細をたずねようとしても、彼女は気息奄々《きそくえんえん》としてあたかも昏睡せる人の如くである。そこへ他の諸生らも集まって来て、これはおそらく本当の人間ではあるまい、鬼がこんな姿に変じて我々をあざむくのであろうなどと言いながら、しばらく遠巻きにして窺っていると、女はやがて眼をあいて、あたりを見まわして驚き怖れるような様子であった。

「おまえは人か鬼か。一体どこから来た」と、梁は訊いた。

「わたくしは楊《よう》州の或る家の娘でございます。きょう他へ輿入《こしい》れをする筈で、昼間から家を出ますと、その途中で俄かに大風が吹いて来まして、どこへか吹き飛ばされたように思っていますが、それから先は夢うつつでなんにも覚えて居りません」

それを聞いて諸生らは喜んだ。梁にはまだ定まった妻がないので、神が楊州から彼に美人を送って来たのであろうと言った。梁もそうであろうかと思って、結局連れて帰って自分の妻としたが、あとで聞くと彼女は楊州でも人に知られた大家《たいけ》の娘であった。梁はそれから十数年の後、大いに立身して高官にのぼった。妻は数人の子女を儲けて夫婦むつまじく暮らした。　（同上）

捕鶉《ほじゅん》の児

平輿《へいよ》の南、函頭村《かんとうそん》の張老《ちょうろう》というのは鶉《うずら》を捕るのを業としていたので、世間から鶉と呼ばれていた。

張はすでに老いて、ただ一人の男の児を持っているだけであったが、その児が十四、五歳になった時に病死したので、張夫婦は老後の頼りを失った悲しみに泣き叫んで、わが子と共に死にたいと嘆いた。その翌日になっても死体を埋葬するに忍びないので、瓦を積んで邱《おか》を作って、地下一、二尺のところに納めて置いた。

「わたしの児はまた活きて来る」と、彼は言った。

それを愚痴と笑う者もあれば、憫《あわ》れむ者もあった。死後三日目に、張夫婦は墓前に伏して、例のごとくに慟哭《どうこく》をつづけていると、たちまち墓のなかで呻《うな》るような声がきこえたので、夫婦はおどろいて叫んだ。

「わたしの児は果たして生き返ったぞ」

瓦を壊《こわ》して、棺をかつぎ出して、わが家へ連れ帰ると、その児は湯をくれ、粥《かゆ》をくれと言った。暫くして、彼は正気にかえって話した。

「はじめ冥府《めいふ》へ行った時に、わたしは冥府の王に訴えました。なにぶんにも父母が老年で、わたしがいなくなると困ります。その余命をつつがなく送って、葬式万端の済むまでは、どうぞ私をお助けくださいと願いました。王も可哀そうに思ってくれたと見えて、それではお前を帰してやる。帰ったらば親父に話して、今後は鶉捕りの商売をやめろと言え。そうすれば、おまえの寿命も延びることになる」

張はそれを聞いて、即刻に殺生のわざをやめることにした。彼は網や罠《わな》のたぐいを焚《や》いてしまって、その児を連れて仏寺《ぶつじ》に参詣した。寺に呂《りょ》という僧があった。年は四十ばかりで、人柄も行儀も正しそうに見えた。彼は都に近い寺で綱主《こうす》となった事もあるという。その僧の前に出て、張の児は訊いた。

「あなたも生き返っておいでになったのですか」

「わたしは死んだ覚えはない」と、僧は怪しんで答えた。

「わたくしは冥府へ行った時に、あなたを見ました」と、張の児は言った。「あなたは宮殿の角の銅《あかがね》の柱につながれて、鉄の縄で足をくくられていました。獄卒が往ったり来たりして、棒であなたの腋《わき》の下を撞《つ》くと、血がだらだらと流れました。わたくしは帰る時に、あの和尚さまはなんの罪で呵責《かしゃく》を受けているのですかと訊きましたら、あれは斎事にあたって経文《きょうもん》をぬかして読むからだと言いました」

僧は大いにおどろいた。彼は腋の下に腫物を生じて、三年も癒えないのであった。彼はそんなことを知ろう筈のない張の児に言い当てられて、彼は怖ろしくなった。それから一室に閉じ籠って毎日怠らずに経を呼んでいると、三年の後に腫物はおのずから癒えた。

（同上）

馬絆

吏部尚書《りぶしょうしょ》の馮夢弼《ひょうむひつ》、この人は八蕃《はちばん》の雲南宣慰司《せんいし》の役人からしだいに立身したのである。この馮氏の話に、かつて八蕃に在任の当時、官用で某所へ出向いた。途中のある駅に着いた時に、駅の役人が注意した。

「きょうももう暮れました。江のほとりには馬絆《ばはん》が出ます。この先へはおいでにならないがよろしゅうございましょう」

馮はその注意を肯《き》かなかった。彼は良い馬を選んで、土地の者を供に連れて出発した。

行くこと三、四十里、たちまちに供の者は馬から下りて地にひざまずき、しきりに何か念じているようであった。

その言葉は訛《なま》っているので、何をいうのか能《よ》く判らないが、ひどく哀しんで憫れみを乞うように見受けられたので、滉はどうしたのかと訊ねると、彼は手をうごかして小声で説明した。われわれは死ぬというのである。

そこで、滉も馬をくだって禱《いの》った。

「わたしは万里の遠方から来て、ここに仕官の身の上である。もし私に天禄があるならば、死ぬことはあるまい。天禄がなければ、あえて死を恐るるものではない」

時に月のひかり薄明るく、小さい家のような巨大な物がころげるように河のなかにはいった。風なまぐさく、浪もまたなまぐさく、腥気《せいき》は人をおそうばかりであった。更に行くこと数里の後、滉は土地の者に訊いた。

「あれはなんだ」

「馬絆です」

「馬絆とはなんだ」

土地の者は手をふって答えない。三更《さんこう》の後に次の駅にゆき着くと、駅の役人が迎いに出て来て、ひどく驚いたように言った。

「なんという大胆なことを……。夜中《やちゅう》に馬絆の虞《おそ》れあるところを越えておいでになるとは……」

「馬絆とはなんだ」と、滉はまた訊いた。

「馬黄精《ばおうせい》のことでございます。これに逢う者はみな啖《く》われてしまいます」

馬絆といい、馬黄精といい、いずれも蛟《みずち》の種類であるらしい。　（遂昌雑録）

廬山の蟒蛇

廬山《ろざん》のみなみ、懸崖《けんがい》千尺の下は大江に臨んでいる。その崖の半途に藤蔓《ふじづる》のまとった古木があって、その上に四つの蜂の巣がある。その大きさは五石《ごこく》を盛る瓶《かめ》の如くで、これに蔵する蜂蜜はさぞやと察せられたが、何分にも嶮峻《けんしゅん》の所にあるので、往来の者はむなしく睨んで行き過ぎるばかりであった。

そのうちに二人の樵夫《きこり》が相談して、儲けは山分けという約束で、この蜂の巣を取ることになった。一人は腰に縄をつけて、大木にすがって下ること二、三十丈、ようように巣のある所まで行き着いて、さかんに蜜を取った。他の一人は上から縄をとって、あるいは引き上げ、あるいは引き下げていたが、やがて蜜も大方とり尽くしたと思うころに、上の一人は縄を切って去った。自分ひとりで利益を占めようと考えたのである。

取り残された樵夫は声を限りに叫んだが、どうすることも出来なかった。巣に余っている蜜をすすってわずかに飢えを凌いでいながら、どこにか昇る路はないかと、石の裂け目を攀《よ》じてゆくと、そこに一つの穴があった。

穴は深く暗く、その奥に蛟《みずち》か蟒蛇《うわばみ》のようなものがわだかまっていて、寄り付かれないほどになまぐさかった。やがて蟒蛇は鉦《かね》のような両眼をひらくと、その光りはさながら人をとろかすように輝いた。しかも彼は別に動こうともしなかった。樵夫は非常に恐れたが、どこへ逃げるという路もない。殊に穴のなかには暖かい気が満ちていて、寒さを凌ぐには都合がいいので、そこに出たり這入ったりして日を送った。

ある日、雷鳴がきこえると、穴のなかの物は俄かにのたくり出した。雷鳴が再びきこえると、物は穴から抜け出して行こうとするのである。

「どうで死ぬのは同じことだ」

樵夫は覚悟して、その鱗《うろこ》の上に攀《よ》じ登ると、物は空中をゆくこと一、二里で、彼を振り落した。しかも池に落ちたために彼は死ななかった。後に官に訴えて出たので、彼を捨てて行った者は杖殺の刑におこなわれた。

（湛園静語）

答刺罕

至順《しじゅん》年間に、わたしは友人と葬式を送った。その葬式の銘旗に「答刺罕《タラカン》夫人某氏」としるされてあるのが眼についた。答刺罕は蒙古語で、訳して自在王というのである。わたしはその家の人に訊いてみた。

「答刺罕と書いてあるのは、朝廷から封ぜられたのですか。それとも本人の字《あざな》ですか」

「夫人の先祖が上《かみ》から賜わったのです」と、家人が答えた。「世祖《せいそ》皇帝が江南をお手に入れる時、大軍を率いて黄河《こうが》までお出でになりましたが、渡るべき舟がありません。よんどころなく其処《そこ》に軍をとどめる事になりました。その夜の夢に一人の老人があらわれて、渡るべき舟がなければ私に付いて来いと言って、世祖を岸の辺まで案内して、ここから渡ることが出来ると指さして教えました。世祖はそこに何かの目標《めじるし》をつけて帰ったかと思うと夢が醒めました。そこで翌日、ゆうべの夢の場所へ行って、そこか此処《ここ》かと尋ねていると、一人の男が来て、ここから渡られますという。それでもまだ何だか不安心であるので、世祖はその男にむかって、それではお前がまず渡ってみろ、おれ達はそのあとに付いてゆこうと言いますと、男は直ぐに先に立って行きました。大軍は続いて行きますと、果たしてそのひと筋の水路は特別に浅いので、無事に渡り越すことが出来ました。軍《いくさ》が終った後、世祖はかの案内者に恩賞をあたえようとしますと、その男は答えて、わたくしは富貴を願いません。ただ、わが身の自在を得れば満足でありますと申し立てたので、答剌罕と書いて賜わったのでございます。」云々《しかじか》（山居新話）

道士、潮を退く

宋《そう》の理宗《りそう》皇帝のとき、浙江《せっこう》の潮《うしお》があふれて杭《こう》州の都をおかし、水はひさしく退《ひ》かないので、朝野の人びとも不安を感じた。そこで朝命として天師を召され、潮をしりぞける禱《いの》りをおこなうことになった。時の天師は三十五代の観妙真人《かんみょうしんじん》である。天師が至ると、潮はたちまち退いたので、理宗帝は大いに喜び、多大の下され物があった。真人が法を修したのは四月十三日であった。

然るに、元《げん》の大徳二年の春、潮が塩官《えんかん》州をおかして、氾濫すること百余里、その損害は実におびただしく、潮は城市にせまって久しく退かないので、土地の有力者は前にいった宋代の例を引いて、江浙行省《こうせつこうしょう》に出願し、天師をむかえて潮を退けることになった。時の天師は三十八代の凝神広教真人《ぎょうしんこうきょうしんじん》である。

やがて使者が迎いに行ったが、真人はその聘礼《へいれい》の方法が正しくないというので動かず、遂に行くことを謝絶した。そこで宮中の道士をくだして、鉄符をもって加持させることになった。道士は塩官州に到着したが、その行李《こうり》がまだ混雑しているので、取りあえず持参の鉄符を水のほとりに立てると、俄かに浪は立ち騒いで、神の加護があるように見えたので、道士は喜んだ。

彼は法服に着かえ、鉄符をたずさえて舟に登った。大勢の人びとは岸にあつまって眺めていると、金の甲《よろい》を着た神者が彷彿《ほうふつ》として遠い空中に立っているのを見た。道士は法を修して、やがてその鉄符をなげうつと、鉄符は浪の上に躍ること幾回の後に沈んだ。暫くして一天俄かに晦《くら》く、霹靂《へきれき》一声、これで法を終った。

それから数日の後、別のところに沙《すな》の盛りあがること十数里、その上に一物《いちもつ》を発見した。それは海亀に似たもので、大きさは車輪のごとく、身には甲《こう》をつけて三つ足であった。これぞ世にいう「能《のう》」である。道士はその半分を剖《さ》いて、持ち帰って朝廷に献じた。

道士が塩官州へくだったのち、朝廷からさらに天師に命令があったので、天師も辞《いな》むことを得ずして起《た》った。天師が到着したのは四月十三日で、あたかも宋代の時と同日であるので、人びとも不思議に思った。但し道士の修法が成就して、潮はようやく退いた後であるので、攘《はら》いの祈禱をおこなった上に、堤を築き、宮を建てることにして帰った。

（隠居通議）

輟《てっ》耕《こう》録《ろく》

第十一の男は語る。

「明《みん》代も元《げん》の後を亨《う》けて、小説戯曲類は盛んに出て居ります。小説では西遊記《さいゆうき》、金瓶梅《きんぺいばい》のたぐいは、どなたもよく御承知でございます。ほかにもそういう種類のものはたくさんありますが、わたくしは今晩の御趣意によりまして、陶宗儀《とうそうぎ》の『輟耕録』を採ることにいたしました。陶宗儀は天台の人で、元の末期に乱を避けて華亭《かてい》にかくれ、明朝になってから徴《め》されても出でず、あるいは諸生に教授し、あるいは自ら耕して世を送りました。元来著述を好む人で、田畑へ耕作に出るときにも必ず筆や硯をたずさえて行って、暇があれば樹の下へ行って記録していたそうです。この書に輟耕の名があるのはそれがためでしょう。原名は『南村輟耕録』というのだそうですが、普通には単に『輟耕録』として伝わって居ります。この書は日本にも早く渡来したと見えまして、かの、『飛雲渡』や、『陰徳延寿』の話などは落語の材料にもなり、その他の話も江戸時代の小説類に翻案されているのがありまして、捜神記や酉陽雑俎に次いで、われわれ日本人にはお馴染みの深い作物でございます」

飛雲渡

飛雲渡《ひうんど》は浪や風がおだやかでなくて、ややもすれば渡船の顚覆《てんぷく》するところである。ここに一人の青年があって、いわゆる放縦不羈《ほうじゅうふき》の生活を送っていたが、ある時その生年月日をもって易者に占ってもらうと、あなたの寿命は三十を越えないと教えられた。彼もさすがにそれを気に病んで、その後幾人の易者に見てもらったが、その占いはほとんど皆一様であったので、彼もしょせん短い命とあきらめて、妻を娶《めと》らず、商売をも努めず、家財をなげうって専ら義俠的の仕事に没頭していると、ある日のことである。彼がかの飛雲渡の渡し場付近を通りかかると、ひとりの若い女が泣きながらそこらをさまよっていて、やがて水に飛び込もうとしたのを見たので、彼はすぐに抱きとめた。

「お前さんはなぜ命を粗末にするのだ」

「わたくしは或る家に女中奉公をしている者でございます」と、女は答えた。「主人の家《うち》に婚礼がありまして、親類から珠《たま》の耳環《みみわ》を借りました。この耳環は銀三十錠の値いのある品だそうでございます。今日それを返して来るように言い付けられまして、わたくしがその使いにまいる途中で、どこへか落してしまいましたので……。今さら主人の家へも帰られず、いっそ死のうと覚悟をきめました」

青年はここへ来る途中で、それと同じような品を拾ったのであった。そこでだんだんに訊いてみると確かにそれに相違ないと判ったが、先刻から余ほどの時間が過ぎているので、その帰りの遅いのを怪しまれては悪いと思って、彼はその女を主人の家へ連れて行って、委細のわけを話して引き渡した。主人は謝礼をするといったが、彼は断わって帰った。

それから一年ほどの後、彼は二十八人の道連れと一緒に再びこの渡し場へ来かかると、途中で一人の女に出逢った。女はかの耳環を落した奉公人で、その失策から主人の機嫌を損じて、とうとう暇を出されて、ある髪結床へ嫁にやられた。その店は渡し場のすぐ近所にあるので、女は先年のお礼を申し上げたいから、ともかくも自分の家へちょっと立ち寄ってくれと、無理にすすめて彼を連れて行った。夫もかねてその話を聞いているので、女房の命の親であると尊敬して、是非とも午飯《ひるめし》を食って行ってくれと頼むので、彼はよんどころなくそこに居残ることになって、他の一行は舟に乗り込んだ。

残された彼は幸いであった。他の二十七人を乗せた舟がこの渡し場を出ると間もなく、俄かに波風があらくなったので、舟はたちまち顛覆して、一人も余さずに魚腹に葬られてしまった。

青年は不思議に命を全《まっと》うしたばかりでなく、三十を越えても死なないで、無事に天寿を保った。この渡しは今でも温《うん》州の瑞安《ずいあん》にある。

女の知恵

姚忠粛《ちょうちゅうしゅく》は元《げん》の至元《しげん》二十年に遼東《りょうとう》の按察使《あんさつし》となった。

その当時、武平《ぶへい》県の農民劉義《りゅうぎ》という者が官に訴え出た。自分の嫂《あによめ》が奸夫と共謀して、兄の劉成《せい》を殺したというのである。県の尹《いん》を勤める丁欽《ていきん》がそれを吟味すると、前後の事情から判断して、劉の訴えは本当であるらしい。しかも死人のからだにはなんの疵《きず》のあとも残っていないのである。さりとて、毒殺したような形跡も見られないので、丁もその処分に困って頻りに苦労しているのを、妻の韓氏《かんし》が見かねて訊いた。

「あなたは一体どんな事件で、そんなに心配しておいでなさるのです」

丁がその一件を詳しく説明すると、韓氏は考えながら言った。

「もしその嫂が夫を殺したものとすれば、念のために死骸の脳天をあらためて御覧なさい。釘が打ち込んであるかも知れません」

成程と気がついて、丁はその死骸をふたたび検視すると、果たして髪の毛のあいだに太い釘を打ち込んで、その跡を塗り消してあるのを発見した。それで犯人は一も二もなく恐れ入って、裁判はすぐに落着《らくぢやく》したので、丁はそれを上官の姚忠粛に報告すると、姚も亦《また》すこし考えていた。

「お前の妻はなかなか偉いな。初婚でお前のところへ縁付いて来たのか」

「いえ、再婚でございます」と、丁は答えた。

「それでは先夫の墓を発《あば》いて調べさせるから、そう思え」

姚は役人に命じて、韓氏が先夫の棺を開いてあらためさせると、その死骸の頭にも釘が打ち込んであった。かれもかつて夫を殺した経験をもっていたのである。丁は恐懼《きようく》のあまりに病いを獲《え》て死んだ。

時の人は姚の明察に服して、包孝粛《ほうこうしゆく》の再来と称した。

(包孝粛は宋時代の明判官《めいはんがん》で、わが国の大岡越前守ともいうべき人である)。

鬼の贓品

陝西《せんせい》のある村に老女が住んでいた。そこへ道士《どうし》のような人が来て、毎日かならず食を乞うと、老女もかならず快《こころよ》くあたえていた。すると、ある日のこと、かの道士が突然にたずねた。

「ここの家《うち》に妖怪の祟りはないか」

老女はあると答えると、それではおれが攘《はら》ってやろうといって、道士は嚢《ふくろ》のなかから一枚のお符《ふだ》を取り出して火に焚《や》くと、やがてどこかで落雷でもしたような響きがきこえた。

「これで妖怪は退治した」と、彼は言った。「しかしその一つを逃がしてしまった。これから二十年の後に、お前の家にもう一度禍いがおこる筈だから、そのときにはこれを焚け」

かれは一つの鉄の簡《ふだ》をわたして立ち去った。それから歳月が過ぎるうちに、老女の娘はだんだん生長して、ここらでは珍しいほどの美人となった。ある日、大王と称する者が大勢の供を連れて来て、老女の家に宿った。

「おまえの家には曾《かつ》て異人から授かった鉄簡があるそうだが、見せてくれ」と、大王は言った。

これまでにも老女の話を聞いて、その鉄簡をみせてくれという者がしばしばあるので、彼女はその贋物《にせもの》を人に貸すことにして、本物は常に自分の腰に着けていた。きょうもその贋物の方を差し出すと、大王はそれを取り上げたままで返さないばかりか、ここの家には娘がある筈だから、ここへ呼び出して酒の酌をさせろと言った。娘はあいにくに病気で臥《ふ》せって居りますと断わっても、王は肯《き》かない。どうでもおれの前へ連れて来いとおどしつけて、果ては手籠《てご》めの乱暴にも及びそうな権幕になって来た。

老女はふと考え付いた。この大王などというのはどこの人間だか判らない。かの道士は二十年後に禍いがあるといったが、その年数もちょうど符合するから、大事の鉄簡を用いるのは今この時であろうと思ったので、腰につけている本物の鉄簡をそっと取って、竈《かまど》の下の火に投げ込むと、たちまちに雷《らい》はとどろき、電光はほとばしって、火と烟りが部屋じゅうにみなぎった。

しばらくして、火も消え、烟りも鎮まると、そこには数十匹の猿が撃ち殺されていた。そのなかで最も大きいのがかの大王で、先年逃げ去ったものであるらしい。かれらのたずさえて来た諸道具はみなほんとうの金銀宝玉を用いたものであるので、老女はそれを官に訴え出ると、それらは一種の贓品《ぞうひん》と見なして官庫に没収された。

泰不華元帥《たいふかげんすい》はその当時西台《せいたい》の御史《ぎょし》であったので、その事件の記録に朱書きをして、「鬼贓」としるした。鬼の贓品という意である。

一寸法師

元《げん》の至元年間の或る夜である。一人の盗賊が浙省の丞相府《じょうしょうふ》に忍び込んだ。

月のうす明るい夜で、丞相が紗《しゃ》の帷《とばり》のうちから透かしてみると、賊は身のたけ七尺余りの大男で、関羽《かんう》のような美しい長い髯《ひげ》を生《は》やしていた。侍姫《じき》のひとりもそれを見て、思わず声を立てると、丞相は制した。

「ここは丞相の府だ。賊などが無暗にはいって来る筈がない」

みだりに騒ぎ立てて怪我人でもこしらえてはならないという遠慮から、丞相は彼女を制したのである。賊はそのひまに、そこらにある金銀珠玉の諸道具を片端から盗んで逃げ去った。前にいう通り、その賊の人相風俗は大抵判っているので、丞相は官兵に命じてすぐにその捜査に取りかからせ、省城の諸門を閉じて詮議したが、遂にそのゆくえが知れずに終った。

その翌年になって、賊は紹興《しょうこう》地方で捕われて、逐一《ちくいち》その罪状を自白したが、かれは案外の小男であった。彼は当夜の顚末についてこう語った。

「最初に城内に入り込みまして、丞相府の東の方に宿を仮りていました。その晩は非常に酔って帰って来て、前後不覚のていで門の外に倒れているのを、宿の主人が見つけて介抱して、ともかくも二階へ連れ込まれましたが、寝床へはいると無暗に嘔《は》きました。それから夜の更けるのを待って、二階の窓からそっと抜け出して、檐《のき》づたいに丞相の府内へ忍び込みましたが、その時には俳優が舞台で用いる付け髯を顔いっぱいに付けて、二尺あまりの高い木履《ぼくり》を穿《は》いていました。そうして、品物をぬすみ出すと、それを近所の塔の上に隠して置いて、ふたたび自分の宿へ戻って寝ていると、夜の明けた頃に官兵が捜査に来ました。しかし、わたくしが昨夜泥酔して帰ったことは宿の主人も知っていますし、第一わたくしは一寸法師といってもいいほどに背が低い上に、髯などはちっとも生やしていないで、人相書とは全く違っているものですから、官兵は碌々に取調べもしないで立ち去ってしまったのです。それから五、六日経って、詮議もよほどゆるんだ頃に、塔の上からかの品々を持ち出しました」

蛮語を解する猴

これは杜《と》彦明《げんめい》という俳優の話である。

杜が江西地方からかえって韶州《しょうしゅう》に来て、旅宿に行李《こうり》をおろすと、その宿には先客として貴公子然たる青年が泊まっていた。かれは刺繡《ぬい》のある美しい衣服を着て、玉を飾りにした帽をかぶっていたが、ただその穿き物だけが卑しい皮履《かわぐつ》であるので、杜もすこしく不審に思ったが、一夕自分の室《へや》へ招待して酒をすすめると、貴公子の方でもその返礼として杜を招いて饗応した。

招かれて、その室へ行ってみると、柱に一匹の小さい猴《さる》がつながれていて、見るから小ざかしげに立ち廻っていた。貴公子はやがてその綱を解いて放すと、猴はよく人に馴れていて、巧みに酒席のあいだを周旋し、主人が蛮語で何か命令すると、一々聞き分けて働くのである。杜もおどろいてその子細を訊くと、貴公子は笑いながら説明した。

「実はわたしの家の侍女《こしもと》が子を生みまして、その子はひと月ばかりで死にました。そのときにこの小猴も丁度生まれましたが、親猴を猟犬《かりいぬ》に嚙み殺されてしまったので、夜も昼も母を慕って啼き叫んでいるのが何分にも可哀そうでしたから、侍女に言いつけて育て上げさせました。人間の乳を飲んで育ったせいか、人にもよく馴れ、また自然に蛮語をおぼえて、こうしてわたしの用を達してくれるのです」

成程そうかと、杜も思った。彼は間もなくかの貴公子に別れ、清州《せい》へ行って呉《ご》という役人の家に足をとどめていると、ある日、ひとりの旅人が一匹の猴を連れて城内に入り込んだという報告があった。

「それは世間に名の高い大泥坊だ」と、呉は言った。「まず何げなく、人の家を訪問して、家内の勝手を見さだめて置いて、夜になってから其の猴を放して盗みを働かせるのだ。大方おれの所へも来るだろうから、その猴めを奪い取って、世間のために害を除かなければならない」

翌日になると、果たして呉に面会を求めに来た者がある。杜がそっと隙き見をすると、彼はまさしく先日の貴公子で、きょうも猴を連れていた。呉は面会して、かれと一緒に飯を食って、その席上でかの猴を貰いたいと言い出すと、彼も初めは堅く拒《こば》んだ。

「呉《く》れるのが嫌ならば、ここでその猴の首を斬ってみせろ」と、呉は言った。

呉は同知《どうち》という官職を帯びて、大いに勢力を有しているので、彼も強《し》いて争うわけにも行かなくなったと見えて、結局渋々ながらその猴を呉に譲ることになった。呉は謝礼として白金十両を贈った。

貴公子は帰るときに猴にむかって、なにか蛮語で言い聞かせて立ち去った。彼はそこに蛮語の通訳が聞いていることを知らなかったのである。通訳は呉に訴えた。

「あいつは猴にむかって斯《こ》う言い聞かせたのです。お前は当分飲まず食わずにいろ。そうすればきっと縄を解いて放すに相違ない。おれは十里さきの小さい寺にかくれて待っているから、すぐにそこへ逃げて来いと……」

そこで念のために果物や水をあたえると、猴は決して口にしないのである。さらに人をつかわして窺わせると、果たしてその主人もまだ立ち去らないで、そこらに徘徊していることが判ったので、呉はすぐにその猴を撃ち殺させた。

陰徳延寿

むかし真州《しん》の大商人《おおあきんど》が商売物を船に積んで、杭州へ行った。時に鬼眼《きがん》という術士があって、その店を州の役所の前に開いていたが、その占いがみな適中するというので、その店の前には大勢の人があつまっていた。商人もその店先に坐を占めると、鬼眼はすぐに言った。

「あなたは大金持だが、惜しいことにはこの中秋の前後三日のうちに寿命が終る」

それを聞いて、商人はひどくおそれた。その以来、なるべく船路を警戒して進んでゆくと、八月のはじめに船は揚子江にかかった。見ると、ひとりの女が岸に立って泣いているのである。呼びとめて子細を訊《き》くと、女は涙ながらに答えた。

「わたくしの夫は小商《こあきな》いをしている者で、銭《ぜに》五十緡《びん》を元手にして鴨や鵞鳥《がちょう》を買い込み、それを舟に積んで売りあるいて、帰って来るとその元手だけをわたくしに渡して、残りの儲けで米を買ったり酒を買ったりすることになって居ります。きょうもその銭を渡されましたのを、わたくしが粗相で落してしまいまして、どうすることも出来ません。夫は気の短い人間ですから、腹立ちまぎれに撲《ぶ》ち殺されるかも知れません。それを思うと、いっそ身を投げて死んだ方が優《ま》しでございます」

「人間はいろいろだ」と、商人は嘆息した。「わたしも実は寿命が尽きかかっているので、もし金で助かるものならば、金銀を山に積んでも厭《いと》わないと思っているのに、ここには又わずかの金にかえて寿命を縮めようとしている人もある。決して心配しなさるな。そのくらいの銭はわたしがどうにもして上げる」

彼は百緡の銭をあたえると、女は幾たびか拝謝して立ち去った。商人はそれから家へ帰って、両親や親戚友人にも鬼眼が予言のことを打ち明け、万事を処理しておもむろに死期を待っていたが、その期日を過ぎても、彼の身になんの異状もなかった。

その翌年、ふたたび杭州へ行って、去年の岸に船を泊めると、かの女が赤児を抱いて礼を言いに来た。彼女はそれから五日の後に赤児を生み落して、母も子もつつがなく暮らしているというのであった。それからまた、かの鬼眼のところへゆくと、彼は商人の顔をみて不思議そうに言った。

「あなたはまだ生きているのか」

彼は更にその顔をながめて笑い出した。

「これは陰徳の致すところで、あなたは人間ふたりの命を助けたことがあるでしょう」

金の篦

木八剌《ぼくはつら》は西域の人で、字《あざな》は西瑛《せいえい》、その軀幹《からだ》が大きいので、長西瑛と綽名《あだな》されていた。彼はある日、その妻と共に食事をしていると、あたかも来客があると報じて来たので、小さい金の篦《へら》を肉へ突き刺したままで客間へ出て行った。妻も続いてそこを起《た》った。客が帰ったあとで、さて引っ返してみると、かの金の篦が見えないのである。ほかに誰もいなかったのであるから、その疑いは給仕の若い下女にかかった。下女はあくまでも知らないと言い張るので、彼は腹立ちまぎれに折檻して、遂に彼女を責め殺してしまった。

それから一年あまりの後、職人を呼んで家根《やね》のつくろいをさせると、瓦のあいだから何か堅い物が地に落ちた。よく見ると、それは曩《さき》に紛失したかの篦であった。つづいて枯《ひか》らびた骨があらわれた。それに因って察すると、猫が人のいない隙をみて、篦と共にその肉をくわえて行ったものらしい。下女も不幸にしてそれを知らなかったのである。世にはこういう案外の出来事もしばしばあるから、誰もみな注意しなければならない。

生き物使い

わたしが杭州にある時、いろいろの生き物を使うのを見た。七匹の亀を飼っている者がある。その大小は一等より七等に至る。かれらを几《つくえ》の上に置いて、合図の太鼓を打つと、第一の大きい亀が這い出して来て、まんなかに身を伏せる。次に第二の亀が這い出して、その背に登る。それから順々に這い登って、第七の最も小さい亀は第六の甲の上に逆立ちをする。全体の形はさながら小さい塔の如く、これを烏亀畳塔《うきじょうとう》と名づける。

また、蝦蟆《がま》九匹を養っている者がある。席ちゅうに土をうずたかく盛りあげて、最も大きい蝦蟆がその上に坐っていると、他の小さい蝦蟆が左右に四匹ずつ向い合って列ぶ。やがて大きいのがひと声鳴くと、他の八匹もひと声鳴く。大きいのが幾たびか鳴けば、他も幾たびか鳴く。最後に八匹が順々に進み出て、大きいのにむかって頭を下げてひと声、さながら礼をなすが如くにして退く。これを名づけて蝦蟆説法《がませっぽう》という。

松江《しょうこう》へ行って、道士の太古庵《たいこあん》に仮寓《かぐう》していた。その時に見たのは、鰍《かじか》を切るの術である。一尾は黒く、一尾は黄いろい鰍を取って、磨ぎすましたる刃物に何かの薬を塗って、胴切りにして互い違いに継ぎ合わせると、いずれも半身は黒く、半身は黄いろく、首尾その色を異《こと》にした二匹の魚は、もとの如くに水中を泳ぎ廻っていた。
土地の人、衛立中《えいりつちゅう》というのがその魚を鉢に飼って置くと、半月の後にみな死んだ。

剪燈新話《せんとうしんわ》

第十二の夫人は語る。

「今晩は主人が出ましてお話をいたす筈でございましたが、よんどころない用事が出来まして、残念ながら俄かに欠席いたすことになりました。就きましては、お前が名代《みょうだい》に出て何かのお話を申し上げろということでございましたが、無学のわたくしが皆さま方の前へ出て何も申し上げるようなことはございません。唯ほんの申し訳ばかりに、どなたも御存じの『剪燈新話』のお話を少々申し上げて御免を蒙ります。

わたくしどもにはよく判《わか》りませんが、支那の小説は大体に於いて、唐《とう》と清《しん》とが一番よろしく、次が宋《そう》で、明《みん》朝の作は余り面白くないのだとか申すことでございます。殊に今晩の御趣意を承《うけたま》わりまして、主人もお話の選択によほど苦しんでいたようでございました。しかし支那の本国ではともかくも、日本では昔から『剪燈新話』がよく知られて居りまして、これは御承知の通り、明《みん》の瞿宗吉《くそうきつ》の作ということになって居ります。その作者に就いては多少の異論もあるようでございますが、ここでは普通一般の説にしたがって、やはり瞿宗吉の作といたして置きましょう。

今まで皆さんがお話しになったものとは違いまして、この『剪燈新話』は一つのお話が比較的に長うございますから、今晩はそのうちの『申陽洞記《しんようどうき》』と『牡丹燈記《ぼたんとうき》』の二種を選んで申し上げることにいたします。馬琴《ばきん》の『八犬伝』のうちに、犬飼現八《いぬかいげんぱち》が庚申山《こうしんざん》で山猫の妖怪を射る件《くだり》がありますが、それはこの『申陽洞記』をそっくり書き直したものでございます。一方の『牡丹燈記』が浅井了意《あさいりょうい》の『お伽《とぎ》ぼうこ』や、円朝《えんちょう》の『牡丹燈籠』に取り入れられているのは、どなたも能《よ》く御存じのことでございましょう。前置きは先ずこのくらいにいたしまして、すぐに本文《ほんもん》に取りかかります」

申陽洞記

隴西《ろうせい》の李徳逢《りとくほう》という男は当年二十五歳の青年で、馬に騎《の》り、弓をひくことが上手で、大胆な勇者として知られていましたが、こういう人物の癖として家業にはちっとも頓着せず、常に弓矢を取って乗りまわっているので、土地の者には爪弾《つまはじ》きされていました。

そういうわけで、身代《しんだい》もだんだんに衰えて来ましたので、元《げん》の天暦《てんれき》年間、李は自分の郷里を立ち退《の》いて、桂州へ行きました。そこには自分の父の旧い友達が監郡の役を勤めているので、李はそれを頼って行ったのですが、さて行き着いてみると、その人はもう死んでしまったというので、李も途方に暮れました。さりとて再び郷里へも帰られず、そこらをさまよい歩いた末に、この国には名ある山々が多いのを幸いに、その山々のあいだを往来して、自分が得意の弓矢をもって鳥や獣《けもの》を射るのを商売にしていました。

「自分の好きなことをして世を送っていれば、それで結構だ」

こう思って、彼は平気で毎日かけ廻っていました。すると、ここに銭《せん》という大家《たいけ》がありまして、その主人は銭翁と呼ばれ、この郡内では有名な資産家として知られていました。銭の家には今年十七のひとり娘がありまして、父の寵愛はひと通りでなく、子供のときから屋敷の奥ふかく住まわせて、親戚や近所の者にも滅多《めった》にその姿を窺わせたことがないくらいでした。その最愛の娘が雨風の暗い夜に突然ゆくえ不明になったので、さあ大変な騒ぎになりました。

よく調べてみると、門も扉も窓も元のままになっていて、外から何者かが忍び込んだらしい形跡もなく、娘だけがどこへか消えてしまったのですから、実に不思議です。勿論、早速にその筋へ訴え出るやら、神に禱《いの》るやら、四方八方をたずね廻らせるやら、手に手を尽くして詮議したのですが、遂にそのゆくえが判らないので、父の銭翁は昼夜悲嘆にくれた末に、こういうことを触れ出しました。

「もし娘のありかを尋ね出してくれた者には、わたしの身代の半分を割《さ》いてやる。又その上に娘の婿にする」

それを聞いて、誰も彼も色と慾とのふた筋から、一生懸命に心あたりを探し廻ったのですが、娘のゆくえは容易にわからず、むなしく三年の月日を送ってしまいました。すると、ある日のことです。かの李徳逢が例のごとくに弓矢をたずさえて山狩りに出ると、一匹の麕《くじか》を見つけたので、すぐに追って行きました。

麕はよく走るので、なかなか追い付きません。鹿を追う猟師は山を見ずの譬《たとえ》の通りに、李は夢中になって追って行くうちに、岡を越え、峰を越えて、深い谷間へ入り込みましたが、遂に獲物《えもの》のすがたを見失いました。がっかりして見まわすと、いつの間にか日が暮れています。おどろいて引っ返そうとすると、もと来た道がもう判りません。そこらを無暗に迷いあるいているうちに、夜はだんだんに暗くなって、やがて初更《しょこう》（午後七時—九時）に近い頃になったらしいのです。むこうの山の頂きに何かの建物があるのを見つけて、ともかくもそこまで辿《たど》り着くと、そこらは人跡《じんせき》の絶えたところで、いつの代に建てたか判らないような、頽《くず》れかかった一宇《いちう》の古い廟がありました。

「なんだか物凄い所だ」

大胆の青年もさすがに一種の恐れを感じましたが、今更どうすることも出来ないので、しばらく軒下に休息して夜のあけるのを待つことにしていると、たちまちに道を払う警《けい》蹕《ひつ》の声が遠くきこえました。

「こんな山奥へ今ごろ威《い》めしい行列を作って何者が来るのか。鬼神か、盗賊か」

忍んで様子を窺うに如《し》かずと思って、かれは廟の欄間《らんま》へ攀《よ》じのぼり、梁《はり》のあいだに身をひそめていると、やがてその一行は門内へ進んで来ました。二つの紅い燈籠をさきに立てて、その頭分《かしらぶん》とみえる者は紅《あか》い冠《かんむり》をいただき、うす黄色の袍《ほう》を着て、神坐の前にある案《つくえ》に拠って着坐すると、その従者とおぼしきもの十余人はおのおの武器を執って、階段《きざはし》の下に居列びました。その行粧《ぎょうそう》はすこぶる厳粛でありますが、よく見ると、かれらの顔かたちはみな蒼黒く、猿のたぐいの玃《かく》というものでありました。

さては妖怪変化《へんげ》かと、李は腰に挟んでいる箭《や》を取って、まずその頭分とみえる者に射あてると、彼はその臂《ひじ》を傷つけられて、おどろき叫んで逃げ出しました。他の眷族《けんぞく》どもも狼狽して、皆ばらばらと逃げ去ってしまったので、あとは元のようにひっそりと鎮まりました。夜が明けてから神坐のあたりを調べると、なま血のあとが点々として正門の外までしたたっているので、李はその跡をたずねて、山を南に五里ほども分け入ると、そこに一つの大きい穴があって、血のあとはその穴の入口まで続いていました。

「化け物の巣窟はここだな。どうしてくりょう」

李は穴のあたりを見まわって、かれらを退治する工夫を講じているうちに、やわらかい草に足をすべらせて、あっという間に穴の底へころげ落ちました。穴の深さは何十丈だか判りません。仰いでも空は見えないくらいです。所詮《しょせん》ふたたびこの世へは出られないものと覚悟しながら、李は暗いなかを探りつつ進んでゆくと、やがて明るいところへ出ました。そこには石室《いしむろ》があって、申陽之洞《しんようのどう》という榜《ふだ》が立っています。その門を守るもの数人、いずれも昨夜の妖怪どもで、李のすがたを見てみな驚いたように訊《き》きました。

「あなたは一体何者で、どうしてここへ来たのです」

李は腰をかがめて丁寧に敬礼しました。

「わたくしは城中に住んで、医者を業としている者でございますが、今日この山へ薬草を採りにまいりまして、思わず足をすべらせてこの穴へ転げ落ちたのでございます」

それを聞いて、かれらは俄かに喜びの色をみせました。

「おまえは医者というからは、人の療治が出来るのだろうな」

「勿論、それがわたくしの商売でございます」

「いや、有難い」と、かれらはいよいよ喜びました。「実はおれたちの主君の申陽侯が昨夜遊びに出て、ながれ矢のために負傷なされた。そこへ丁度、お前のような医者が迷って来るというのは、天の助けだ」

かれらは奥へかけ込んで報告すると、李はやがて奥へ案内されました。奥の寝室は帷《とばり》も衾《よぎ》も華麗をきわめたもので、一匹の年ふる大猿が石の榻《とう》の上に横たわりながら唸《うな》っていると、そのそばには国色《こくしょく》ともいうべき美女三人が控えています。李はその猿の脈を取り、傷をあらためて、まことしやかにこう言いました。

「御心配なさるな。すぐに療治をしてあげます。わたくしは一種の仙薬をたくわえて居りますから、それをお飲みになれば、こんな傷はたちまちに癒るばかりでなく、幾千万年でも長生きが出来るのです」

腰に着けている嚢《ふくろ》から一薬をとり出して勿体《もったい》らしく与えると、他の妖怪どもも皆その前にひざまずいて頼みました。

「あなたは実に神のようなお人です。その長生きの仙薬というのをどうぞ我々にもお恵みください」

「よろしい。おまえらにも分けてあげよう」

李は嚢にあらん限りの薬をかれらにも施すと、いずれも奪い合って飲みましたが、それは怖ろしい毒薬で、怪鳥や猛獣を仆《たお》すために矢鏃《やじり》に塗るものでありました。その毒薬を飲んだのですから堪まりません。かの大猿をはじめとして、他の妖怪どもも片端から枕をならべてばたばたと倒れてしまいました。仕済ましたりとあざわらいながら、李は壁にかけてある宝剣をとって、大猿小猿あわせて三十六匹の首をことごとく斬り落しました。

残る三人の美女も妖怪のたぐいであろうと疑って、李はそれをも殺そうとすると、みな泣いて訴えました。

「わたくしどもは決して怪しい者ではございません。不幸にして妖怪に奪い去られ、悲しい怖ろしい地獄の底に沈んでいたのでございます。その妖怪を残らず亡ぼして下さいましたのですから、わたくしどもに取りましてあなたは命の親の大恩人でございます」

そこで、だんだん聞いてみると、その一人はかの銭翁の娘で、他のふたりもやはり近所の良家の娘たちと判りました。李はこうして妖怪を退治して、不幸の娘たちを救ったのですが、何分にも深い穴の底に落ちているのですから、三人を連れて出る術《すべ》がありません。これには李も思案にくれているところへ、いずこよりとも知らず、幾人の老人があらわれて来ました。いずれも鬢《びん》の毛を長く垂れて、尖った口を持った人びとで、ひとりの白衣の老人を先に立てて、李の前にうやうやしく礼拝しました。

「われわれは虚星《きょせい》の精で、久しくここに住んで居りましたが、近ごろかの妖怪らのために多年の住み家を占領されてしまいました。しかも我々はそれに敵対するほどの力がないので、しばらくここを立ち退いて時節の来るのを待っていたのでございますが、今日あなたのお力によって、かれらがことごとく亡びましたので、こんな悦ばしいことはございません」

老人らはその謝礼として、めいめいの袖の下から、金や珠《たま》のたぐいを取出して献《ささ》げました。

「おまえらもすでに神通力《じんつうりき》を具《そな》えているらしいのに、なぜかの妖怪どもに今まで屈伏していたのだ」と、李は訊きました。

「わたくしはまだ五百年にしかなりません」と、白衣の老人は答えました。「かの大猿はすでに八百年の劫《こう》を経て居ります。それで、残念ながら彼に敵することが出来なかったのでございます。しかし我々は人間に対して決して禍いをなすものではございません。かの兇悪な猿どもがたちまち滅亡したのは、あなたのお力とは申しながら、畢竟《ひっきょう》は天罰でございます」

「ここを申陽洞と名づけたのは、どういうわけだ」と、李はまた訊きました。

「猿は申《しん》に属します。それで、かれらが勝手にそんな名を付けたので、もとからの地名ではございません」

「おまえらがここへ帰り住むようになったらば、おれに出口を教えてくれ、礼物《れいもつ》などは貰うに及ばない。ただこの娘たちを救って出られればいいのだ」

「それはたやすいことでございます。半時のあいだ眼を閉じておいでなされば、自然にお望みが遂げられます」

李はその通りにしていると、耳のはたには激しい雨風の声がしばらく聞えるようでしたが、やがてその声がやんだので眼を開くと、一匹の大きい白鼠がさきに立って、豕《いのこ》のような五、六匹の鼠がそのあとに従っていました。そこには一つの穴が掘られていて、それから明るい路へ出られるようになっているので、李は三人の娘と共に再びこの世の風に吹かれることになりました。

それからすぐに銭翁の家をたずねて、かのむすめを引き渡すと、翁はおどろき喜んで、かねて触れ出した通りに李を婿にしました。他の二人の娘の家でも、おなじくその娘を贈ることにしたので、李は一度に三人の美女を娶《めと》った上に、あっぱれの大福長者《だいふくちょうじゃ》になりました。その後ふたたびかの場所へ行ってみると、そこらには草木が一面におい茂っているばかりで、むかしの跡をたずねる便宜《よすが》もありませんでした。

牡丹燈記

元《げん》の末には天下大いに乱れて、一時は群雄割拠の時代を現じましたが、そのうちで方《ほう》谷孫《こくそん》というのは浙東《せっとう》の地方を占領していました。そうして、毎年正月十五日から五日のあいだは、明州府の城内に元宵《げんしょう》の燈籠をかけつらねて、諸人に見物を許すことにしていたので、その宵々《よいよい》の賑わいはひと通りでありませんでした。

元の至正《しせい》二十年の正月のことでございます。鎮明嶺《ちんめいれい》の下《もと》に住んでいる喬生《きょうせい》という男は、年がまだ若いのに先頃その妻をうしなって、男やもめの心さびしく、この元宵の夜にも燈籠見物に出る気もなく、わが家の門《かど》にたたずんで、むなしく往来の人びとを見送っているばかりでした。十五日の夜も三更《さんこう》（午後十一時—午前一時）を過ぎて、往来の人影も次第に稀になった頃、髪を両輪《りょうわ》に結んだ召仕い風の小女が双頭の牡丹燈をかかげて先に立ち、ひとりの女を案内して来ました。女は年のころ十七、八で、翠《あお》い袖、紅《あか》い裙《もすそ》の衣《きもの》を着て、いかにもしなやかな姿で西をさして徐《しず》かに行き過ぎました。

喬生は月のひかりで窺うと、女はまことに国色《こくしょく》ともいうべき美人であるので、我にもあらず浮かれ出して、そのあとを追ってゆくと、女もやがてそれを覚《さと》ったらしく、振り返ってほほえみました。

「別にお約束をしたわけでもないのに、ここでお目にかかるとは……。何かのご縁でございましょうね」

それをしおに、喬生は走り寄って丁寧に敬礼しました。

「わたくしの住居はすぐそこです。ちょっとお立ち寄り下さいますまいか」

女は別に拒《こば》む色もなく、かの小女をよび返して、喬生の家《うち》へ戻って来ました。初対面ながら甚だ打ち解けて、女は自分の身の上を明かしました。

「わたくしの姓は符《ふ》、字《あざな》は麗卿《れいけい》、名は淑芳《しゆくほう》と申しました。かつて奉化《ほうか》州の判《はん》を勤めて居りました者の娘でございますが、父は先年この世を去りまして、家も次第に衰え、ほかに兄弟もなく、親戚《みより》もすくないので、この金蓮《きんれん》とただふたりで月湖《げっこ》の西に仮住居をいたして居ります」

今夜は泊まってゆけと勧めると、女はそれをも拒まないで、遂にその一夜を喬生の家に明かすことになりました。それらの事は委《くわ》しく申し上げません。原文には「甚だ歓愛を極《きわ》む」と書いてございます。夜のあける頃、女はいったん別れて去りましたが、日が暮れるとまた来ました。金蓮《きんれん》という召仕いの小女がいつも牡丹燈をかかげて案内して来るのでございます。

こういうことが半月ほども続くうちに、喬生のとなりに住む老人が少しく疑いを起しまして、境いの壁に小さい穴をあけてそっと覗いてみると、紅《べに》や白粉《おしろい》を塗った一つの骸骨が喬生と並んで、ともしびの下《もと》に睦まじそうにささやいているのです。それをみて老人はびっくりして、翌朝すぐに喬生を詮議すると、喬生も最初は堅く秘して言わなかったのですが、老人に嚇《おど》されてさすがに薄気味悪くなったと見えて、いっさいの秘密を残らず白状に及びました。

「それでは念のために調べて見なさい」と、老人は注意しました。「あの女たちが月湖の西に住んでいるというならば、そこへ行ってみれば正体がわかるだろう」

なるほどそうだと思って、喬生は早速に月湖の西へたずねて行って、長い堤《どて》の上、高い橋のあたりを隈なく探し歩きましたが、それらしい住み家は見当りません。土地の者にも訊き、往来の人にも尋ねましたが、誰も知らないという。そのうちに日も暮れかかって来たので、そこにある湖心寺《こしんじ》という古寺にはいって暫く休むことにしました。そうして、東の廊下をあるき、さらに西の廊下をさまよっていると、その西廊のはずれに薄暗い室《へや》があって、そこに一つの旅櫬《りょしん》が置いてありました。旅櫬というのは、旅先で死んだ人を棺に蔵《おさ》めたままで、どこかの寺中にあずけて置いて、ある時機を待って故郷へ持ち帰って、初めて本当の葬式をするのでございます。したがって、この旅櫬に就いては昔からいろいろの怪談が伝えられています。

喬生は何ごころなくその旅櫬をみると、その上に白い紙が貼ってあって「故奉化符《もとのほうかふ》州判女《しゅうはんのじょ》、麗卿之柩《れいけいのひつぎ》」としるし、その柩の前には見おぼえのある双頭の牡丹燈をかけ、又その燈下には人形の侍女《こしもと》が立っていて、人形の背中には金蓮の二字が書いてありました。それを見ると、喬生は俄かにぞっとして、あわててそこを逃げ出して、あとをも見ずに我が家へ帰って来ましたが、今夜もまた来るかと思うと、とても落ちついてはいられないので、その夜は隣りの老人の家へ泊めてもらって、顫《ふる》えながらに一夜をあかしました。

「ただ怖れていても仕方がない」と、老人はまた教えました。「玄妙観《げんみょうかん》の魏法師《ぎほうし》は故《もと》の開府の王真人《おうしんじん》のお弟子で、おまじないでは当今第一ということであるから、お前も早く行って頼むがよかろう」

その明くる朝、喬生はすぐに玄妙観へたずねてゆくと、法師はその顔をひと目みて驚いた様子でした。

「おまえの顔には妖気が満ちている。一体ここへ何しに来たのだ」

喬生はその坐下に拝して、かの牡丹燈の一条を訴えると、法師は二枚の朱《あか》いお符《ふだ》をくれて、その一枚は門《かど》に貼れ、他の一枚は寝台に貼れ。そうして、今後ふたたび湖心寺のあたりへ近寄るなと言い聞かせました。

家へ帰って、その通りにお符を貼って置くと、果たしてその後は牡丹燈のかげも見えなくなりました。

それからひと月あまりの後、喬生は袞繡橋《こんしゅうきょう》のほとりに住む友達の家をたずねて、そこで酒を飲んで帰る途中、酔ったまぎれに魏法師の戒めを忘れて、湖心寺のまえを通りかかると、寺の門前にはかの金蓮が立っていました。

「お嬢さまが久しくお待ちしておいでになります。あなたもずいぶん薄情なかたでございますね」

否応《いやおう》いわさずに彼を寺中へ引き入れて、西廊の薄暗い一室へ連れ込むと、そこには麗卿が待ち受けていて、これも男の無情を責めました。

「あなたとわたくしは素《もと》からの知合いというのではなく、途中でふと行き逢ったばかりですが、あなたの厚い心に感じて、遂にわたくしの身を許して、毎晩かかさずに通いつめ、出来るかぎりの真実を竭《つく》して居りましたのに、あなたは怪しい偽道士《えせどうし》のいうことを真《ま》に受けて、にわかにわたくしを疑って、これぎりに縁を切ろうとなさるとは、余りに薄情なかたで、わたくしは深くあなたを怨んで居ります。こうして再びお目にかかったからは、あなたをこのままに帰すことはなりません」

女は男の手を握って、柩《ひつぎ》の前へゆくかと思うと、柩の蓋《ふた》はおのずと開いて、二人のすがたはたちまち隠れました。蓋は元のとおりに閉じられて、喬生は柩のなかで死んでしまったのです。

となりの老人は喬生の帰らないのを怪しんで、遠近《おちこち》をたずね廻った末に、もしやと思って湖心寺へ来てみると、見おぼえのある喬生の着物の裾がかの柩の外に少しくあらわれているので、いよいよ驚いてその次第を寺の僧に訴え、早速かの柩をあけてあらためると、喬生は女の亡骸《なきがら》と折り重なって死んでいました。女の顔はさながら生けるが如くに見えるのです。寺の僧は嘆息して言いました。

「これは奉化州判の符という人の娘です。十七歳のときに死んだので、仮りにその遺骸をここに預けたままで、一家は北の方へ赴きましたが、その後なんのたよりもありません。それが十二年後のこんにちに至って、そんな不思議を見せようとは、まことに思いも寄らないことでした」

なにしろそのままにしては置かれないというので、男と女の死骸を蔵《おさ》めたままで、その柩を寺の西門の外に埋めました。ところが、その後にまた一つの怪異が生じたのでございます。

陰《くも》った日や暗い夜に、かの喬生と麗卿とが手をひかれ、一人の小女が牡丹燈をかかげて先に立ってゆくのをしばしば見ることがありまして、それに出逢ったものは重い病気にかかって、悪寒《さむけ》がする、熱が出るという始末。かれらの墓にむかって法事を営み、肉と酒とを供えて祭ればよし、さもなければ命を亡《うしな》うことにもなるので、土地の人びとは大いに懼《おそ》れ、争ってかの玄妙観へかけつけて、なんとかそれを取り鎮めてくれるように嘆願すると、魏法師は言いました。

「わたしのまじないは未然に防ぐにとどまる。もうこうなっては、わたしの力の及ぶ限りでない。聞くところによると、四明山《しめいざん》の頂上に鉄冠道人《てっかんどうじん》という人があって、鬼神を鎮める法術を能《よ》くするというから、それを尋ねて頼んでみるがよかろうと思う」

そこで、大勢は誘いあわせて四明山へ登ることになりました。藤葛《ふじかずら》を攀《よ》じ、渓《たに》を越えて、ようやく絶頂まで辿りつくと、果たしてそこに一つの草庵があって、道人は几《つくえ》に倚り、童子は鶴にたわむれていました。大勢は庵の前に拝して、その願意を申し述べると、道人はかしらをふって、わたしは山林の隠士で、翌《あす》をも知れない老人である。そんな怪異を鎮めるような奇術を知ろう筈はない。おまえ方は何かの聞き違えで、わたしを買いかぶっているのであろうと言って、堅く断わりました。いや、聞き違えではない、玄妙観の魏法師の指図であると答えると、道人はさてはとうなずきました。

「わたしはもう六十年も山を下ったことがないのに、あいつが飛んだおしゃべりをしたので、又うき世へ引き出されるのか」

彼は童子を連れて下山して来ましたが、老人に似合わぬ足の軽さで、直ちに湖心寺の西門外にゆき着いて、そこに方丈《ほうじょう》の壇をむすび、何かのお符を書いてそれを焚《や》くと、たちまちに符の使い五、六人、いずれも身のたけ一丈余にして、黄巾《こうきん》をいただき、金甲《きんこう》を着け、彫り物のある戈《ほこ》をたずさえ、壇の下に突っ立って師の命令を待っていると、道人はおごそかに言い渡しました。

「この頃ここらに妖邪の祟りがあるのを、おまえ達も知らぬことはあるまい。早くここへ駆り出して来い」

かれらは承わって立ち去りましたが、やがて喬生と麗卿と金蓮の三人に手枷《てかせ》首枷《くびかせ》をかけて引っ立てて来て、さらに道人の指図にしたがい、鞭《むち》や笞《しもと》でさんざんに打ちつづけたので、三人は惣身に血をながして苦しみ叫びました。

その呵責《かしゃく》が終った後に、道人は三人に筆と紙とをあたえて、服罪の口供《こうきょう》を書かせ、さらに大きな筆をとってみずからその判決文を書きました。

その文章は長いので、ここに略しますが、要するにかれら三人は世を惑わし、民を誣《し》い、条にたがい、法を犯した罪によって、かの牡丹燈を焚き捨てて、かれらを九泉の獄屋へ送るというのでありました。

急々如律令《きゆうきゆうにょりつりょう》（悪魔払いの呪文）、もう寸刻の容赦はありません。この判決をうけた三人は、今さら嘆き悲しみながら、進まぬ足を追い立てられて、泣く泣くも地獄へ送られて行きました。

それを見送って、道人はすぐに山へ帰ってしまいました。

あくる日、大勢がその礼を述べるために再び登山すると、ただ草庵が残っているばかりで、道人の姿はもう見えませんでした。さらに玄妙観をたずねて、そのゆくえを問いただそうとすると、魏法師はいつか啞になって、口をきくことが出来なくなっていました。

池《ち》北《ほく》偶《ぐう》談《だん》

第十三の男は語る。

「清《しん》朝もその国初の康熙《こうき》、雍正《ようせい》、乾隆《けんりゆう》の百三十余年間はめざましい文運隆昌の時代で、嘉慶《かけい》に至って漸く衰えはじめました。小説筆記のたぐいも、この隆昌時代に出たものは皆よろしいようでございます。わたくしはこれから王士禎《おうしてい》の『池北偶談』について少しくお話をいたそうと存じます。王士禎といってはお判りにならないかも知れませんが、王漁洋《おうぎよよう》といえば御存じの筈、清朝第一の詩人と推される人物で、無論に学者でございます。

この『池北偶談』はいわゆる小説でもなく、志怪の書でもありません。全部二十六巻を談故、談献、談芸、談異の四項に分けてありまして、談異はその七巻を占めて居ります。右の七巻のうちから今夜の話題に適したようなものを選びまして、大詩人の怪談をお聴きに入れる次第でございます」

名画の鷹

武昌《ぶしよう》の張氏《ちようし》の嫁が狐に魅《みこ》まれた。

狐は毎夜その女のところへ忍んで来るので、張の家では大いに患《うれ》いて、なんとかして追い攘《はら》おうと試みたが、遂に成功しなかった。

そのうちに、張の家で客をまねくことがあって、座敷には秘蔵の掛物をかけた。それは宋《そう》の徽宗《きそう》皇帝の御筆《ぎよひつ》という鷹《たか》の一軸である。酒宴が果てて客がみな帰り去った後、夜が更《ふ》けてからかの狐が忍んで来た。

「今夜は危なかった。もう少しでひどい目に逢うところであった」と、狐はささやいた。

「どうしたのです」と、女は訊《き》いた。

「おまえの家の堂上に神鷹《しんよう》がかけてある。あの鷹がおれの姿をみると急に羽ばたきをして、今にも飛びかかって来そうな勢いであったが、幸いに鷹の頸《くび》には鉄の綱が付いているので、飛ぶことが出来なかったのだ」

女は夜があけてからその話をすると、家内の者どもも不思議に思った。

「世には名画の奇特《きどく》ということがないとは言えない。それでは、試しにその鷹の頸に付いている綱を焼き切ってみようではないか」

評議一決して、その通りに網を切って置くと、その夜は狐が姿をみせなかった。翌《あく》る朝になって、その死骸が座敷の前に発見された。かれは霊ある鷹の爪に撃ち殺されたのであった。

その後、張の家は火災に逢って全焼したが、その燃え盛る火焰《ほのお》のなかから、一羽の鷹の飛び去るのを見た者があるという。

無頭鬼

張献忠《ちょうけんちゅう》はかの李自成《りじせい》と相列《なら》んで、明朝《みん》の末期における有名の叛賊である。彼が蜀《しょく》の成都《せいと》に拠って叛乱を起したときに、蜀王の府をもってわが居城としていたが、それは数百年来の古い建物であって、人と鬼とが雑居のすがたであった。ある日、後殿のかたにあたって、笙歌の声が俄かにきこえたので、彼は怪しんでみずから見とどけにゆくと、殿中には数十の人が手に楽器を持っていた。しかも、かれらにはみな首がなかった。

さすがの張献忠もこれには驚いて地に仆《たお》れた。その以来、かれは其の居を北の城楼へ移して、ふたたび殿中には立ち入らなかった。

張巡の妾

唐《とう》の安禄山《あんろくざん》が乱をおこした時、張巡《ちょうじゅん》は睢陽《すいよう》を守って屈せず、城中の食尽きたので、彼はわが愛妾を殺して将士に食《は》ましめ、城遂におちいって捕われたが、なお屈せずに敵を罵って死んだのは有名の史実で、彼は世に忠臣の亀鑑《きかん》として伝えられている。

それから九百余年の後、清《しん》の康熙《こうき》年間のことである。会稽《かいけい》の徐藹《じょあい》という諸生が年二十五で瘕《か》という病いにかかった。腹中に凝り固まった物があって、甚だ痛むのである。その物は腹中に在って人のごとくに語ることもあった。勿論、こういう奇病であるから、療治の効もなく、病いがいよいよ重くなったときに、一人の白衣を着た若い女がその枕元に立って、こんなことを言って聞かせた。

「あなたは張巡が妾を殺したことを御存じですか。あなたの前の世は張巡で、わたしはその妾であったのです。あなたが忠臣であるのは誰も知っていることですが、その忠臣となるがために、なんの罪もないわたしを殺して、その肉を士卒に食わせるような無残な事をなぜなされた。その恨みを報いるために、わたしは十三代もあなたを付け狙っていましたが、何分にもあなたは代々偉い人にばかり生まれ変っているので、遂にその機会を得ませんでした。しかも今のあなたはさのみ偉い人でもない、単に一個の白面《はくめん》（若く未熟なこと）書生に過ぎませんから、今こそ初めて多年の恨みを報いることが出来たのです」

言い終って、女のすがたは消えてしまった。病人もそれから間もなく世を去った。

火の神

武進《ぶしん》の諸生で楊某《ようなにがし》という青年が、某家に止宿《ししゅく》していたことがある。その家は富んでいるので、主人は毎晩おそくまで飲みあるいていたが、ある夜その主人が例に依って夜ふけに酔って帰ると、楊の部屋には燈火《あかり》が煌々《こうこう》と輝いていた。

「まだ起きているのか」

主人は窓の隙からそっと覗いてみると、几《つくえ》のそばには二本の大きい蠟燭《ろうそく》を立てて、緋の着物の人が几に倚りかかって書物を読んでいた。

「楊さんもなかなか勉強だな」

その晩はそのまま帰って、主人は翌日それを楊に話すと、かれは不思議そうな顔をしていた。

「いえ、ゆうべは早く寝てしまいました」

「いや、わたしが確かに見た。あなたは夜の更けるまで几《つくえ》にむかっていましたよ」と、主人は笑っていた。

しかし楊は笑っていられなかった。

これには何か子細があるに相違ないと思ったので、その晩は寝た振りをして窺っていると、夜も三更《さんこう》（午後十一時―午前一時）とおぼしき頃に、たちまち大きい声で呼ぶ者がある。それと同時に二本の大きい蠟燭が地上にあらわれて、くれないの火焔《ほのお》が昼のようにあたりを照らすかと見るうちに、大勢の家来らしい者どもが緋の着物をきた人を警固して来た。人はここの家の主人がゆうべ見た通りに、几にむかって書物を読みはじめた。

楊はおどろいて、大きい声で人を呼んだが、誰も来る者はなかった。緋衣の人も聞かないようなふうでしずかに書物を読みつづけていた。やがて五更《ごこう》（午前三時―五時）の頃になると、彼は又しずかに起《た》ちあがって楊の寝床へ近寄って来た。他の者どももみな従って来て、楊の寝床の四脚をもたげて部屋じゅうをぐるぐる引きまわした末に、空《くう》にむかって幾たびか投げあげた。楊はもう気絶してしまって、その後のことは知らなかったが、夜が明けて正気に復《かえ》った頃には、そこらに何者の姿もみえなかった。部屋の入口をあらためると、扉の鑰《かぎ》は元のままで、誰も出入りをしたらしい形跡もなかった。

「もしや夢か」

自分が見ただけならば夢かとも思えるが、現に昨夜もここの主人が同じような不思議を見せられたのであるから、どうも夢とは思われない。こんなところに長居をするのは良くないと覚《さと》って、楊は翌日早々にここの家を立ち去った。

それから四、五日の後、突然ここの家に火を発して、楊の部屋は丸焼けになった。

文昌閣の鸛

済南《さいなん》府の学堂、文昌閣《ぶんしょうかく》の家の棟に二羽の鸛《かん》（雁鴻《がんこう》の一種である）が巣を作っていた。ある日、それが西の郊外を高く飛んでいると、軍士の一人が矢を射かけて、その一羽の脛《はぎ》にあたった。しかも鳥は落ちないで飛び去った。

その以来、かの鳥はその脛に矢を負ったままで、家の棟の巣を出入りしているのを、大勢の人が常に見ていた。軍士も一時のいたずらであるから、再びそれを射ようともしなかった。

ある日、中丞《ちゅうじょう》が来て軍隊を検閲するというので、一軍の将士はみな軍門にあつまり、牆壁《しょうへき》をうしろにして整列していると、かの鳥がその空の上に舞って来て、脛に負っている矢を地に落した。それがあたかもかの軍士の前に落ちて来たので、何ごころなく拾い取って眺めていると、俄かに耳が激しく痒《かゆ》くなったので、彼はその矢鏃《やじり》で耳を掻いていると、突然にうしろの壁の一部が頽《くず》れて来て、その右の臂《ひじ》の上に落ちかかったので、矢鏃は耳の奥へ深く突き透った。

「これは鳥の恨みだ。わたしは助からない」と、軍士は言った。

果たして数日の後に、彼は死んだ。

剣侠

某中丞《ちゅうじょう》が上江の巡撫《じゅんぶ》であった時、部下の役人に命じて三千金を都へ送らせた。その途中、役人は古い廟に一宿すると、その夜のあいだにかの三千金を何者にか奪われた。しかも扉の鑰《かぎ》は元のままになっているので、すこぶる不思議に思ったが、ともかくも引っ返してその事を報告すると、中丞は大いに立腹して彼にその償《つぐな》いをしろと責めた。

「勿論のことでございます」と、役人は答えた。「しかし、あまり奇怪の出来事でございますから、一カ月間の御猶予をねがいまして、そのあいだにその秘密を探り出したいと思います。わたくしが逃げ隠れをしない証拠には、妻や子を人質に残してまいります」

中丞もそれを許したので、役人は再びかの古廟の付近へ行きむかって、種々に手を尽くして穿索《せんさく》したが、遂にその端緒を探り出し得ないので、もう思い切って帰ろうかと思案しながら、付近の町をぼんやりと歩いていると、町のまんなかで盲目の老人に逢った。なんでも判らないことがあらば御相談なさい。——こういう牌《ふだ》がその老人の胸にかけてあった。物は試《ため》しであると思ったので、役人は彼をよび止めて相談すると、老人は訊いた。

「あなたの失った金は幾らです」

「三千金です」

「それならば大抵こころ当りがあります。わたしと一緒においでなさい」

老人は先に立って案内した。最初の一日は人家のある村つづきであったが、それから先は深山へはいって、どこをどう辿ったのか判らなかったが、ともかくも第三日の午頃《ひる》に大きい賑やかな町へ行き着いた。と思うと、たちまち一人の男が来て役人に声をかけた。

「あなたはここらの人と見えないが、なにしに来たのです」

老人が代って説明すると、その男はうなずいて役人を案内して行った。そのうちに老人のすがたは見えなくなってしまったので、どうなることかと不安ながら付いてゆくと、大路小路を幾たびか折れ曲がって、堂々たる大邸宅の門内へ連れ込まれた。さらに奥の間へ案内されると、広い座敷のなかにはただひとつの榻《とう》を据えて、ひとりの偉丈夫《いじょうふ》が帽もかぶらず、靴も穿かずに、長い髪を垂れて休息していた。そのかたわらには五、六人の童子が扇を持って煽《あお》いでいた。役人は謹《つつし》んで自分の来意を訴えると、男は童子に頤《あご》で指図して金を運ばせて来た。見ると、それはさきに盗難に逢った金で、その封も元のままになっていた。

「この金が欲しいのか」と、男は訊いた。

「頂戴が出来れば結構でございますが……」と、役人は恐る恐る答えた。

「なにしろ疲れたろう。すこし休息するがよい」

ひとりの男が彼をまた案内して、奥まったひと間へ連れ込み、一旦は扉をしめて立ち去ったが、やがて食事の時刻になると、立派な膳部を運んで来てくれた。それでも役人の不安はまだ去らないので、日の暮れ果てるのを待って、そっとうしろの戸をあけてあたりを窺うと、今夜は月の明るい宵で、そこらの壁のきわに何物かが累々《るいるい》と積み重ねてあるのが見える。よくよく透かして視ると、それはみな人間の鼻や耳であったので、役人は気が遠くなるほどに驚かされた。しかし容易に逃げ去るすべはあるまいと思われるので、ただおめおめと夜のあけるのを待っていると、彼は再び主人の男の前によび出された。男はやはりきのうの通りの姿で、彼にむかって言い渡した。

「あの金をおまえにやることは出来ない。しかしお前の迷惑にならないように、これをやる。持って帰って上官にみせろ」

何か一枚の紙にかいた物をくれたので、役人は夢中でそれを受取ると、ひとりの男がまた彼を案内して、三日の後に元の場所まで送り帰してくれた。何がなんだか更にわからないので、役人はまだ夢をみているような心持で帰って来て、中丞にその次第を報告し、あわせてかの一紙をみせると、中丞は不思議そうに読んでいたが、たちまちにその顔色が変った。

役人の妻子はすぐに人質をゆるされた。紛失の三千金もつぐなうには及ばぬと言い渡された。それで役人は大いに喜んだが、さてその一紙には何事がしるしてあったのか、その秘密はわからなかった。しかも後日になって、その書中には大略左のごときことが認《したた》めてあるのを洩れ聞いた。

——おまえは平生から官吏として賄賂をむさぼり、横領をほしいままにしている。その罪まことに重々である。就いては小役人などを責めて、償いの金を徴収するな。さもなければ、何月何日の夜半に、おまえの妻の髪の毛が何寸切られていたか、よく検《あらた》めてみろ——

中丞が顔の色を変えて恐れたのも無理はなかった。彼の妻は、その通りに髪を切られていたのである。かの無名の偉丈夫は、いわゆる剣俠のたぐいであることを、役人は初めてさとった。

鏡の恨み

荊《けい》州の某家の忰は元来が放埒《ほうらつ》無頼《ぶらい》の人間であった。ある時、裏畑に土塀《どべい》を築こうとすると、その前の夜の夢に一人の美人が枕もとに現われた。

「わたくしは地下にあることすでに数百年に及びまして、神仙となるべき修煉《しゅうれん》がもう少しで成就するのでございます。ところが、明日おそろしい禍いが迫って参りまして、どうにも逃《のが》れることが出来なくなりました。それを救って下さるのは、あなたのほかにありません。明日わたくしの胸の上に古い鏡を見付けたらば、どうぞお取りなさらないように願います。そうして元のように土をかけて置いて下されば、きっとお礼をいたします」

くれぐれも頼んで、彼女の姿は消えた。あくる日、人をあつめて工事に取りかかると、果たして土の下から一つの古い棺を掘り出して、その棺をひらいてみると、内には遠いむかしの粧《よそお》いをした美人の死骸が横たわっていて、その顔色は生けるがごとく、昨夜の夢にあらわれた者とちっとも変らなかった。更にあらためると、女の胸には直径五、六寸の鏡が載せてあって、その光りは人の毛髪を射るようにも見えた。悴は夢のことを思い出して、そのままに埋めて置こうとすると、家僕《しもべ》の一人がささやいた。

「その鏡は何か由緒のある品に相違ありません。いわゆる掘出し物だから取ってお置きなさい」

好奇心と慾心とが手伝って、悴は遂にその鏡を取り上げると、女の死骸はたちまち灰となってしまった。これには彼もおどろいて、慌ててその棺に土をかけたが、鏡はやはり自分の物にしていると、女の姿が又もや彼の夢にあらわれた。

「あれほど頼んで置いたのに、折角の修煉も仇《あだ》になってしまいました。しかしそれも自然の命数で、あなたを恨んでも仕方がありません。ただその鏡は大切にしまって置いて下さい。かならずあなたの幸いになることがあります」

彼はそれを信じて、その鏡を大切に保存していると、鏡はときどきに声を発することがあった。ある夜、かの女が又あらわれて彼に教えた。

「宰相の楊公が江陵に府を開いて、才能のある者を徴《め》したいといっています。今が出世の時節です。早くおいでなさい」

その当時、楊公が荊州に軍をとどめているのは事実であるので、悴は夢の教えにしたがって軍門に馳せ参じた。楊公が面会して兵事を談じると、彼は議論縦横、ほとんど常人の及ぶところでないので、楊公は大いにこれを奇として、わが帷幕《いばく》のうちにとどめて置くことにした。悴は一人の家僕を連れていた。それは女の死骸から鏡を奪うことを勧めた男である。

こうして、その出世は眼前にある時、彼は瑣細《ささい》のことから激しく立腹して、かの家僕を撲《ぶ》ち殺した。自宅ならば格別、それが幕営のうちであるので、彼もその始末に窮していると、女がどこからか現われた。

「御心配なさることはありません。あなたは休養のために二、三日の暇を貰うことにして、あなたの輿《こし》のなかへ家僕の死骸をのせて持ち出せば、誰も気がつく者はありますまい」

言われた通りにして、彼は家僕の死骸をひそかに運び出すと、あたかも軍門を通過する時に、その輿のなかからおびただしい血がどっと流れ出したので、番兵らに怪しまれた。彼はひき戻されて取調べを受けると、その言うことも四度路《しどろ》で何が何やらちっとも判らない。楊公も怪しんで、試みに兵事を談じてみると、ただ茫然として答うるところを知らないという始末である。いよいよ怪しんで厳重に詮議すると、彼も遂に鏡の一条を打ちあけた。そうして先日来の議論はみな彼女が傍から教えてくれたのであることを白状した。

そこで、念のためにその鏡を取ろうとすると、鏡は大きいひびきを発してどこへか飛び去った。彼は獄につながれて死んだ。

韓氏の女

明《みん》の末のことである。

広州《こうしゅう》に兵乱があった後、周生《しゅうせい》という男が町へ行って一つの袴《こ》(腰から下へ着ける衣《きぬ》である)を買って来た。その丹《あか》い色が美しいので衣桁《いこう》の上にかけて置くと、夜ふけて彼が眠ろうとするときに、ひとりの美しい女が幃《とばり》をかかげて内を窺っているらしいので、周はおどろいて咎《とが》めると、女は低い声で答えた。

「わたくしはこの世の人ではありません」

周はいよいよ驚いて表へ逃げ出した。夜があけてから、近所の人びともその話を聞いて集まって来ると、女の声は袴のなかから洩れて出るのである。声は近いかと思えば遠く、遠いかと思えば近く、暫くして一個の美人のすがたが烟りのようにあらわれた。

「わたくしは博羅《はくら》に住んでいた韓氏《かんし》の娘でございます。城が落ちたときに、賊のために囚《とら》われて辱《はず》かしめを受けようとしましたが、わたくしは死を決して争い、さんざんに賊を罵って殺されました。この袴は平生わたくしの身に着けていたものですから、たましいはこれに宿ってまいったのでございます。どうぞ不憫《ふびん》とおぼしめして、浄土へ往生の出来ますように仏事をお営みください」

女は言いさして泣き入った。人びとは哀れにも思い、また不思議にも思って、早速に衆僧をまねいて仏事を営み、かの丹袴《たんこ》を火に焚《や》いてしまうと、その後はなんの怪しいこともなかった。

慶忌

張允恭《ちょういんきょう》は明《みん》の天啓《てんけい》年間の進士《しんし》（官吏登用試験の及第者）で、南陽《なんよう》の太守となっていた。

その頃、河を浚《さら》う人夫らが岸に近いところに寝宿《ねとま》りしていると、橋の下で哭《な》くような声が毎晩きこえるので、不審に思って大勢《おおぜい》がうかがうと、それは大きい泥鼈《すっぽん》であった。こいつ怪物に相違ないというので、取り押えて鉄の釜で煮殺そうとすると、たちまちに釜のなかで人の声がきこえた。

「おれを殺すな。きっとお前たちに福を授けてやる」

人夫らは怖ろしくなって、ますますその火を強く焚《た》いたので、やがて泥鼈は死んでしまった。試みにその腹を剖《さ》いてみると、ひとりの小さい人の形があらわれた。長さ僅かに五、六寸であるが、その顔には眉も眼も口もみな明らかにそなわっているので、彼らはますます怪しんで、それを太守の張に献上することになった。張もめずらしがって某学者に見せると、それは管子《かんし》のいわゆる涸沢《こたく》の精で、慶忌《けいき》という物であると教えられた。(谷の移らず水の絶えざるところには、数百歳にして涸沢の精を生ずと、捜神記にも見えている)。

洞庭の神

梁遂《りょうすい》という人が官命を帯びて西粤《せいえつ》に使いするとき、洞庭《どうてい》を過ぎた。天気晴朗の日で、舟を呼んで渡ると、たちまちに空も水も一面に晦《くら》くなった。

舟中の人もおどろき怪しんで見まわすと、舟を距《さ》る五、六町の水上に、一個の神人《しんじん》の姿があざやかに浮かび出た。立派な髯《ひげ》を生やして、黒い紗巾《しゃきん》をかぶって、一種異様の獣《けもの》にまたがっているのである。獣は半身を波にかくして、わずかにその頭角をあらわしているばかりであった。また一人、その状貌《じょうぼう》すこぶる怪偉なるものが、かの獣の尾を口にくわえて、あとに続いてゆくのである。

やがて雲低く、雨降り来たると、人も獣もみな雲雨のうちに包まれて、天へ登るかのように消えてしまった。

これは折りおりに見ることで、すなわち洞庭の神であると舟びとが説明した。

叫蛇

広西《こうせい》地方には叫蛇《きょうだ》というものがある。この蛇は不思議に人の姓名を識っていて、それを呼ぶのである。呼ばれて応《こた》えると、その人は直ちに死ぬと伝えられている。

そこで、ここらの地方の宿屋では小箱のうちに蜈蚣《むかで》をたくわえて置いて、泊まり客に注意するのである。

「夜なかにあなたの名を呼ぶ者があっても、かならず返事をしてはなりません。ただ、この箱をあけて蜈蚣を放しておやりなさい」

その通りにすると、蜈蚣はすぐに出て行って、戸外にひそんでいるかの蛇の脳を刺し、安々と食いころして、ふたたび元の箱へ戻って来るという。

(宋人の小説にある報冤蛇《ほうえんだ》の話に似ている)。

范祠の鳥

長白山《ちょうはくさん》の醴泉寺《れいせんじ》は宋の名臣范文正《はんぶんせい》公が読書の地として知られ、公の祠《ほこら》は今も仏殿の東にある。

康熙《こうき》年間のある秋に霖雨《ながあめ》が降りつづいて、公の祠の家根《やね》からおびただしい雨漏りがしたので、そこら一面に湿《ぬ》れてしまったが、不思議に公の像はちっとも湿れていない。寺の僧らが怪しんでうかがうと、一羽の大きい鳥が両の翼《つばさ》を張ってその上を掩《おお》っていた。翼には火のような光りがみえた。

雨が晴れると共に、鳥はどこへか姿を隠した。

追写真

宋茘裳《そうれいしょう》も国初有名の詩人である。彼は幼いときに母をうしなったので、母のおもかげを偲《しの》ぶごとに涙が流れた。

呉門《ごもん》のなにがしという男がみずから言うには、それには術があって、死んだ人の肖像を写生することが出来る。それを追写真《ついしゃしん》といい、人の歿後数十年を経ても、ありのままの形容を写すのは容易であると説いたので、茘裳は彼に依頼することになった。

彼は浄《きよ》い室内に壇をしつらえさせ、何かの符を自分で書いて供えた。それから三日の後、いよいよ絵具や紙や筆を取り揃え、茘裳に礼拝させて立ち去らせた。

一室の戸は堅く閉じて決して騒がしくしてはならないと注意した。夜になると、たちまち家根瓦に物音がきこえた。

夜半に至って、彼が絵筆を地になげうつ音がかちりときこえた。家根瓦にも再び物音がきこえた。彼は戸をあけて茘裳を呼び入れた。

室内には燈火が明るく、そこらには絵具が散らかって、筆は地上に落ちていた。しかも紙は封じてあって、まだ啓《ひら》かれていない。早速に啓いてみると、画像はもう成就していて、その風貌はさながら生けるが如くであった。茘裳はそれを捧げてまた泣いて、その男に厚い謝礼を贈った。

「死後六十年を過ぎては、追写真も及びません」と、彼は言ったそうである。

蘇穀言《そこくげん》の随筆にも、宋僉憲《そうけんけん》は幼にして父をうしない、その形容を識らないので、方海《ほうかい》山人《さんじん》に肖像をかいて貰って持ち帰ると、母はそれを見て、まことに生けるが如くであると、今更に嘆き悲しんだということが書いてある。してみると、世にはこういう理《ことわり》があると思われる。

断腸草

康熙庚申《こうきこうしん》の春、徽州《きしゅう》の人で姓を方《ほう》という者が、郡へ商売に出た。八人の仲間が合資で、千金の代物《しろもの》を持って行ったのである。江南へ行って、河間の南にある腰站《ようてん》の駅に宿った。

仲間の八人と、騾馬《らば》をひく馬夫とがまず飯を食った。方は少しおくれていると、その一人が食いながら独り言をいうのである。

「断腸草《だんちょうそう》……」

それを三度も繰り返すので、方《ほう》は怪しんだ。

「君は食い物のなかに断腸草があるのを知っているのか。それなら食ってはならないぜ」

「そうだ」と、その男は言った。

見ると、馬夫はすでに中毒状態で仆《たお》れた。急に一同に注意して食事を中止させ、方は往来へ駈け出してそこらの人たちを呼びあつめた。医師を招いて診察を求めると、それは食い物の中毒であるといった。解毒《げどく》剤をあたえられて、一同幸いに本復したが、馬夫だけは多く食ったために生きなかった。

方は一人の男にむかって、どうして断腸草の名を口にしたかと訊くと、彼は答えた。

「食っている時に、誰かうしろから断腸草と三度繰り返して言った者があるので、わたしもそれに連れて言っただけのことで、最初から知っていたわけではないのだ」

断腸草を食えば、はらわたが断《き》れて死ぬということになっている。それを食い物にまぜて食わせたのは、われわれを毒殺して荷物を奪う手段に相違ないと、一行はそれを訴え出ようといきまいたのを、土地の人びとがいろいろに仲裁し、馬夫の死に対して百金を差し出すことで落着、宿の主人は罪を免かれた。

道中では心得て置くべき事である。

関帝現身

順治丙申《じゅんじへいしん》の年、五月二十二日、広東《カントン》韶州府《しょうしゅうふ》の西城の上に、関羽《かんう》がたちまち姿をあらわした。彼は城上の垣によりかかって、右の手に長い髯《ひげ》をひねっていたが、時はあたかも正午であるので、その顔かたちはありありと見られた。

越えて二十三日と二十八日に又あらわれた。

城中の官民はみな駈け集まって礼拝し、総督李棲鳳《りせいほう》はみずから関帝廟に参詣した。

短人

徳《とく》州の兵器庫は明《みん》代の末から久しく鎖《とざ》されていたが、順治の初年、役人らが戸を明けると、奥の壁の下に小さい人間を見いだした。

人は身のたけ僅かに一尺余、形は老翁の如くで、全身に毛が生えていた。彼は左の膝を長くひざまずいて、左の手を垂れたままで握っていた。右の足は地をふんで、右の肘を膝に付け、その手さきは頤を支えていた。髪も鬚《ひげ》も真っ白で、悲しむが如くに眉をひそめ、眼を閉じていた。

やがて家のまわりに電光雷鳴、その人のゆくえは知れなくなった。

化　鳥

郝《かく》某はかつて湖広の某郡の推官《すいかん》となっていた。ある日、捕盗の役人を送って行って、駅舎に一宿した。

夜半に燈下に坐して、倦《う》んで仮寝《うたたね》をしていると、恍惚のうちに白衣の女があらわれて、鍼《はり》でそのひたいを刺すと見て、おどろき醒めた。やがてほんとうに寝床にはいると、又もやその股を刺す者があった。痛みが激しいので、急に童子を呼び、燭《しょく》をともしてあらためると、果たして左の股に鍼が刺してあった。

おそらく刺客《しかく》の仕業《しわざ》であろうと、燭をとって室内を見廻ったが、別に何事もなかった。家の隅の暗いところに障子代りの衣《きぬ》が垂れているので、その隙間から窺うと、そこには大きい鳥のような物が人の如くに立っていた。その全身は水晶に似て、臓腑《ぞうふ》がみな透いて見えた。

化鳥《けちょう》は人を見て直ぐにつかみかかって来たので、郝も手に持っている棒をふるってかれに逼《せま》った。化鳥はとうとう壁ぎわに押し詰められて動くことが出来なくなったので、郝は大きい声で呼び立てると、従者は窓を破って飛び込んで来た。棒と刃《やいば》に攻められて、化鳥は死んだ。

しかも、それが何の怪であるかは誰にも判らなかった。

子《し》不《ふ》語《ご》

第十四の男は語る。

「わたくしは随園戯編と題する『子不語』についてお話し申します。

この作者は清《しん》の袁枚《えんばい》で、字《あざな》を子才《しさい》といい、号を簡斎《かんさい》といいまして、銭塘《せんとう》の人、乾隆《けんりゅう》年間の進士《しんし》で、各地方の知県をつとめて評判のよかった人でありますが、年四十にして官途を辞し、江寧《こうねい》の小倉山下に山荘を作って小倉山房《しょうそうさんぼう》といい、その庭園を随園と名づけましたので、世の人は随園先生と呼んで居りました。彼は詩文の大家で、種々の著作もあり、詩人としては乾隆四家の一人に数えられて居ります。

子不語の名は『子《し》は怪力乱神を語らず』から出ていること勿論でありますが、後にそれと同名の書のあることを発見したというので、さらに『新斉諧《しんせいかい》』と改題しましたが、やはり普通には『子不語』の名をもって知られて居ります。なにしろ正編続編をあわせて三十四巻、一千十六種の説話を蒐集してあるという大作ですから、これから申し上げるのは、単にその片鱗に過ぎないものと御承知ください」

老嫗《ろうおう》の妖

清《しん》の乾隆二十年、都で小児が生まれると、驚風《きょうふう》（脳膜炎）にかかってたちまち死亡するのが多かった。伝えるところによると、小児が病いにかかる時、一羽の鵂鶹《きゅうりゅう》――一種の怪鳥《けちょう》で、形は鷹のごとく、よく人語をなすということである。――のような黒い鳥影がともしびの下を飛びめぐる。その飛ぶことといよいよ疾《はや》ければ、小児の苦しみあえぐ声がいよいよ急になる。小児の息が絶えれば、黒い鳥影も消えてしまうというのであった。

そのうちに或る家の小児もまた同じ驚風にかかって苦しみ始めたが、その父の知人に鄂《がく》某というのがあった。かれは宮中の侍衛を勤める武人で、ふだんから勇気があるので、それを聞いて大いに怒った。

「怪しからぬ化け物め。おれが退治してくれる」

鄂は弓矢をとって待ちかまえていて、黒い鳥がともしびに近く舞って来るところを磔《はた》と射ると、鳥は怪しい声を立てて飛び去ったが、そのあとには血のしずくが流れていた。それをどこまでも追ってゆくと、大司馬《たいしば》の役を勤める李《り》氏の邸に入り、台所の竈《かまど》の下へ行って消えたように思われたので、鄂はふたたび矢をつがえようとするところへ、邸内の者もおどろいて駈け付けた。主人の李公は鄂と姻戚の関係があるので、これも驚いて奥から出て来た。鄂が怪鳥を射たという話を聞いて、李公も不思議に思った。

「では、すぐに竈の下をあらためてみろ」

人びとが打ち寄って竈のあたりを検査すると、そのそばの小屋に緑の眼をひからせた老女が仆《たお》れていた。

老女は猿のような形で、その腰には矢が立っていた。しかし彼女は未見の人ではなく、李公が曾《かつ》て雲南《うんなん》に在ったときに雇い入れた奉公人であった。雲南地方の山地には苗《びょう》または猺《よう》という一種の蛮族が棲んでいるが、老女もその一人で、老年でありながら能く働き、且《かつ》は正直律義《りちぎ》の人間であるので、李公が都へ帰るときに家族と共に伴い来たったものである。それが今やこの怪異をみせたので、李氏の一家は又おどろかされた。老女は矢傷に苦しみながらも、まだ生きていた。

だんだん考えてみると、彼女に怪しい点がないでもない。よほどの老年とみえながら、からだは甚だすこやかである。蛮地の生まれとはいいながら、自分の歳を知らないという。殊《こと》に今夜のような事件が出来《しゅったい》したので、主人も今更のようにそれを怪しんだ。あるいは妖怪が姿を変じているのではないかと疑って、厳重にかの女を拷問《ごうもん》すると、老女は苦しい息のもとで答えた。

「わたくしは一種の咒文《じゅもん》を知っていまして、それを念じると能く異鳥に化けることが出来ますので、夜のふけるのを待って飛び出して、すでに数百人の子供の脳を食いました」

李公は大いに怒って、すぐにかの女をくくりあげ、薪を積んで生きながら焚《や》いてしまった。その以来、都に驚風を病む小児が絶えた。

羅刹鳥

これも鳥の妖である。清の雍正《ようせい》年間、内城の某家で息子のために娘《よめ》を娶《めと》ることになった。新婦の里方《さとかた》も大家《たいけ》で、沙河門外に住んでいた。

新婦は轎《かご》に乗せられ、供の者大勢《おおぜい》は馬上でその前後を囲んで練《ね》り出して来る途中、一つの古い墓の前を通ると、俄かに旋風《つむじかぜ》のような風が墓のあいだから吹き出して、新婦の轎のまわりを幾たびかめぐったので、おびただしい沙《すな》は眼口を打って大勢もすこぶる辟易《へきえき》したが、やがてその風も鎮まって、無事に婿《むこ》の家へ行き着いた。

轎はおろされて、介添えの女がすだれをかかげてかの新婦を連れ出すと、思いきや轎の内には又ひとりの女が坐っていた。それは年頃も顔かたちも風俗も、新婦と寸分ちがわない女で、みずから轎を出て来て、新婦と肩をならべて立った。それには人びとも驚かされたが、女は二人ながら口をそろえて、自分が今夜の花嫁であるという。その声音《こわね》までが同じであるので、婿の家も供の者も、どちらが真者《ほんもの》であるか偽者《にせもの》であるかを鑑別することが出来なくなった。さりとて今夜の婚儀を中止するわけにも行かなかったと見えて、ともかくも婿ひとりに娘《よめ》ふたりという不思議な婚礼を済ませて、奉公人どもはめいめいの寝床へ退がった。舅《しゅうと》も自分の室《へや》へはいって枕に就いた。

それから間もなく、新夫婦の寝間からけたたましい叫び声が洩れきこえたので、舅は勿論、家内一同がおどろいて駈け付けると、婿は寝床の外に倒れ、ひとりの娘は床の上に倒れ、あたりにはなま血が淋漓《りんり》としてしたたっているので、人びとは又もや驚かされた。

それにしても他のひとりの娘はどうしたかと見まわすと、梁《はり》の上に一羽の大きい怪《け》鳥《ちょう》が止まっていた。鳥は灰黒色の羽《はね》を持っていて、口喙《くちばし》は鉤《かぎ》のように曲がっていた。殊に目立つのはその大きい爪で、さながら雪のように白く光っていた。ひとりの女の正体がこれであるのは誰にも想像されることであるから、大勢は騒ぎ立てて捕えようとしたが、短い武器では高い梁の上までとどかないので、さらに弓矢や長い矛《ほこ》を持ち出して追い立てると、怪鳥は青い燐《おにび》のような眼をひからせ、大きい翅《つばさ》をはたはたと鳴らして飛びめぐった末に、門を破って逃げ去った。

そこで、倒れている婿と娘とを介抱して、事の子細を問いただすと、婿は血の流れる眼をおさえながら言った。

「寝間へはいったものの、娘ふたりではどうすることも出来ないので、しばらく黙ってむかい合っているうちに、左側にいた女がたちまちに袖をあげてわたしの顔を払ったかと思うと、両の眼玉は抉《く》り取られてしまった。その痛みの劇《はげ》しさに悶絶して、その後のことはなんにも知らない」

娘はまた言った。

「わたしは婿殿の悲鳴におどろいて、どうしたのかと思って覗こうとすると、その顔を不意に払われて倒れてしまいました」

彼女も両眼を抉り取られているのであった。それでも二人とも命に別条がなかったのが嘆きのうちの喜びで、婿も娘も厚い手当てを加えられて数月の後に健康の人となった。そうして、盲目同士の夫婦はむつまじく暮らした。

怪鳥の正体はわからない。伝うるところによると、墓場などのあいだに太陰積尸《たいいんせきし》の気が久しく凝るときは化《け》して羅刹鳥《らせっちょう》となり、好んで人の眼を食らうというのである。

平陽の令

平陽《へいよう》の令《れい》を勤めていた朱鑠《しゅれき》という人は、その性質甚だ残忍で、罪人を苦しめるために特に厚い首枷《くびかせ》や太い棒を作らせたという位である。殊に婦女の罪案については厳酷をきわめ、そのうちでも妓女《ぎじょ》に対しては一糸を着けざる赤裸《あかはだか》にして、その身体じゅうを容赦なく打ち据えるばかりか、顔の美しい者ほどその刑罰を重くして、その髪の毛をくりくり坊主に剃《そ》り落すこともあり、甚だしきは小刀をもって鼻の孔をえぐったりすることもあった。

「こうして世の道楽者を戒《いまし》めるのである。美人の美を失わしむれば、自然に妓女などというものは亡びてしまうことになる。しかも色を見て動かざる鉄石心を有した者でなければ、容易にそれを実行することは出来ない」と、彼は常に人に誇っていた。

そのうちに任期が満ちて、彼は山東《さんとう》の別駕《べつが》に移されたので、家族を連れて新任地へ赴く途中、茌平《じんへい》という所の旅館に行き着いた。その旅館には一つの楼があって、厳重に扉を封鎖してあるので、彼は宿の主人に子細《しさい》をたずねると、楼中にはしばしば怪しいことがあるので、多年開かないのであると答えた。それを聞いて、彼はあざ笑った。

「それではおれをあの楼に泊めてくれ」

「お泊まりになりますか」

「なんの怖いことがあるものか。おれの威名を聞けば、大抵の化け物は向うから退却してしまうに決まっているのだ」

それでも主人は万一を気づかってさえぎった。彼の妻子らもしきりに諫めた。しかも強情我慢の彼はどうしても肯《き》かないのである。

「おまえ達はほかの部屋に寝ろ。おれはどうしてもあの楼に一夜を明かすのだ」

あくまでも強情を張り通して、彼は妻子眷族《けんぞく》を別室に宿らせ、自分ひとりは剣を握り、燭《しょく》をたずさえ、楼に登って妖怪のあらわれるのを待っていると、宵のうちには別に何事もなかったが、夜も三更《さんこう》（午後十一時―午前一時）に至る時、扉をたたいて進み入ったのは、白い鬚《ひげ》を垂れて紅い冠《かんむり》をかぶった老人で、朱鑠を仰いでうやうやしく一《いち》揖《ゆう》した。

「貴様はなんの化け物だ」と、朱は叱り付けた。

「それがしは妖怪ではござらぬ。このあたりの土地の神でござる。あなたのような貴人がここへお出でになったのは、まさに妖怪どもが殲滅《せんめつ》の時節到来いたしたものと思われます。それゆえ喜んでお出迎いに罷《まか》り出でました」

老人はまず自分の身の上を明かした後に、朱にむかって斯《こ》ういうことを頼んだ。

「もう暫くお待ちになると、やがて妖怪があらわれて参ります。その姿が見えましたならば、その剣をぬいて片端からお斬り捨てください。及ばずながらそれがしも御助力いたします」

「よし、よし、承知した」と、朱は喜んで引き受けた。

「なにぶんお願い申します」

約束を固めて老人は立ち去った。朱は剣を按じて、さあ来いと待ちかまえていると、果たして青い面《かお》の者、白い面の者、種々の怪しい者がつづいてこの室内に入り込んで来たので、彼は手あたり次第にばたばたと斬り倒した。最後に牙《きば》の長いくちばしの黒い者があらわれたので、彼はそれをも斬り伏せた。もうあとに続く者はない。これで妖怪を残らず退治したかと思うと、彼は大いなる満足と愉快を感じて、すぐに旅館の主人を呼んだ。

その頃にはもう早い雞《とり》が啼いていた。主人をはじめ家内の者どもが燭を照らして駈けつけて見ると、床には幾個の死骸が横たわっていた。それをひと目見て、人々はおどろいて叫んだ。

「あなたは大変なことをなされました」

倒れている死骸は、朱の妻や妾や、忰や娘であった。最後に斬られたのは従僕であったらしい。かれらは主人の安否を気づかって、ひそかに様子をうかがいに来たところを、片端から斬り倒されたのであろう。そう判ると、朱は声をあげて嘆いた。

「化け物め。すっかりおれを玩具《おもちゃ》にしやあがった」

言うかと思うと、彼もそこに倒れたままで息が絶えた。

水鬼の箒

張鴻業《ちょうこうぎょう》という人が秦淮《しんわい》へ行って、潘《はん》なにがしの家に寄寓していた。その房《へや》は河に面したところにあった。ある夏の夜に、張が起きて厠《かわや》へゆくと、夜は三更を過ぎて、世間に人の声は絶えていたが、月は大きく明るいので、張は欄干《らんかん》によって暫くその月光を仰いでいると、たちまち水中に声あって、ひとりの人間のあたまが水の上に浮かみ出た。

「この夜ふけに泳ぐ奴があるのかしら」

不審に思いながら、月あかりに透かしみると、黒いからだの者が水中に立っていた。顔は眼も鼻も無いのっぺらぼうで、頸《くび》も動かない。さながら木偶《でく》の坊《ぼう》のようなものである。張はその怪物にむかって石を投げ付けると、彼はふたたび水の底に沈んでしまった。

事件は単にそれだけのことであったが、明くる日の午後、ひとりの男がその河のなかで溺死したという話を聞いて、さては昨夜の怪物は世にいう水鬼《すいき》であったことを張は初めて覚《さと》った。

水鬼は命《めい》を索《もと》めるという諺があって、水に死んだ者のたましいは、その身代りを求めない以上は、いつまでも成仏《じようぶつ》できないのである。したがって、水鬼は誰かを水中に引き込んで、その命《いのち》を取ろうとすると言い伝えられているが、眼《ま》のあたりに、その水鬼の姿を見たのは今が初めてであるので、張も今更のように怖ろしくなって、それを同宿の人びとに物語ると、そのなかに米あきんどがあって、自分もかつて水鬼の難に出逢ったことがあると言った。その話はこうである。

「わたしがまだ若い時のことでした。嘉興《かこう》の地方へ米を売りに行って、薄暗いときに黄《こう》泥溝《でいこう》を通ると、なにしろそこは泥ぶかいので、わたしは水牛を雇って、それに乗って行くことにしました。そうして、溝の中ほどまで来かかると、泥のなかから一つの黒い手が出て来て、不意にわたしの足を摑んで引き落そうとしました。こんな所では何事が起るかも知れないと思って、わたしもかねて用心していたので、すぐに足を縮めてしまうと、その黒い手はさらに水牛の足をつかんだので、牛はもう動くことが出来ない。わたしもおどろいて救いを呼ぶと、往来の人びとも加勢に駈けつけて、力をあわせて牛を牽《ひ》いたが、牛の四足は泥のなかへ吸い込まれたようになって、曳《ひ》けども押せども動かない。百計尽きて思いついたのが火牛《かぎゆう》のはかりごとで、試みに牛の尾に火をつけると、牛も熱いのに堪えられなくなったと見えて、必死の力をふるって起《た》ちあがると、ようように泥の中から足を抜くことが出来ました。それから検《あらた》めてみると、牛の腹の下には古い箒《ほうき》のようなものがしっかりと搦《から》みついていて、なかなか取れませんでした。それがまた、非常になまぐさいような臭《にお》いがして寄り付かれません。大勢が杖をもって撃ち叩くと、幽鬼のむせび泣くような声がして、したたる水はみな黒い血のしずくでした。大勢はさらに刃物でそれをずたずたに切って、柴の火へ投げ込んで焚《や》いてしまいましたが、その忌《いや》な臭いはひと月ほども消えなかったそうです。しかしそれから後は、黄泥溝で溺れ死ぬ者はなくなりました」

僵尸《きょうし》（屍体）を画く

杭州の劉以賢《りゅういけん》は肖像画を善くするを以《も》って有名の画工であった。その隣りに親ひとり子ひとりの家があって、その父が今度病死したので、せがれは棺を買いに出る時、又その隣りの家に声をかけて行った。

「となりの劉先生は肖像画の名人ですから、今のうちに私の父の顔を写して置いてもらいたいと思います。あなたから頼んでくれませんか」

隣りの人はそれを劉に取次いだので、劉は早速に道具をたずさえて行くと、悴はまだ帰って来ないらしく、家のなかには人の影もみえなかった。しかし近所に住んでいて、その家の勝手もよく知っているので、劉は構わずに二階へあがると、寝床の上には父の死骸が横たわっていた。劉はそこにある腰掛けに腰をおろして、すぐに画筆を執りはじめると、その死骸は忽《たちま》ち起《お》きあがった。劉ははっと思うと同時に、それが走屍《そうし》というものであることを直ぐに覚《さと》った。

走屍は人を追うと伝えられている。自分が逃げれば、死骸もまた追って来るに相違ない。いっそじっとしていて、早く画をかいてしまう方がいいと覚悟をきめて、劉は身動きもしないで相手の顔を見つめていると、死骸も動かずに劉を見つめている。

その人相をよく見とどけて、劉は紙をひろげて筆を動かし始めると、死骸もおなじように臂《ひじ》を動かし、指を働かせている。劉は一生懸命に筆を動かしながら、時どきに大きい声で人を呼んだが、誰も返事をする者がない。鬼気はいよいよ人に逼《せま》って、劉の筆のさきも顫《ふる》えて来た。

そのうちに忰の帰って来たらしい足音がきこえたので、やれ嬉しやと思っていると、果たして忰は二階へあがって来たが、父の死骸がこの体《てい》であるのを見て、あっと叫んで仆《たお》れてしまった。その声を聞きつけて、隣りの人は二階からのぞいたが、これも驚いて梯子《はしご》からころげ落ちた。

こういう始末であるから、劉はますます窮した。それでも逃げることは出来ない。逃げれば追いかけて来て摑み付かれる虞《おそ》れがあるので、我慢に我慢して描きつづけていると、そこへ棺桶屋が棺を運び込んで来たので、劉はすぐに声をかけた。

「早く箒《ほうき》を持って来てくれ。箒草の箒を……」

棺桶屋はさすがに商売で、走屍などにはさのみ驚かない。走屍を撃ち倒すには箒草の箒を用いることをかねて心得ているので、劉のいうがままに箒を持って来て、かの死骸を撃ち払うと、死骸は元のごとく倒れた。気絶した者には生姜《しょうが》湯《ゆ》を飲ませて介抱し、死骸は早々に棺に納めた。

美少年の死

京城の金魚街に徐四《じょし》という男があった。家が甚だ貧しいので、兄夫婦と同居していた。ある冬の夜に、兄は所用あって外出し、今夜は戻らないという。兄嫁は賢《さか》しい女であるので、夫の出たあとで徐四に言った。

「今夜は北風が寒いから、煖坑《だんこう》（床下に火を焚いて、その上に寝るのである）でなければ、とても寝られますまい。しかしこの家《うち》にはたった一つの煖坑しかないのですから、夫の留守にあなたと一つ床に枕をならべて寝るわけには行きません。わたしは母の家へ帰って寝かしてもらうことにしますから、あなた一人でお寝《やす》みなさい」

　義弟は承知して出してやった。表には寒い風が吹きまくって、月のひかりが薄あかるい。その夜も二更《にこう》とおぼしき頃に、門をたたいて駈け込んで来た者がある。それは一個の美少年で、手に一つの嚢《ふくろ》をさげていた。徐四が怪しんで問うまでもなく、少年は泣いて頼んだ。

「どうぞ救ってください。わたしは実は男ではありません。後生《ごしょう》ですから、なんにも聞かずに今夜だけ泊めてください。そのお礼にはこれを差し上げます」

　少年はふくろを解いて、見ごとな毛裘《けごろも》をとり出した。それは貂《てん》の皮で作られたもので、金や珠の頸かざりが燦然《さんぜん》として輝いているのを見れば、捨て売りにしても価い万金という代物《しろもの》である。徐四もまだ年が若い。相手が美しい女で、しかも高価の宝をいだいているのを見て、こころ頗《すこぶ》る動いたが、かんがえてみるとどうも唯者でない。迂闊に泊めてやって、どんな禍いを招くようなことになるかも知れない。さりとて情《すげ》なく断わるにも忍びないので、かれは咄嗟《とっさ》の思案でこう答えた。

「では、まあともかくも休んでおいでなさい。となりへ行ってちょっと相談して来ますから」

　女を煖坑の上に坐らせて、徐四はすぐに表へ出て行ったが、となりの人に相談したところで仕様がないと思ったので、かれは近所の善覚寺《ぜんかくじ》という寺へかけ付けて、方丈《ほうじょう》の円智《えんち》という僧をよび起して相談することにした。円智はここらでも有名の高僧で、徐四も平素から尊敬しているのであった。

その話を聴いて、円智も眉をひそめた。

「それはおそらく高位顕官の家のむすめか妾で、なにかの子細あって家出したものであろう。それをみだりに留めて置いては、なにかの連坐《まきぞえ》を受けないとも限らない。さりとて追い出すのも気の毒であると思うならば、おまえは今夜この寺に泊まって家へ戻らぬ方がよい。万一の場合には、わたしの留守の間に入り込んで来たのだといえば、申し訳は立つ。夜が明ければ、女はどこへか立ち去るに相違ないから、その時刻を見計らって帰ることにしなさい」

なるほどと徐四もうなずいて、その夜を善覚寺で明かすことにした。それで済めば無事であったが、外宿した徐四の兄は夜ふけの寒さに堪えかねて、わが家へ毛皮の衣《きもの》を取りに帰ると、寝床の煖坑の下には男の沓《くつ》がぬいである。見れば、男と女とが一つ衾《よぎ》に眠っている。さてはおれの留守の間に、妻と弟めが不義をはたらいたかと、彼は烈火の怒りに前後をかえりみず、腰に帯びている剣をぬいて、枕をならべている男と女の首をばたばたと斬り落した。

言うまでもなく、それは兄の思いちがいで、女はかの美少年であった。男は善覚寺の若僧《にゃくそう》であった。

高僧の弟子にも破戒のやからがあって、かの若僧は徐四の話を洩れ聴いて不埒の料簡を起したらしく、そっと寺ちゅうをぬけ出して徐四の留守宅へ忍び込んだのである。それから先はどうしたのか、勿論わからない。

あやまって二人を殺したことを発見して、兄はすぐに自首して出た。しかし右の事情であるから、誤殺であることは明白である。美少年と若僧とは不義姦通である。殺したものに悪意なくして、殺された者どもは不義のやからであるというので、兄は無事に釈放された。

ここに判らないのは、美少年に扮していたかの女の身の上である。官でその首を市《いち》にかけて、心あたりの者を求めたが、誰も名乗って出る者はなかった。

「可哀そうに、あの女はここの家へ死にに来たようなものだ」

徐四は形見《かたみ》の毛裘や頸飾りを売って、その金を善覚寺に納め、永く彼女の菩提を弔った。

秦の毛人

湖広に房山《ぼうざん》という高い山がある。山は甚だ嶮峻で、四面にたくさんの洞窟があって、それがあたかも房《へや》のような形をなしているので、房山と呼ばれることになったのである。

その山には毛人《もうじん》という者が棲んでいる。身のたけ一丈余で、全身が毛につつまれているので、人呼んで毛人というのである。この毛人らは洞窟のうちに棲んでいるらしいが、時どきに里へ降りて来て、人家の雞や犬などを捕り啖《くら》うことがある。迂闊にそれをさえぎろうとすると、かれらはなかなかの大力で、大抵の人間は投げ出されたり、撲《なぐ》り付けられたりするので、手の着けようがない。弓や鉄砲で撃っても、矢玉はみな跳ねかえされて地に落ちてしまうのである。

しかも昔からの言い伝えで、毛人を追い攘《はら》うには一つの方法がある。それは手を拍《う》って、大きな声で囃《はや》し立てるのである。

「長城を築く、長城を築く」

その声を聞くと、かれらは狼狽して山奥へ逃げ込むという。

新しく来た役人などは、最初はそれを信じないが、その実際を見るに及んで、初めて成程と合点《がてん》するそうである。

長城を築く――毛人らが何故《なぜ》それを恐れるかというと、かれらはその昔、秦《しん》の始皇帝《しこうてい》が万里の長城を築いたときに駆り出された役夫《えきふ》である。かれらはその工事の苦役《くえき》に堪えかねて、同盟脱走してこの山中に逃げ籠ったが、歳久しゅうして死なず、遂にかかる怪物となったのであって、かれらは今に至るも築城工事に駆り出されることを深く恐れているらしく、人に逢えば長城はもう出来あがってしまったかと訊《き》く。その弱味に付け込んで、さあ長城を築くぞと囃し立てると、かれらはびっくり敗亡して、たちまちに姿を隠すのであると伝えられている。

秦代の法令がいかに厳酷であったかは、これで想いやられる。

帰安の魚怪

明《みん》代のことである。帰安《きあん》県の知県《ちけん》なにがしが赴任してから半年ほどの後、ある夜その妻と同寝していると、夜ふけてその門を叩く者があった。知県はみずから起きて出たが、暫くして帰って来た。

「いや、人が来たのではない。風が門を揺すったのであった」

そう言って彼は再び寝床に就いた。妻も別に疑わなかった。その後、帰安の一県は大いに治まって、獄を断じ、訴《うった》えを捌《さば》くこと、あたかも神《しん》のごとくであるといって、県民はしきりに知県の功績を賞讃した。

それからまた数年の後である。有名の道士張天師《ちょうてんし》が帰安県を通過したが、知県はあえて出迎えをしなかった。

「この県には妖気がある」と、張天師は眉をひそめた。そうして、知県の妻を呼んで聞きただした。

「お前は今から数年前の何月何日の夜に、門を叩かれたことを覚えているか」

「おぼえて居ります」

「現在の夫《おっと》はまことの夫ではない。年を経たる黒魚《こくぎょ》（鱧《はも》の種類）の精である。おまえの夫はかの夜すでに黒魚のために食われてしまったのであるぞ」

妻は大いにおどろいて、なにとぞ夫のために仇を報いてくだされと、天師にすがって嘆いた。張天師は壇に登って法をおこなうと、果たして長さ数丈ともいうべき大きい黒魚が、正体をあらわして壇の前にひれ伏した。

「なんじの罪は斬《ざん》に当る」と、天師はおごそかに言い渡した。「しかし知県に化けているあいだにすこぶる善政をおこなっているから、特になんじの死をゆるしてやるぞ」

天師は大きい甕《かめ》のなかにかの魚を押し籠めて、神符をもってその口を封じ、県衙《けんが》の土中に埋めてしまった。

そのときに、魚は甕のなかからしきりに哀れみを乞うと、天師はまた言い渡した。

「今は赦《ゆる》されぬ。おれが再びここを通るときに放してやる」

張天師はその後ふたたび帰安県を通らなかった。

狗熊

清《しん》の乾隆《けんりゅう》二十六年のことである。虎邱《こきゅう》に乞食があって一頭の狗熊《くゆう》を養っていた。熊の大きさは川馬《せんば》のごとくで、箭《や》のような毛が森立している。

この熊の不思議は、物をいうことこそ出来ないが、筆を執って能く字をかき、よく詩を作るのである。往来の人が一銭をあたえれば、飼いぬしの乞食がその熊を見せてくれる。さらに百銭をあたえて白紙をわたせば、飼い主は彼に命じて唐詩一首を書かせてくれる。まことに不思議の芸であった。

ある日、飼い主が外出して、獣《けもの》だけ独り残っているところへ、ある人が行って例のごとくに一枚の紙をあたえると、熊は詩を書かないで、思いも寄らないことを書いた。

自分は長沙《ちょうさ》の人で、姓は金《きん》、名は汝利《じょり》というものである。若いときにこの乞食に拐《かど》引《わか》されて、まず唖になる薬を飲まされたので、物をいうことが出来なくなった。その家には一頭の狗熊が飼ってあって、自分を赤裸にしてそれと一緒に生活させ、それから細い針を用いて自分の全身を隙間なく突き刺して、熱血淋漓たる時、一方の狗熊を殺してその生皮《なまかわ》を剝ぎ、すぐに自分の肌の上を包んだので、人の生き血と熊の生き血とが一つに粘《ねば》り着いて、皮は再び剝がれることなく、自分はそのままの狗熊になってしまった。それを鉄の鎖につないで、こうして芸を売らせているので、今日《こんにち》までにすでに幾万貫の銭を儲けたであろう。何をいうにも口を利くことが出来ないので、おめおめと彼に引き廻されているのである。

これを書き終って、熊はわが口を指さして、血の涙を雨のごとくに流した。観るひと大いにおどろいて、その書いたものを証拠に訴え出ると、飼い主の乞食はすぐに捕われて、すべてその通りであると白状したので、かれは立ちどころに杖殺され、狗熊の金汝利は長沙の故郷へ送り還された。

人魚

著者の甥の致華《ちか》という者が淮南《わいなん》の分司となって、四川《しせん》の夔州《きしゅう》城を過ぎると、往来の人びとが何か気ちがいのように騒ぎ立っている。その子細《しさい》をきくと、或る村民の妻徐氏《じょし》というのは平生から非常に夫婦仲がよかったが、昨夜も夫とおなじ床に眠って、けさ早く起きると、彼女のすがたは著るしく変っていた。

徐氏の顔や髪や肌の色はすべて元のごとくであるが、その下半身がいつか魚に変ってしまったのである。乳から下には鱗《うろこ》が生えてなめらかになまぐさく、普通の魚と同様であるので、夫もただ驚くばかりで、どうする術《すべ》も知らなかった。妻は泣いて語った。

「ゆうべ寝る時分には別に何事もなく、ただ下半身がむず痒《かゆ》いので、それを搔くとからだの皮が次第に逆立って来たようですから、おそらく痺癬《ひぜん》でも出来たのだろうかと思っていました。すると、五更《ごこう》ののちから両脚が自然に食っ付いてしまって、もう伸ばすことも縮めることも出来なくなりました。撫でてみると、いつの間にか魚の尾になっているのです。まあ、どうしたらいいでしょう」

夫婦はただ抱き合って泣くばかりであるという。

致華はその話を聞いて、試みに供の者を走らせて実否《じっぷ》を見とどけさせると、果たしてそれは事実であると判った。但し致華は官用の旅程を急ぐ身の上で、そのまま出発してしまったために、人魚ともいうべき徐氏をどう処分したか、彼女を魚として河へ放すことにしたか、あるいは人として家に養って置くことにしたか、それらの結末を知ることが出来なかったそうである。

金鉱の妖霊

乾麂子《かんきし》というのは、人ではない。人の死骸の化《け》したるもの、すなわち前に書いた僵《きょう》尸《し》のたぐいである。雲南地方には金鉱が多い。その鉱穴に入った坑夫のうちには、土に圧されて生き埋めになって、あるいは数十年、あるいは百年、土気と金気に養われて、形骸はそのままになっている者がある。それを乾麂子と呼んで、普通にはそれを死なない者にしているが、実は死んでいるのである。

死んでいるのか、生きているのか、甚だあいまいな乾麂子なるものは、時どきに土のなかから出てあるくと言い伝えられている。鉱内は夜のごとくに暗いので、穴に入る坑夫は額《ひたい》の上にともしびをつけて行くと、その光りを見てかの乾麂子の寄って来ることがある。かれらは人を見ると非常に喜んで、烟草《たばこ》をくれという。烟草をあたえると、立ちどころに喫ってしまって、さらに人にむかって一緒に連れ出してくれと頼むのである。その時に坑夫はこう答える。

「われわれがここへ来たのは金銀を求めるためであるから、このまま手をむなしゅうして帰るわけにはゆかない。おまえは金の蔓《つる》のある所を知っているか」

かれらは承知して坑夫を案内すると、果たしてそこには大いなる金銀を見いだすことが出来るのである。そこで帰るときには、こう言ってかれらを瞞《だま》すのを例としている。

「われわれが先ず上がって、それからお前を籃《かご》にのせて吊りあげてやる」

竹籃にかれらを入れて、縄をつけて中途まで吊りあげ、不意にその縄を切り放すと、かれらは土の底に墜ちて死ぬのである。ある情けぶかい男があって、瞞《だま》すのも不憫だと思って、その七、八人を穴の上まで正直に吊りあげてやると、かれらは外の風にあたるや否や、そのからだも着物も見る見る融《と》けて水となった。その臭いは鼻を衝くばかりで、それを嗅いだ者はみな疫病にかかって死んだ。

それに懲りて、かれらを入れた籃は必ず途中で縄を切って落すことになっている。最初から連れて行かないといえば、いつまでも付きまとって離れないので、いつもこうして瞞すのである。但しこちらが大勢で、相手が少ないときには、押えつけ縛りあげて土壁に倚《よ》りかからせ、四方から土をかけて塗り固めて、その上に燈台を置けば、ふたたび祟りをなさないと言い伝えられている。

それと反対に、こちらが小人数で、相手が多数のときは、死ぬまでも絡み付いていられるので、よんどころなく前にいったような方法を取るのである。

海和尚、山和尚

潘《はん》なにがしは漁業に老熟しているので、常にその獲物《えもの》が多かった。ある日、同業者と共に海浜へ出て網を入れると、その重いこと平常に倍し、数人の力をあわせて纔《わず》かに引き上げることが出来た。見ると、網のなかに一尾の魚もない。ただ六、七人の小さい人間が坐っていて、漁師らをみて合掌頂礼《ちょうらい》のさまをなした。かれらの全身は毛に蔽われてさながら猿のごとく、その頭の天辺だけは禿《は》げたようになって一本の毛も見えなかった。何か言うようでもあるが、その語音《ごいん》はもとより判らない。

とにかくに異形《いぎょう》の物であるので、漁師らも網を開いて放してやると、かれらは海の上をゆくこと数十歩にして、やがて浪の底に沈んでしまった。地元の或る者の説によると、それは海和尚《かいおしょう》と呼ぶもので、その肉を乾して食らえば一年間は飢えないそうである。

また、別に山和尚《さんおしょう》というものがある。

李姓《りせい》のなにがしという男が中州に旅行している時、その土地に大水が出たので、近所の山へ登って避難することになったが、水はいよいよ漲《みなぎ》って来たので、その人はよんどころなく更に高い山頂に逃げのぼると、そこに小さい草の家が見いだされた。それは山に住む農民が耕地を見まわりの時に寝泊まりするところで、家の内には草を敷いてある。やがて日も暮れかかるので、彼はそのあき家にはいって一夜を明かすことにした。

その夜半である。

大水をわたって来る者があるらしいので、李はそっと表をうかがうと、ひとりの真っ黒な、脚のみじかい和尚が水面を浮かんで近寄って来る。それが怪物らしいので、彼は大きい声をあげて人を呼ぶと、黒い和尚も一旦はやや退いたが、やがてまた進んで来るので、彼も今は途方にくれて、一方には人の救いを呼びつづけながら、一方にはそこにある竹杖をとって無暗に叩き立てているところへ、他の人びともあつまって来た。

大勢の人かげを見て、怪物はどこへか立ち去ってしまって、夜のあけるまで再び襲って来なかった。水が引いてから土地の人の話を聞くと、それは山和尚というもので、人が孤独でいるのを襲って、その脳を食らうのであると。

火箭

乾隆六年、嘉興《かこう》の知府を勤める楊景震《ようけいしん》が罪をえて軍台に謫戍《てきじゅ》の身となった。彼は古北の城楼に登ると、楼上に一つのあかがねの匣《はこ》があって、厳重に封鎖してある。伝うるところによれば、明《みん》代の総兵戚継光《せきけいこう》の残して置いたもので、ここへ来た者がみだりに開いて看《み》てはならないというのである。

楊はしばらくその匣を撫でまわしていたが、やがて匣の上に震《しん》の卦《け》が金字で彫ってあるのを見いだして、彼は笑った。

「卦は震で、おれの名の震に応じている。これはおれが開くべきものだ」

遂にその匣の蓋をひらくと、たちまちにひと筋の火箭《ひや》が飛び出して、むこう側の景徳廟の正殿の柱に立った。それから火を発して、殿宇も僧房もほとんど焼け尽くした。

九尾蛇

茅八《ぼうはち》という者が若いときに紙を売って江西に入った。その土地の深山に紙廠《ししよう》が多かった。廠にいる人たちは、日が落ちかかると戸を閉じて外へ出ない。

「山の中には怖ろしい物が棲んでいる。虎や狼ばかりでない」

茅もそこに泊まっているうちに、ある夜の月がひどく冴え渡った。茅は眠ることが出来ないので、戸をあけて月を眺めたいと思ったが、おどされているので、再三躊躇した。しかも武勇をたのんで、思い切って出た。

行くこと数十歩ならず、たちまち数十の猴《さる》の群れが悲鳴をあげながら逃げて来て、大樹をえらんで攀《よ》じのぼったので、茅もほかの樹にのぼって遠くうかがっていると、一匹かの蛇が林の中から出て来た。蛇は太い柱のごとく、両眼は灼々《しゃくしゃく》とかがやいている。からだの甲《こう》は魚鱗の如くにして硬く、腰から下に九つの尾が生えていて、それを曳いてゆく音は鉄の甲《よろい》のように響いた。

蛇は大樹の下に来ると、九つの尾を逆《さか》しまにしてくるくると舞った。尾の端《はし》には小さい穴がある。その穴から涎《よだれ》がはじくようにほとばしって、樹の上の猴を撃った。撃たれた猴は叫んで地に落ちると、その腹は裂けていた。蛇はしずかにその三匹を食らって、尾を曳いて去った。

茅は懼《おそ》れて帰った。その以来、彼も暗くなると表へ出なかった。

閲《えつ》微《び》草堂《そうどう》筆記《ひっき》

第十五の男は語る。

「わたくしは最後に『閲微草堂筆記』を受持つことになりましたが、これは前の『子不語』にまさる大物で、作者は観奕道人《かんえきどうじん》と署名してありますが、実は清《しん》の紀昀《きいん》であります。紀昀は号を暁嵐《ぎょうらん》といい、乾隆《けんりゅう》時代の進士《しんし》で、協弁大学士に進み、官選の四庫全書を作る時には編集総裁に挙げられ、学者として、詩人として知られて居ります。死して文達公と諡《おくりな》されましたので、普通に紀文達とも申します。

この著作は一度に脱稿したものではなく、最初に『灤陽鎖夏録《らんようしょうかろく》』六巻を編み、次に『如是我聞《にょぜがもん》』四巻、次に『槐西雑誌《かいせいざっし》』四巻、次に『姑妄聴之《こもうちょうし》』四巻、次に『灤陽続録《らんようぞくろく》』六巻を編み、あわせて二十四巻に及んだものを集成して、『閲微草堂筆記』の名を冠《かぶ》らせたのでありまして、実に一千二百八十二種の奇事異聞を蒐録《しゅうろく》してあるのですから、とても一朝一夕《いっせき》に説き尽くされるわけのものではありません。もしその全貌を知ろうとおぼしめす方は、どうぞ原本に就いてゆるゆる御閲読をねがいます」

落雷裁判

清《しん》の雍正《ようせい》十年六月の夜に大雷雨がおこって、献《けん》県の県城の西にある某村では、村民なにがしが落雷に撃たれて死んだ。

明《めい》という県令が出張して、その死体を検視したが、それから半月の後、突然ある者を捕えて訊問した。

「おまえは何のために火薬を買ったのだ」

「鳥を捕るためでございます」

「雀ぐらいを撃つ弾薬《たまぐすり》ならば幾らもいる筈はない。おまえは何で二、三十斤《きん》の火薬を買ったのだ」

「一度に買い込んで、貯えて置こうと思ったのでございます」

「おまえは火薬を買ってから、まだひと月にもならない。多く費したとしても、一斤か二斤に過ぎない筈だが、残りの薬はどこに貯えてある」

これには彼も行き詰まって、とうとう白状した。彼はかの村民の妻と姦通していて、妻と共謀の末にその夫を爆殺し、あたかも落雷で震死したようによそおったのであった。

その裁判落着の後、ある人が県令に訊いた。

「あなたはどうしてあの男に眼を着けられたのですか」

「火薬を爆発させて雷《らい》と見せるには、どうしても数十斤を要する。殊に合薬《ごうやく》として硫黄《いおう》を用いなければならない。今は暑中で爆竹などを放つ時節でないから、硫黄のたぐいを買う人間は極めてすくない。わたしはひそかに人をやって、この町でたくさんの硫黄を買った者を調べさせると、その買い手はすぐに判った。更にその買い手を調べさせると、村民のなにがしに売ったという。それで彼が犯人であると判ったのだ」

「それにしても、当夜の雷がこしらえ物であるということがどうして判りました」

「雷が人を撃つ場合は、言うまでもなく上から下へ落ちる。家屋を撃ちこわす場合は、家根《やね》を打ち破るばかりで、地を傷めないのが普通である。然るに今度の落雷の現場を取調べると、草葺き家根が上にむかって飛んでいるばかりか、土間の地面が引きめくったように剝《は》がれている。それが不審の第一である。又その現場は城を距《さ》ること僅か五、六里で、雷電もほぼ同じかるべき筈であるが、当夜の雷はかなり迅烈であったとはいえ、みな空中をとどろき渡っているばかりで、落雷した様子はなかった。それらを綜合して、わたしはそれを地上の偽雷と認めたのである」

人は県令の明察に服した。

鄭成功と異僧

鄭成功《ていせいこう》が台湾に拠《よ》るとき、粤東《えっとう》の地方から一人の異僧が海を渡って来た。かれは剣術と拳法に精達しているばかりか、肌をぬいで端坐していると、刃で撃っても切ることが出来ず、堅きこと鉄石の如くであった。彼はまた軍法にも通じていて、兵を談ずることすこぶるその要を得ていた。

鄭成功は努《つと》めて四方の豪傑を招いている際であったので、礼を厚うして彼を欵待《かんたい》したが、日を経るにしたがって彼はだんだんに増長して、傲慢無礼《ごうまんぶれい》の振舞いがたびかさなるので、鄭成功もしまいには堪えられなくなって来た。且《かつ》かれは清国の間牒《かんちょう》であるという疑いも生じて来たので、いっそ彼を殺してしまおうと思ったが、前にもいう通り、彼は武芸に達している上に、一種の不死身《ふじみ》のような妖僧であるので、迂闊に手を出すことを躊躇《ちゅうちょ》していると、その大将の劉国軒《りゅうこくけん》が言った。

「よろしい。その役目はわたくしが勤めましょう」

劉はかの僧をたずねて、冗談のように話しかけた。

「あなたのような生き仏は、色情のことはなんにもお考えになりますまいな」

「久しく修業を積んでいますから、心は地に落ちたる絮《わた》の如くでござる」と、僧は答えた。

劉はいよいよ戯《たわむ》れるように言った。

「それでは、ここであなたの道心を試みて、いよいよ諸人の信仰を高めさせて見たいものです」

そこで美しい遊女や、男色《なんしょく》を売る少年や、十人あまりを択《え》りあつめて、僧のまわりに茵《しとね》をしき、枕をならべさせて、その淫楽をほしいままにさせると、僧は眉をも動かさず、かたわらに人なきがごとくに談笑自若としていたが、時を経るにつれて眼をそむけて、遂にその眼をまったく瞑《と》じた。

その隙《すき》をみて、劉は剣をぬいたかと思うと、僧の首はころりと床に落ちた。

鬼影

泉《せん》州の人が或る夜、ともしびの前で自分の影をみかえると、壁に映っているのは自分の形でなかった。

不思議に思ってよく視ると、大きい首に長い髪が乱れかかって、手足は鳥の爪のように曲がって尖っている。その影はたしかに一種の鬼であった。しかも、その怪しい影は自分の形に伴っていて、自分の動く通りに動いているのである。大いにおどろいて家内の者を呼びあつめると、その影は誰の眼にも怪しく見えるのであった。

それが毎晩つづくので、その人も怖ろしくなった。家内の者もみな懼《おそ》れた。しかしその子細は判らないので、唯いたずらに憂い懼れていると、となりに住んでいる塾の先生が言った。

「すべての妖はみずから興《おこ》るのでなく、人に因って興るのである。あなたは人に知られない悪念を懐《いだ》いているので、その心の影が羅刹《らせつ》となって現われるのではあるまいか」

その人は慄然《りつぜん》として、先生の前に懺悔《ざんげ》した。

「実はわたくしは或る人に恨みを含んでいるので、近いうちにその一家をみな殺しにして、ここを逃げ去って、賊徒の群れに投じようかと考えていたところでした。今のお話でわたくしも怖ろしくなりました。そんな企ては断然やめます」

その晩から彼の影は元の形に復《かえ》った。

茉莉花

閩中《みんちゅう》の或る人の娘はまだ嫁入りをしないうちに死んだ。それを葬ること式《かた》のごとくであった。

それから一年ほど過ぎた後、その親戚の者がとなりの県で、彼女とおなじ女を見た。

その顔かたちから声音《こわね》までが余りによく肖《に》ているので、不意にその幼な名を呼びかけると、彼女は思わず振り返ったが、又もや足を早めて立ち去った。

親戚は郷里へ帰ってそれを報告したので、両親も怪しんで娘の塚をあけてみると、果たして棺のなかは空《から》になっていた。そこで、そのありかを尋《たず》ねてゆくと、女は両親を識らないと言い張っていたが、その腋《わき》の下に大きい痣《あざ》があるのが証拠となって、彼女はとうとう恐れ入った。その相手の男をたずねると、もうどこへか姿をかくしていた。

だんだんその事情を取調べると、閩中には茉莉花《まつりか》を飲めば仮死するという伝説がある。茉莉花の根を磨《す》って、酒にまぜ合わせて飲むのである。根の長さ一寸を用ゆれば、仮死すること一日にして蘇生する。六、七寸を用ゆれば、仮死すること数日にしてなお蘇生することが出来る。七寸以上を用ゆれば、本当に死んでしまうのである。かの娘はすでに約束の婿がありながら、他の男と情を通じたので、男と相談の上で茉莉花を用い、それから死にをして一旦《いったん》葬られた後に、男が棺をあばいて連れ出したものであることが判った。男もやがて捕われたが、その申し立ては娘と同様であった。

閩の県官呉林塘《ごりんとう》という人がそれを裁判したが、棺をあばいた罪に照らそうとすれば、その人は死んでいないのである。薬剤をもって子女を惑わしたという罪に問おうとすれば、娘も最初から共謀である。さりとて、財物を奪ったとか、拐引《かどわかし》を働いたとかいうのでもない。結局、その娘も男も姦通《かんつう》の罪に処せられることになった。

仏陀の示現

景城《けいじょう》の南に古寺があった。あたりに人家もなく、その寺に住職と二人の徒弟《とてい》が住んでいたが、いずれもぼんやりした者どもで、わずかに仏前に香火を供うるのほかには能がないように見られた。

しかも彼等はなかなかの曲者《くせもの》で、ひそかに松脂《まつやに》を買って来て、それを粉にして練りあわせ、紙にまいて火をつけて、夜ちゅうに高く飛ばせると、その火のひかりは四方を照らした。それを望んで村民が駈けつけると、住職も徒弟も戸を閉じて熟睡していて、なんにも知らないというのである。

又あるときは、戯場《しばい》で用いる仏衣を買って来て、菩薩や羅漢の形をよそおい、月の明るい夜に家根の上に立ったり、樹の蔭にたたずんだりする事もある。それを望んで駈け付けると、やはりなんにも知らないというのである。或る者がその話をすると、住職らは合掌して答えた。

「飛んでもないことを仰しゃるな。み仏は遠い西の空にござる。なんでこんな田舎の破《やれ》寺《でら》に示現《じげん》なされましょうぞ。お上《かみ》ではただいま白蓮教《びゃくれんきょう》をきびしく禁じていられます。

そんな噂がきこえると、われわれもその邪教をおこなう者と見なされて、どんなお咎《とが》めを蒙《こうむ》るかも知れません。お前方もわれわれに恨みがある訳でもござるまいに、そんなことを無暗に言い触らして、われわれに迷惑をかけて下さるな」

いかにも殊勝な申し分であるので、諸人はいよいよ仏陀の示現と信じるようになって、檀家の布施《ふせ》や寄進《きしん》が日ましに多くなった。それに付けても、寺があまりに荒れ朽ちているので、その修繕を勧める者があると、僧らは、一本の柱、一枚の瓦を換えることをも承知しなかった。

「ここらの人はとかくにあらぬことを言い触らす癖があって、後光《ごこう》がさしたの、菩薩があらわれたのと言う。その矢さきに堂塔などを荘厳《そうごん》にいたしたら、それに就いて又もや何を言い出すか判らない。どなたが寄進して下さるといっても、寺の修繕などはお断わり申します」

こういうふうであるから、諸人の信仰はいや増すばかりで、僧らは十余年のあいだに大いなる富を作ったが、又それを知っている賊徒があって、ある夜この寺を襲って師弟三人を殺し、貯蓄の財貨をことごとく掠《かす》めて去った。役人が来て検視の際に、古い箱のなかから戯場《しばい》の衣裳や松脂の粉を発見して、ここに初めてかれらの巧みが露顕したのであった。

これは明《みん》の崇禎《すうてい》の末年のことである。

強盗

斉大《せいだい》は献県の地方を横行する強盗であった。

あるとき味方の者を大勢《おおぜい》連れて或る家へ押し込むと、その家の娘が美婦《びふ》であるので、賊徒は逼《せま》ってこれを汚《けが》そうとしたが、女がなかなか応じないので、かれらは女をうしろ手にくくりあげた。そのとき斉大は家根に登って、近所の者や捕手の来るのを見張っていたが、女の泣き叫ぶ声を聞きつけて、降りて来てみるとこの体《てい》たらくである。彼は刃をぬいてその場に跳《おど》り込んだ。

「貴様らは何でそんなことをする。こうなれば、おれが相手だぞ」

餓えたる虎のごとき眼を晃《ひか》らせて、彼はあたりを睨みまわしたので、賊徒は恐れて手を引いて、女の節操は幸いに救われた。

その後に、この賊徒の一群はみな捕えられたが、ただその頭領の斉大だけは不思議に逃がれた。賊徒の申し立てによれば、逮捕の当時、斉大はまぐさ桶《おけ》の下に隠れていたというのであるが、捕手らの眼にはそれが見えなかった。まぐさ桶の下には古い竹束が転がっていただけであった。

張福の遺書

張福《ちょうふく》は杜林鎮《とりんちん》の人で、荷物の運搬を業としていた。ある日、途中で村の豪家の主人に出逢ったが、たがいに路を譲らないために喧嘩をはじめて、豪家の主人は従僕に指図して張を石橋の下へ突き落した。あたかも川の氷が固くなって、その稜《かど》は刃のように尖っていたので、張はあたまを撃ち割られて半死半生になった。

村役人は平生からその豪家を憎んでいたので、すぐに官《かん》に訴えた。官の役人も相手が豪家であるから、この際いじめつけてやろうというので、その詮議が甚だ厳重になった。そのときに重態の張はひそかに母を豪家へつかわして、こう言わせた。

「わたしの代りにあなたの命を取っても仕方がありません。わたしの亡い後に、老母や幼な児の世話をして下さるというならば、わたしは自分の粗相《そそう》で滑り落ちたと申し立てます」

豪家では無論に承知した。張はどうにか文字の書ける男であるので、その通りに書き残して死んだ。何分にも本人自身の書置きがあって、豪家の無罪は証明されているのであるから、役人たちもどうすることも出来ないで、この一件は無事に落着《らくぢゃく》した。

張の死んだ後、豪家も最初は約束を守っていたが、だんだんにそれを怠るようになったので、張の老母は怨み憤って官に訴えたが、張が自筆の生き証拠がある以上、今更この事件の審議をくつがえす事は出来なかった。

しかもその豪家の主人は、ある夜、酒に酔ってかの川べりを通ると、馬がにわかに駭《おどろ》いたために川のなかへ転げ落ちて、あたかも張とおなじ場所で死んだ。知る者はみな張に背いた報いであると言った。世の訴訟事件には往々《おうおう》こうした秘密がある。獄を断ずる者は深く考えなければならない。

飛天夜叉

烏魯木斉《ウロボクセイ》は新疆《しんきょう》の一地方で、甚だ未開辺僻《へんぺき》の地である（筆者、紀暁嵐は曾《かつ》てこの地にあったので、烏魯木斉地方の出来事をたくさんに書いている）。その把総《はそう》（軍官で、陸軍少尉《しょうい》の如きものである）を勤めている蔡良棟《さいりょうとう》が話した。

この地方が初めて平定した時、四方を巡回して南山の深いところへ分け入ると、日もようやく暮れかかって来た。見ると、渓《たに》を隔てた向う岸に人の影がある。もしや瑪哈沁《ひょうはしん》（この地方でいう追剝《おいは》ぎである）ではないかと疑って、草むらに身をひそめて窺うと、一人の軍装をした男が磐石の上に坐って、そのそばには相貌獰悪《どうあく》の従卒が数人控えている。なにか言っているらしいが、遠いのでよく聴き取れない。

やがて一人の従卒に指図して、石の洞《ほら》から六人の女をひき出して来た。女はみな色の白い、美しい者ばかりで、身にはいろいろの色彩《いろどり》のある美服を着けていたが、いずれも後ろ手にくくり上げられて恐るおそるに頭《かしら》を垂れてひざまずくと、石上の男はかれらを一人ずつ自分の前に召し出して、下衣《したぎ》を剝《ぬ》がせて地にひき伏せ、鞭《むち》をあげて打ち据えるのである。打てば血が流れ、その哀号《あいごう》の声はあたりの森に木谺《こだま》して、凄惨実に譬《たと》えようもなかった。

その折檻が終ると、男は従卒と共にどこへか立ち去った。女どもはそれを見送り果てて、いずれも泣く泣く元の洞へ帰って行った。男は何者であるか、女は何者であるか、もとより判らない。一行のうちに弓をよく引く者があったので、向う岸の立ち木にむかって二本の矢を射込んで帰った。

あくる日、廻り路をして向う岸へ行き着いて、きのうの矢を目じるしに捜索すると、石の洞門は塵《ちり》に封じられていた。松明《たいまつ》をとって進み入ると、深さ四丈ばかりで行き止まりになってしまって、他には抜け路もないらしく、結局なんの獲《う》るところもなしに引き揚げて来た。

蔡はこの話をして、自分が烏魯木斉にあるあいだに目撃した奇怪の事件は、これをもって第一とすると言った。わたしにも判らないが、太平広記に、天人が飛天夜叉《ひてんやしゃ》を捕えて成敗する話が載せてある。飛天夜叉は美女である。蔡の見たのも或いはこの夜叉のたぐいであるかも知れない。

喇嘛教

喇嘛教《らまきょう》には二種あって、一を黄教といい、他を紅教といい、その衣服をもって区別するのである。黄教は道徳を講じ、因果を明らかにし、かの禅家《ぜんけ》と派を異《こと》にして源を同じゅうするものである。

但し紅教は幻術《げんじゅつ》を巧みにするものである。理藩院《りはんいん》の尚書を勤める留《りゅう》という人が曾て西蔵《チベット》に駐在しているときに、何かの事で一人の紅教喇嘛に恨まれた。そこで、或る人が注意した。

「彼は復讐をするかも知れません。山登りのときには御用心なさい」

留は山へ登るとき、輿や行列をさきにして、自分は馬に乗って後から行くと、果たして山の半腹に至った頃に、前列の馬が俄かに狂い立って、輿をめちゃめちゃに踏みこわした。輿は無論に空《から》であった。

また、烏魯木斉に従軍の当時、軍士のうちで馬を失った者があった。一人の紅教喇嘛が小さい木の腰掛けをとって、なにか暫く呪文を唱えていると、腰掛けは自然にころころと転がり始めたので、その行くさきを追ってゆくと、ある谷間《たにあい》へ行き着いて、果たしてそこにかの馬を発見した。これは著者が親しく目撃したことである。

案ずるに、西域《せいいき》に刀を呑み、火を呑むたぐいの幻術を善くする者あることは、前漢時代の記録にも見えている。これも恐らくそれらの遺術を相伝したもので、仏氏の正法《しょうほう》ではない。それであるから、黄教の者は紅教徒を称して、あるいは魔といい、あるいは波羅門《ばらもん》という。すなわち仏経にいわゆる邪魔外道《じゃまげどう》である。けだし、そのたぐいであろう。

滴　血

晋《しん》の人でその資産を弟に托《たく》して、久しく他郷《たきょう》に出商いをしている者があった。旅さきで妻を娶《めと》って一人の子を儲けたが、十年あまりの後に妻が病死したので、その子を連れて故郷へ帰って来た。

兄が子を連れて帰った以上、弟はその資産をその子に譲り渡さなければならないので、その子は兄の実子でなく、旅さきの妻が他人の種を宿して生んだものであるから、異姓の子に資産を譲ることは出来ないと主張した。それが一種の口実《こうじつ》であることは大抵想像されているものの、何分にも旅さきの事といい、その妻ももう此の世にはいないので、事実の真偽を確かめるのがむずかしく、たがいに捫着《もんちゃく》をかさねた末に、官へ訴えて出ることになった。

官の力で調査したらば、弟の申し立てが嘘か本当かを知ることが出来たかも知れないが、役人らはいたずらに古法を守って、滴血《てきけつ》をおこなうことにした。兄の血と、その子の血とを一つ器《うつわ》にそそぎ入れて、それが一つに融け合うかどうかを試したのである。幸いにその血が一つに合ったので、裁判は直ちに兄側の勝訴となって、弟は笞《むちう》って放逐するという宣告を受けた。

しかし弟は、滴血などという古風の裁判を信じないと言った。彼は自分にも一人の子があるので、試みにその血をそそいでみると、かれらの血は一つに合わなかった。彼はそれを証拠にして、現在、父子《おやこ》すらもその血が一つに合わないのであるから、滴血などをもって裁判をくだされては甚だ迷惑であると、逆捻《さかね》じに上訴した。彼としては相当の理屈もあったのであろうが、不幸にして彼は周囲の人びとから憎まれていた。

「あの父子の血が一つに寄らないのは当り前だ。あの男の女房は、ほかの男と姦通しているのだ」

この噂が官にきこえて、その妻を拘引して吟味すると、果たしてそれが事実であったので、弟は面目を失って、妻を捨て、子を捨てて、どこへか夜逃げをしてしまった。その資産はとどこおりなく兄に引き渡された。

由来、滴血のことは遠い漢代から伝えられているが、経験ある老吏について著者の聞いたところに拠ると、親身の者の血が一つに合うのは事実である。しかし冬の寒い時に、その器《うつわ》を冷やして血をそそぐか、あるいは夏の暑いときに、塩と酢をもってその器を拭いた上で血をそそぐと、いずれもその血が別々に凝結して一つに寄り合わない。そういう特殊の場合がいろいろあるから、迂闊に滴血などを信ずるのは危険であると、彼は説明した。

成程そうであろうと思われる。しかしこの場合、もし滴血をおこなわなければ、弟はおそらく上訴しなかったであろう。弟が上訴しなければ、その妻の陰事《いんじ》は摘発されなかったであろう。妻の陰事が露顕しなければ、この裁判はいつまでも落着《らくぢやく》しなかったであろう。こうなると、あながちに役人の不用意を咎めるわけにも行かない。そのあいだには何か自然の約束があるようにも思われるではないか。

不思議な顔

蒙陰《もういん》の劉生《りゆうせい》がある時その従弟《いとこ》の家に泊まった。いろいろの話の末に、この頃この家には一種の怪物があらわれる。出没常ならず、どこに潜んでいるか判らないが、暗闇で出逢うと人を突き仆《たお》すのである。そのからだの堅きこと鉄石のごとくであると、家内の者が語った。

劉は猟《かり》を好んで、常に鉄砲を持ちあるいているので、それを聞いて笑った。

「よろしい。その怪物が出て来たらば、この鉄砲で防ぎます」

書斎は三間になっているので、彼はその東の室《へや》で寝ることにした。燈火《ともしび》にむかって独りで坐っていると、西の室から何者か現われて立った。その五体は人の如くであるが、その顔が頗る不思議で、眼と眉とのあいだは二寸ぐらいも距《はな》れているにも拘らず、鼻と口とはほとんど一つに付いているばかりか、その位置も妙に曲がっていた。顔の輪郭もまたゆがんでいる。よく見ると、不思議というよりも頗る滑稽な顔ではあるが、なにしろ一種の怪物には相違ないと見て、劉はすぐに鉄砲をとって窺うと、かれは慌てて室内へ退いて、扉のあいだから半面を出して窺っているのである。

劉が鉄砲をおろすと、彼はそろそろ出かかる。劉がふたたび鉄砲をむけると、彼はまた隠れる。そんなことを幾たびも繰り返しているうちに、彼はたちまち顔の全面をあらわして、舌を吐き、手を振って、劉を嘲《あざけ》るかのようにも見えたので、急に一発を射撃すると、弾《たま》は扉にあたって怪物の姿は隠れた。

劉は窓格子のあいだに鉄砲を伏せて、再びその現われるのを待っていると、彼はふたたび出て来て弾にあたった。その仆《たお》るる時、あたかも家根瓦の落ちて砕けるような響きを発したのである。近寄ってみると、それは毀《こわ》れた甕《かめ》の破片であった。

更にあらためると、怪物の正体はこの家にある古い甕であることが判った。

それが不思議な顔をしていたのは、小児《こども》がその甕のおもてへいたずら書きをしたのである。小児が手あたり次第に書いたのであるから、人間の顔がおかしくゆがんで、眼も鼻も勿論ととのっていない。それでも人間の顔を具《そな》えたために、こんな怪をなすようになったのかも知れないというのであった。

顔良の祠

呂城は呉の呂蒙《りよもう》の築いたものである。河をはさんで、両岸に二つの祠《やしろ》がある。その一つは唐の名将郭子儀《かくしぎ》の祠である。郭子儀がどうしてこんな所に祀られているのか判らない。他の一つは三国時代の袁紹《えんしよう》の部将の顔良《がんりよう》を祀ったもので、これもその由来は想像しかねるが、土地の者が禱《いの》るとすこぶる霊験があるというので、甚だ信仰されている。

それがために、その周囲十五里のあいだには関帝廟《かんていびよう》（関羽を祀る廟）を置くことを許さない。顔良は関羽《かんう》に殺されたからである。もし関帝廟を置けば必ず禍いがあると伝えられている。ある時、その土地の県令がそれを信じないで、顔良の祠の祭りのときに自分も参詣し、わざと俳優に三国志の演劇《しばい》を演じさせると、たちまちに狂風どっと吹きよせて、演劇の仮小屋の家根も舞台も宙にまき上げて投げ落したので、俳優のうちには死人《しびと》も出来た。

それればかりでなく、十五里の区域内には疫病が大いに流行して、人畜の死する者おびただしく、かの県令も病いにかかって危うく死にかかったというのである。

およそ戦いに負けたといって、一々その敵を怨むことになっては、古来の名将勇士は何千人に祟《たた》られるか判らない。顔良の輩が千年の後までも関羽に祟るなど、決して有り得べきことではない。これは祠に仕える巫女《みこ》のやからが何かのことを言い触らし、愚民がそれを信ずる虚に乗じて、他の山妖水怪のたぐいが入り込んで、みだりに禍福をほしいままにするのであろう。

繡鸞

父の先妻の張夫人に繡鸞《しゅうらん》という侍女《こしもと》があった。

ある月夜に、夫人が堂の階段《きざはし》に立って繡鸞を呼ぶと、東西の廊下から同じ女が出て来た。顔かたちから着物は勿論、右の襟の角の反れているのから、左の袖を半分捲いているのまで、すべて寸分も違わないので、夫人はおどろいて殆んど仆れそうになった。やがて気を鎮めてよく視ると、繍鸞の姿はいつか一人になっていた。

「お前はどっちから来ました」

「西のお廊下から参りました」

「東の廊下から来た人を見ましたか」

「いいえ」

　これは七月のことで、その十一月に夫人は世を去った。彼女の寿命がまさに尽きんとするので、妖怪が姿を現わすようになったのかとも思われる。

牛《ぎゅう》冤《えん》

　姚安公《ちょうあんこう》が刑部に勤めている時、徳勝門外に七人組の強盗があって、その五人は逮捕されたが、王五《おうご》と金大牙《きんたいが》の二人はまだ縛《ばく》に就かなかった。

　王五は逃れて漷《かく》県にゆくと、路は狭く、溝は深く、わずかに一人が通られるだけの小さい橋が架けられていた。その橋のまんなかに逞《たく》ましい牛が眼を怒らせて伏していて、近づけば角《つの》を振り立てる。王はよんどころなく引っ返して、路をかえて行こうとする時、あたかも邏卒《らそつ》が来合わせて捕えられた。

　一方の金大牙は清河橋《せいがきょう》の北へ落ちてゆくと、牧童が二頭の牛を追って来て、金に突き当って泥のなかへ転がしたので、彼は怒ってその牧童と喧嘩をはじめた。ここは都に近い所で、金を見識っている者が土地の役人に訴えた為に、彼もまた縛られた。王も金も回部の民で、みな屠牛《とぎゅう》を業としている者である。それが牛のために失敗したのも因縁《いんねん》であろう。

鳥を投げる男

雍正《ようせい》の末年である。東光《とうこう》城内で或る夜、家々の犬が一斉に吠えはじめた。その声は潮《うしお》の湧くが如くである。

人びとはみな驚いて出て見ると、月光のもとに怪しい男がある。彼は髪を乱して腰に垂れ、麻の帯をしめて蓑《みの》を着て、手に大きい袋を持っていた。袋のなかにはたくさんの鵝鳥《がちょう》や鴨の鳴き声がきこえた。彼は人家の家根の上に暫く突っ立っていて、やがて又、別の家の屋根へ移って行った。

明くる朝になって見ると、彼が立っていた所には、二、三羽の鵝鳥や鴨が檐下《のきした》に投げ落されていた。それを煮て食った者もあったが、その味は普通の鳥と変ったこともなかった。その当座はいかなる不思議か判らなかった。

然るにその鳥を得た家には、みな葬式が出ることになった。いわゆる凶煞《きょうさつ》が出現したのである。わたしの親戚の馬《ば》という家でも、その夜二羽の鴨を得たが、その歳に弟が死んだ。思うに、昔から喪に逢うものは無数である。しかもその夜にかぎって、特に凶兆を示したのはなんの訳か。そうして、その兆を示すために、鵝鴨《がおう》のたぐいを投げたのはなんの訳か。

鬼神の所為《しょい》は凡人の知り得る事あり、知り得ざる事あり、ただその事実を録するのみで、議論の限りでない。

節婦

任士田《にんしでん》という人が話した。その郷里で、ある人が月夜に路を行くと、墓道の松や柏のあいだに二人が並び坐しているのを見た。

ひとりは十六、七歳の可愛らしい男であった。他の女は白い髪を長く垂れ、腰をかがめて杖を持って、もう七、八十歳以上かとも思われた。

この二人は肩を摺り寄せて何か笑いながら語らっている体《てい》、どうしても互いに惚れ合っているらしく見えたので、その人はひそかに訝《いぶか》って、あんな婆さんが美少年と媾曳《あいびき》をしているのかと思いながら、だんだんにその傍へ近寄ってゆくと、かれらのすがたは消えてしまった。

次の日に、これは何人《なんびと》の墓であるかと訊《き》いてみると、某家の男が早死にをして、その妻は節を守ること五十余年、老死した後にここに合葬したのであることが判った。

木偶の演戯

わたしの先祖の光禄公《こうろくこう》は康熙《こうき》年間、崔荘《さいそう》で質庫《しちぐら》を開いていた。沈伯玉《ちんはくぎょく》という男が番頭役の司事を勤めていた。

あるとき傀儡師《かいらいし》が二箱に入れた木彫りの人形を質入れに来た。人形の高さは一尺あまりで、すこぶる精巧に作られていたが、期限を越えてもつぐなわず、とうとう質流れになってしまった。ほかに売る先もないので、廃《すた》り物として空き屋のなかに久しく押し込んで置くと、月の明るい夜にその人形が幾つも現われて、あるいは踊り、あるいは舞い、さながら演劇《しばい》のような姿を見せた。耳を傾けると、何かの曲を唱えているようでもあった。

沈は気丈の男であるので、声をはげしゅうして叱り付けると、人形の群れは一度に散って消え失せた。翌日その人形をことごとく焚《や》いてしまったが、その後は別に変ったこともなかった。

物が久しくなると妖をなす。それを焚けば精気が溶けて散じ、再び聚《あつ》まることが出来なくなる。また何か憑《よ》る所があれば妖をなす。それを焚けば憑る所をうしなう。それが物理の自然である。

奇門遁甲

奇門遁甲《きもんとんこう》の書というものが多く世に伝えられている。しかも皆まことの伝授でない。まことの伝授は口伝《くでん》の数語に過ぎないもので、筆や紙で書き伝えるのではない。徳《とく》州の宋清遠《そうせいえん》先生は語る。あるとき友達をたずねると、その友達は宋をとどめて一泊させた。

「今夜はいい月夜だから、芝居を一つお目にかけようか」

そこで、橙《だいだい》の実十余個を取って堂下にころがして置いて、二人は堂にのぼって酒を飲んでいると、夜も二更《にこう》に及ぶころ、ひとりの男が垣を踰《こ》えて忍び込んで来たが、彼は堂下をぐるぐる廻りして、一つの橙に出逢うごとに、よろけて躓《つまず》いて、ようように跨《また》いで通るのであった。

それが初めは順に進み、さらに曲がって行き、逆に行き、百回も二百回も繰り返しているうちに、彼は疲れ切って倒れ伏してしまった。やがて夜が明けたので、友達はその男を堂の上に連れて来て、おまえは何しに来たのかと詰問すると、彼はあやまり入って答えた。

「わたくしは泥坊でございます。お宅へ忍び込みますと、低い垣が幾重にも作られて居ります。それを幾たび越えても、越えても、果てしがないので、閉口して引っ返そうとしますと、帰る路にもたくさんの垣があって、幾たび越えても行き尽くせません。結局、疲れ果てて捕われることになりました。どうぞ御存分に願います」

友達は笑って彼を放してやった。そうして、宋にむかって言った。

「きのうあの泥坊が来ることを占い知ったので、たわむれに小術を用いたのです」

「その術はなんですか」

「奇門の法です。他人が迂闊におぼえると、かえって禍いを招きます。あなたは謹直な人物である。もしお望みならば御伝授しましょうか」

折角であるが、自分はそれを望まないと宋は断わった。友達は嘆息して言った。

「学ぶを願う者には伝うべからず、伝うべき者は学ぶを願わず。この術も終《つい》に絶えるであろう」

彼は悵然《ちょうぜん》として宋を送って別れた。

解説

岡《おか》本《もと》経《きよう》一《いち》
（岡本綺堂養嗣子）

岡本綺堂訳著『支那怪奇小説集』の初版は昭和十年十一月、サイレン社から出た。四六判9ポ12行、総ルビ付でゆっくり組んだ四九〇頁《ページ》、布装貼函《はりばこ》に入って定価二円、確か二千部刷った。

作家の三上《みかみ》於菟吉《おときち》が、かの「雪之丞《ゆきのじよう》変化《へんげ》」で人気絶頂の頃である。昭和三年七月から夫人の長谷川《はせがわ》時雨《しぐれ》のために資金援助をし、「女人芸術」を創刊して実績をあげさせた。その後身「輝く会」で時雨女史が銃後《じゆうご》の守りに力を注ぐようになったのが八年三月で、サイレン社の創業はそれと同じ頃であった。三上さんは時代物に、現代物に、大衆文壇最大の流行作家だったけれど、もともと純文学指向で稀有《けう》の読書家だったという。商業ジャーナリズムにあきたらず、理想の出版をやってみたかったのであろう。

その三上さんにスカウトされて支配人格を引受けたのが塩谷晴如《しおのやはるゆき》であった。塩谷さんは改造社の出版部にあって練達《れんたつ》の編集者だから、出版方針にしても意志の通じるところがあったとみえる。彼はまた岡本綺堂家に出入りしていたから私も顔見知りであった。彼は劇作の志があって、坂東寿三郎の脚本募集に当選し上演されたこともあり、綺堂監修の戯曲誌「舞台」の編集をしていた私を編集助手に拾ってくれた。

三上さんは派手ずきで、赤坂檜町に夫人の長谷川時雨との本宅があり、牛込袋町に愛人羽根田芙蓉を擁《よう》する公然の別宅があって、時どき行方不明になって花柳《かりゅう》の巷《ちまた》に沈潜するから、いつどこから呼び出しが来るか判《わか》らない。神妙にしているのは本宅の時だけで、他は新聞雑誌の記者に取りかこまれている酒席であった。その常連記者の中で講談社の萱原宏一、新潮社の和田芳恵は後のちまで私の兄事《けいじ》した先達《せんだつ》であるが、萱原さんには『私の大衆文壇史』(青蛙房)があり、和田さんには『ひとつの文壇史』(新潮社)があって、共に作家三上於菟吉の生活ぶりを甚《はなは》だ好意的に捉《とら》えているのは、それだけの魅力があったからである。

飲酒中に機嫌が変り易く、突然猛《たけ》り立って乱暴狼藉《ろうぜき》に振舞うくせがあって、もともとニヒリストで時に自己嫌悪に陥って淋しさをまぎらす擬悪《ぎあく》的な行動に出ることがあるにしても、ひとの才能や誠実を愛して優しく親切な人でもあった。

昭和十年七月、長谷川時雨の代表的随筆集『草魚』と共にサイレン社刊の『随筆わが漂泊』は、作家三上の本性を謳《うた》う唯一の随筆集である。

「支那小説の翻訳がだいぶたまっているんだが、三上君に話して出してみないかね」

それは年少のときから岡本家の書生で育って、初めて世の中へ出た私への綺堂老人のはなむけだったのだろうか。三上社主に話すと、二つ返事で承知してくれた。

「おじいさん連中を悦《よろこ》ばせようと思ってね」と、三上さんは例の酒の席で公言した。

それというのも、同じ十一月に真山青果《まやませいか》の『随筆滝沢馬琴』を発行したからである。この真山本は「中央公論」に連載した代表的論策であるが、どこからも出版の話は来なかったという。三上さんは両方とも気を入れて、自ら装幀《そうてい》し、題字も書いてくれた。雄《ゆう》渾《こん》の名筆である。

『支那怪奇小説集』は気の向くままに昭和三年ごろからの訳稿がたまっていたものだが、最後の解説を、青蛙堂に集まって話し合う形式にしたのは『青蛙堂鬼談』以来の好みの設定で、専門学者の講述ではなくて野《や》にある好事家《こうずか》の読み方だということを暗示しているのだろう。のちに増田渉《わたる》訳註の魯迅《ろじん》著『支那小説史』を出した。菊判《きくばん》天金のぜいたく本で定価五円。増田さんは東大を卒業したばかりで、学生時代に渡支して魯迅に会ったりした新進の学徒だったが、戦後に著名の中国文学者になった。専門学者を尊ぶ心の篤《あつ》い綺堂老人は、魯迅の書を読んで、志怪《しかい》の書の解読に誤りなかったことに安堵《あんど》の面持ちであった。

翻訳書といえば、石川湧訳のサント・ブウヴ『わが毒舌』、斎田礼門訳のスタンダール『パルムの僧院』も本邦初訳であった。新進人気作家の丹羽文雄『鮎』、石坂洋次郎『金魚』、藤沢桓夫『大阪の話』などの小説本もノート判、装幀に贅《ぜい》を尽くして評判になった。

超えて昭和十一年二月、『近代美人伝』菊判天金の四二五頁、岡田三郎助装幀、定価三円五十銭。時雨女史の質量共に代表書目である。三校になってもまだ手を加える著者のもとへ、貼函絵のむずかしい色校正のため岡田画伯邸へ、私はたびたび足を運んだ。後に思えば、これがサイレン社最後の華《はな》であった。

かの二・二六事件の夜、わたしは旧地麹町《こうじまち》あたりの街の様子を見聞きして、上目黒の綺堂邸へ報告に行った。世情騒然。

サイレン社は社名大いに揚がって内実は火の車となる。その七月、社主三上さんが脳血栓で半身不随となってから事情は更に悪化して、社員は一人去り二人去り社主にも見放されて、塩谷さんと私の二人だけになった。塩谷さんは顔のきく大衆作家に頼み、足の早い金繰りになる本を選んで何冊か出版したが、無理をすればするほど他人《ひと》に迷惑をかける。十一年の暮れに力が尽きた。倒産した出版社のあとには全く何も残せないものである。初陣《ういじん》の二十代の私が高利貸と渡り合った体験だけが残った。あちこちの不義理の向きに筋を通して、全面降伏した。

「女人芸術」四年、サイレン社も曲りなりにも四年、前者は勿論《もちろん》のこと、後者の刊行物にもまた出版人としての誇りが持てるように思う。そんな風に私は三上於菟吉・長谷川時雨夫妻の面影を偲《しの》ぶのである。

＊

大正十二年九月一日関東大震火災。麴町元園町に在《あ》った岡本一家も罹災《りさい》してすべてを失った。綺堂かぞえの五十二歳のときである。これを境に綺堂の取材作風に大きな変化が起って、史劇作家から世話物作家への展開がある。小説も捕物小説から怪奇小説への展開がある。震災後あちこちに流寓《りゅうぐう》し、元地に再築復帰するまでの三年四カ月の間に、彼は実におびただしい作品を世に送りつづけた。

もともと怪奇趣味があって、半七捕物帳にも怪談仕立ての趣向の物も多々あるのだけれど、前期最後の大正十四年十月「三つの声」（新青年）も、後期再開第一作の昭和九年五月「十五夜御用心」（講談倶楽部）も、取材は支那ダネである。『三浦老人昔話』や『青蛙堂鬼談』以下の怪奇物は尚更《なおさら》にその趣を深くしているようである。彼が集中的に、系統的に支那小説を読みあさったのもこの時期であった。

いている。

「綺堂日記」を少し繰ってみよう。昭和三年二月、はやり風邪にかかって一カ月あまり臥床《がしょう》、又もや中耳炎を併発して四月になってやっと癒《なお》った。その三月二日午後、思い付いてまず『子不語』の中から面白そうな物を訳してみる。夕方までに一一枚。五日までに三〇枚。暇ひまに訳し続けて九月には二九〇枚たまった。「支那怪奇談」と名付けている。

十月、神経衰弱から不眠症を起し、その後半年間いっさいの頼まれ稿を謝絶と宣言。翌四年一月、保養のため湯河原に転地、二月より更に熱海に移って三月末に帰京の湯治《とうじ》場《ば》でも訳筆はつづいて、三月十四日には三五三枚、「支那怪奇小説集」と題名を変えている。

翌四月から翻訳の舞台はまた一変して、かねて頼まれていた改造社版「世界大衆文学全集」の中の『世界怪談名作集』の翻訳に追っかけられる。四月〜六月で八〇〇枚、八月刊行に間に合わせた。

その原書探しは三年三月に始まっているが、都合のいいアンソロジー本がある訳もなく、丸善、教文館や古書店をあさってみたが、結局新しい物語はただ奇に奔《はし》って詩情がないとあって、かつて読んで感銘の深かった作品が、いまどの書物に載っているかという探し方で、古典の十七篇を選《えら》み出した。古典だから訳文もわざと古風にと配慮した様子が見える。いま河出文庫に上下二冊で出ている。

綺堂の語学力、その基盤は英文学なのだが、それを説明する余地がない。ここでは先《ま》ず漢学である。「綺堂年譜」の明治八年の条にいう「十一月より父に就いて初めて三字経の素読を学ぶ」というのは、満三歳になると、こうした家庭教育の始まるのが当時の習慣だった。十四年（満九歳）の条には「父に就いて漢詩を学ぶ」とあるが、翌年四月に開校した公立の「平河小学校に入学し、読書、習字、その他の試験を受けて中等科第三級に編入せらる」とある。当時の小学校は初等科、中等科、高等科の三つに分れていた。初等科と中等科が各六級で、春秋二回の進級になっている。したがって、中等科第三級に編入されたというのは今の小学校五年生に相当する。

明治十七年、十二歳で東京府中学校に入学し、二十二年七月（当時）東京府立第一中学を卒業して、翌二十三年一月から東京日日新聞社に入って以来、正規の学歴は何もない。

父の純《きよし》（半渓《はんけい》と号す）は佐幕派の徳川御家人から維新後は転じて英国公使館の書記を勤めていた。漢学の素養が深く、特に漢詩に秀《ひい》で、勤務の余暇に近所の子供を集めて漢学塾を開いて、かみなり師匠であったという。幼少の頃から家学を厳しく仕込まれたとしても、当時の中学の漢文教育が高度のものであったとしても、今その実力を判断するのは難しい。

半渓は一面には通人《つうじん》で芝居評論、開化小説、邦楽や清楽《しん》の解説書、小鳥の飼い方、盆栽の作り方など趣味の本まで出版している。少年のころの綺堂は草双紙《くさぞうし》を読みあさり、近世文芸を読みはじめたことは書いていても、漢学勉強のことは語っていない。残っている彼の新聞紙上の文章をみると、漢文調だったり戯作《げさく》調だったり、自在である。

当時の外国文学者でもその根底には漢学の素養があるから、漢詩を作ることは当然の趣味である。綺堂も日露戦後、倦《う》んで余り漢詩を作らなくなったと聞いたことがあるが、旧《ふる》い友人とは漢詩の応酬をしていることを日記は伝えている。還暦のときの配り本『独吟』には、漢詩と俳句とを並列させていた。

明治末期から小説や戯曲を書くことが多くなった。西欧の近代思潮の輸入が時代の要請であったから、勉強の主力は洋学に移る。震災後の転機は漢学に移った面があって、言わば西洋から東洋への回帰のようにも思われる。支那の歴史小説や世話小説のたぐい、みんな口語俗語を用いた白話文《はくわぶん》であるが、漢文の読める人は白話文も読めるのが当然であった。

そのころ一般に用いられている〝支那〟の語を用いてきたが、綺堂に晩年の随筆がある。どうぞ、その説をごらん下さい。

＊

この頃の新聞雑誌をみると、支那人は自国を支那と呼ばれ、自分らを支那人と呼ばれるのを頗《すこぶ》る不快に感じるというような事がしばしば伝えられている。現にこのたび上京した映画俳優なども、自分らを支那人と呼ばれるのは最も不愉快であると語っている。

外国人が支那をチャイナといい、かれらをチャイニーズというに就いては、かれらは別に何とも感じないが、支那という漢字がよくないというのである。かれらの説によると、支那の〝支〟は支払いを意味する。〝那〟は奪取を意味する。それであるから、支那の二字は他人に物を奪い取られるという意味に解釈されて甚だ不愉快に感じられるということになるのである。なるほど支那人の言いそうなことで、どこの国民も物を奪い取られるのは面白くない。殊《こと》に支那人はそれを嫌うであろう。

それについて思い出されるのは、ロシヤ（ロシア）の国名である。徳川時代は魯西亜と書き、明治時代になっても、やはりその通りであったが、ロシヤの政府から抗議が出た。魯西亜の〝魯〟の字は〝魯鈍《ろどん》〟を意味し、日本語でいえば〝おろか〟ということになる。自分の国名に〝愚〟の看板を掛けられては不快であるから、なんとか改正してくれと言う。わが当局はその要求を容《い》れて、魯を露と改めた。爾来《じらい》、ロシヤを露西亜といい、露国という事になったのである。

この論法でゆくと、羅馬《ローマ》の〝馬〟は馬鹿の〝馬〟であり、埃及《エジプト》の〝埃〟は塵埃《じんあい》の〝埃〟であるとも言い得るが、ともかくも相手の嫌うことを無理に押し通す必要もないから、ロシヤの魯を露に改めて差支えはない。したがって支那という名称を支那人がひどく嫌うというならば、日支親善の建前から考えても、なんとか改正するのも好かろうかと思われる。

しかもそれに先立って、一体その支那という二字が果たして善《よ》いか悪いかを研究する必要がある。それは日本人の側から観《み》るよりも支那人の側から観る方が正しいであろうと思って、私は念のため『辞源』を調べてみた。言うまでもなく、この辞源は中華民国四年の初版、上海《シャンハイ》の商務印書館が大勢の学者に編集させたもので、かの国では空前というべき新式の大著である。

辞源の考証によると、秦《しん》の始皇帝が中国を統一し、国威が四方に拡《ひろ》まったので、諸外国は中国を称して秦といった。支那は即ち秦の転音であるというのである。こうなると、支那と、支那人という言葉も悪くはない。何千年前の昔から言い慣《なら》わしているので、わが日本人が〝支那〟という文字を新たに製造したのではない。

辞源には又こういう事も書いてある。宋《そう》の時代に天竺《てんじく》から賀表《がひょう》を奉った。それには「伏して願う、支那皇帝の福寿円満、云々《うんぬん》」と記してあるという。それらに拠《よ》って考えると、支那という名称は決して近代に始まったわけではなく、皇帝に奉る賀表にすらも支那の文字を使用している位であるから、それが不都合なものでもなく、不愉快なものでないことは明白である。

〝支〟というは〝支出〟とか〝支付〟とかいって、支払いの意味にも使用されるが、本来は〝支給〟即ち〝給与〟の義で、こちらが与えるのであるから、決して悪い意味ではない。〝那〟という字も俗間には如何《いか》に適用されるか知らないが、正しい漢字の解釈の上では〝奪い取られる〟などという字義は見出されない。〝那〟は〝何〟を意味するが、そのほかには〝多き〟を意味し、あるいは〝安き〟を意味する。

人の姓にも〝那〟はある。かの三蔵法師も正しくいえば那提三蔵である。現に清朝《しん》時代になっても、那彦成、那蘇図などという名臣がある。仏を遮那といい、施主を檀那というたぐい、数うれば際限がない。〝支〟を姓とする者もすこぶる多く、有名な孝子には唐《とう》の支叔才があり、宋の支漸がある。〝那〟の字が悪いというならば、ノールウェーを〝那威〟と書くのも悪いことになるであろう。

そんなわけであるから、支那という字が悪いなどというのは俗説で、我々は遠慮なくかれらを支那人と呼び、かれらの国を支那と呼んで差支えない。それが日支親善に支障を来たそうなどとは考えられないのである。いささか所感を述べて、世の博識の示教を俟《ま》つ。

（昭和十三年二月「月旦」誌）

＊

久しぶりにこの怪奇小説を読み直して、支那小説に取材劇化した作品の二、三を記録しておきたくなった。

▼自来也《じらいや》一幕。「現代」に寄稿。宋《そう》の『諧史』にある「我来也《がらいや》」という大盗の説話を原典のままに、人間の弱点を喜劇として扱っている。大正十三年四月、大阪浪花座で新派の梅島昇一座が初演、五月浅草常盤座河合武雄一座が再演している。

「我来也」は輸入されて文化の初年に感和亭鬼武の読本《よみほん》「報仇奇談・自来也説話」以来、歌舞伎、浄瑠璃に現われる。天保十二年、美図垣笑顔の合巻《ごうかん》「児雷也豪傑譚」が大受けしてから、一筆庵主人、柳下亭種員、柳水亭種清と書きつがれ、明治元年には四十三編が刊行されたという。嘉永五年七月、二世河竹新七─黙阿弥が脚色して河原崎座で初演、八世団十郎の児雷也が大評判、七年大阪で上演中に団十郎が謎の死をとげるという話題をも生んだ。

▼牡丹燈記《ぼたんとうき》三幕。「婦人公論」に寄稿。まだ雑誌が作者に届かぬうちに上演申込みをうけたという。昭和二年六月本郷座初演。明《みん》の『剪燈新話』にある「牡丹燈記」を、別

に新しい趣向を立てず、新しい解釈を加えず、原典そのままに劇化して、その幽怪凄艶《せいえん》の情趣を舞台の上に移そうとしている。喬生《きょうせい》（寿美蔵―三世寿海）と麗卿《れいけい》（五世福助）とのコンビが大当りして、作者綺堂、演出者池田大伍を偕楽園に招待して、一座の役者たちは揃いの支那服を新調して迎えたという。昭和六年一月、早川雪洲《はやかわせっしゅう》・水谷八重子で帝劇再演。戦後の三十年七月、花柳章太郎・八重子のコンビが明治座で三演し、それぞれの風情《ふぜい》を楽しませてくれた。

「牡丹燈記」説話を輸入して浅井了意《あさいりょうい》の「お伽ぼうこ」に翻案され、山東京伝《さんとうきょうでん》の「浮牡丹全伝」に翻案され、更にまた三遊亭円朝の「怪談牡丹燈籠」に翻案され、更にまたそれが劇化されて今なおしばしば上演されているのは周知の事実である。

▼水滸伝《すいこでん》　三幕。上演と同時に「演芸画報」に載った。三年一月本郷座初演。水滸伝は三国志、西遊記、金瓶梅《きんぺいばい》と共に白話小説の四大奇書と呼ばれて、わが国にも古くから親しまれ、多くの訳本も出ている。猿之助にはめて、黒旋風李逵《こくせんぷうりき》を主人公として沂嶺の山中で虎狩の件《くだり》を中心に脚色している。彼は無智無学の乱暴者で絶えずその野性を発揮しているが、生来の美しい人情で義理に厚く、孝心も深い。水滸伝の人物は封建道徳に束縛されないから、人間の本能の向くままに素朴である。この劇がすべておおまかで、言わば童話的な明るさがあるのは、原作の筋をくずさず、脚色に力《りき》みがないからであろ

う。李逵には虎退治という見せ場がある。その立廻りは空前といわれた。配役をみると、猿之助一門の八百蔵、小太夫と、荒次郎、時蔵など若手の合同劇だったのだろうか。翌四年二月に宝塚劇場で国民座が上演したほかは、四年十一月の新歌舞伎座、六年十月の中座と、猿之助一座の専売の気味である。

▼水滸伝の林冲《りんちゅう》　三幕。五年一月から「舞台」を創刊したから、その第一号から一幕ずつ連載した。六年一月明治座初演。李逵に虎退治の眼目《がんもく》があれば、豹子頭《ひょうしとう》林冲には風雪山神廟の立廻りがある。李逵の野性に対して林冲は学識もある武人である。どうして賊徒の群れに入ることになったか。その伝記が劇的という以外に、作者は現実の時世に寓意《ぐうい》するところがあったらしい。林冲に十三世勘弥、その妻彩鳳に二世芝鶴、花和尚魯智深に八世訥子、九紋龍史進に寿美蔵のちの三世寿海と顔ぶれを揃えている。

▼利根《とね》の渡《わたし》　三幕。昭和九年八月東京劇場初演。昭和三年七月、「演芸画報」に載ったときには、十三世勘弥と二世延若に当てて書き卸したものであったが、一座の組合せが変ったので延期になっていた。芝居道によくある例である。船頭平七を我当（現仁左衛門）、座頭治平をしうか（後の十四世勘弥）、平助女房を村田嘉久子、野村彦右衛門を簑助（後の八世三津五郎）。もう六〇年むかしのことだけど、いまでも思い出す印象の深い舞台だった。

清《しん》の『閲微草堂筆記』の中に、こんな話がある。ひとりの盲人が渡し場へ毎日来て、乗り降りの客にむかって、この中に殷桐《いんとう》という人は居ないかと尋《たず》ねる。その盲人は何者であるか、何のために殷桐という人を尋ねるのか判らないが、雨の日も風の日も根《こん》よく出て来る。そうして幾年を送るうちに、ある日、その渡し船から上がった客のなかで、おれがその殷桐だと名乗る旅人があった。それを聞くと、盲人は矢庭《やにわ》に彼に飛びかかった。他の人々は呆気《あっけ》にとられて眺めている間もなく、二人は引っ組んで河へ転げ落ちた。人々は驚いて、ともかくも二人を引揚げると、かれらは堅く組んだまま死んでいた。盲人の素性《すじょう》も判らず、旅人の身許も判らない。どういうわけで相討ちになったのか、それらの事情も一切わからない。

このあとさきもない小話を、面白いと思ったと綺堂は言うのである。

それからヒントを得て、空想のひろがったのが「利根の渡」である。折りから怪談を連載していた「苦楽」に載せた。大正十四年二月のことであった。のちに『青蛙堂鬼談』に収めている。秀作と認められているのか、怪談アンソロジー本に何回か載った。落語家の林家正蔵が人情噺《ばなし》風の持ちネタにしていた。初演のとき、座頭が魚の眼を突くところを忌《いや》がる観客が少なくなかったせいか、再演は少ない。昭和十年六月飛行館で若草座、十一年七月、大阪中座で錦吾・吉三郎で上演しただけである。

＊

むかし伊原青々園の『演劇談義』を読んで、近松の「釈迦如来誕生会《しゃかにょらいたんじょうえ》」とシェークスピアの「ベニスの商人」とが同じ材源からきているとか、「日本のロミオとジュリエット」として大南北の「心謎解色糸《こころのなぞとけたいろいと》」とを比較考証してあるのに驚いたことがある。その根幹は薬の使い方であるが、いま『閲微草堂筆記』の「茉莉花《まつりか》」をみると、同じような仮死の状態におく薬の話を伝えている。東西どう交流したのか、あるいは思いつきそうな話で偶然の一致なのか、私どもにはわからない。

唐《とう》の『幻異志』にある「板橋三娘子《はんきょうさんじょうし》」が泉鏡花の「高野聖《こうやひじり》」の原典かと思っていたら、アラビアンナイトから採《と》ったものだと何かの本で読んだ覚えがある。いずれにしても鏡花でなければ描けない幽玄の世界である。この三娘子に私はウラミがある。戦争末期の昭和十九年、私は北支山東省の山奥で赤紙召集の補充兵であった。一日の行程は通常四〇キロが法とされていた。歩兵の完全武装は四〇キロ、その地方の風物は驢馬《ろば》と饅頭《まんとう》の世界であった。八路《パーロ》軍相手の討伐行に毎日を古兵から殴られ通しであったが、それは徴用《ちょうよう》の驢馬と同じ運命であった。馬力のある驢馬も次ぎつぎに倒れていった。綺堂門下の筆頭額田六福さん宛の便りに、「さながら三娘子の驢馬の如し」といった文句を書いた。検閲から呼出しがかかって、いきなり殴り倒された。「軍事郵便にオンナのことを書くなんて、女々《めめ》しい奴だ、貴様カッタルンデル！」

話が落ちてきたようだ。

最初にかえって、初版はゆっくり売る暇もなかったが、綺堂歿《ぼつ》後《ご》の昭和十七年、もと春陽堂の専務だった友人の礒部節雄が独立して同光社という出版社を始め、借金のカタに取上げられていたサイレン社の紙型を、どう共同印刷にワタリをつけたのか、再版三千部を作って、サッと売ってしまった。書物も時に逢うの運命があるようだ。

戦後の昭和三十年、私は青蛙房という小さな出版屋を開いて、綺堂本の出版も積み重ねていった。四十四年五月から四十五年三月まで一年がかりで「岡本綺堂読物選集」全八巻を作った。四六判四八〇頁平均で布装貼函入り、定価八五〇円。初版二千部。

①白井喬二（伝奇）、②小島政二郎（情話）③川口松太郎（巷談《こうだん》）④大佛次郎（異妖上）⑤村上元三（異妖下）⑥松本清張（探偵）⑦海音寺潮五郎（支那怪奇）⑧木村毅（世界怪奇）の諸家に頼んで、各巻ごとに序文を書いてもらった。

今かぞえてみたら、選集に載せた作品は翻訳物を除いて百篇を越えている。その大方は多少編成をかえて、旺文社文庫から移って光文社文庫に集まっている。支那怪奇小説集も旺文社文庫が採用してくれて、昭和五十三年四月、〝支那〟を〝中国〟にかえて、初版が出た。文庫となると万単位で、版を重ねているうちに、この文庫が廃止されたから、既刊のものが古書市場にもみんな見えなくなって、いま改めて光文社文庫に再成されることになった。光文社文庫編集部では海音寺さんの序文を再録したいというので、その手続きをとってもらった。

＊本文中、今日の観点からみて差別的と思われる表現がありますが、作品が発表された当時の状況や作品に描かれた時代背景を考慮し、また本書の文学史における位置づけや、著者がすでに故人であることなどを考え併せ、先行するテキストに準じました。読者の皆様に御理解を賜りたくお願いいたします。（編集部）

光文社文庫

【怪談コレクション】
中国怪奇小説集《ちゅうごくかいきしょうせつしゅう》 新装版
著者 岡《おか》本《もと》綺《き》堂《どう》

2006年8月20日 初版1刷発行

発行者 篠原睦子
印刷 豊国印刷
製本 フォーネット社

発行所 株式会社 光文社
〒112-8011 東京都文京区音羽1-16-6
電話 (03)5395-8149 編集部
8114 販売部
8125 業務部

© Kidō Okamoto 2006
落丁本・乱丁本は業務部にご連絡くだされば、お取替えいたします。
ISBN4-334-74115-0 Printed in Japan

Ⓡ本書の全部または一部を無断で複写複製（コピー）することは、著作権法上での例外を除き、禁じられています。本書からの複写を希望される場合は、日本複写権センター（03-3401-2382）にご連絡ください。

お願い　光文社文庫をお読みになって、いかがでございましたか。「読後の感想」を編集部あてに、ぜひお送りください。
このほか光文社文庫では、どんな本をお読みになりましたか。これから、どういう本をご希望ですか。どの本も、誤植がないようつとめていますが、もしお気づきの点がございましたら、お教えください。ご職業、ご年齢などもお書きそえいただければ幸いです。当社の規定により本来の目的以外に使用せず、大切に扱わせていただきます。

光文社文庫編集部

25時13分の首縊り　和久峻三
京都奥嵯峨 柚子の里殺人事件　和久峻三
祇園小唄殺人事件　和久峻三
倉敷殺人案内　和久峻三
不倫判事　和久峻三
密会判事補のだまし絵　和久峻三
推理小説作法　江戸川乱歩 松本清張 共編
推理小説入門　木々高太郎 有馬頼義 共編
龍馬の姉・乙女　阿井景子
高台院おね　阿井景子
石川五右衛門(上・下)　赤木駿介
五右衛門妖戦記　朝松健
伝奇城　朝松健 えとう乱星
裏店とんぼ　稲葉稔
糸切れ凧　稲葉稔
甘露梅　宇江佐真理
幻影の天守閣　上田秀人

破斬　上田秀人
熾火　上田秀人
太閤暗殺　岡田秀文
半七捕物帳 新装版(全六巻)　岡本綺堂
江戸情話集　岡本綺堂
影を踏まれた女(新装版)　岡本綺堂
白髪鬼(新装版)　岡本綺堂
斬りて候(上・下)　門田泰明
上杉三郎景虎　近衛龍春
本能寺の鬼を討て　近衛龍春
のらねこ侍　小松重男
でんぐり侍　小松重男
川柳侍　小松重男
喧嘩侍勝小吉　小松重男
破牢狩り　佐伯泰英
妖怪狩り　佐伯泰英
下忍狩り　佐伯泰英

五家狩り　佐伯泰英
八州狩り　佐伯泰英
代官狩り　佐伯泰英
鉄砲狩り　佐伯泰英
奸臣狩り　佐伯泰英
役者狩り　佐伯泰英
流離　佐伯泰英
足抜　佐伯泰英
見番　佐伯泰英
清搔　佐伯泰英
初花　佐伯泰英
遣手　佐伯泰英
木枯し紋次郎(全十五巻)　笹沢左保
お不動さん絹蔵捕物帖　笹沢左保
海賊船幽霊丸　笹沢左保
けものの谷　澤田ふじ子
夕鶴恋歌　澤田ふじ子

花篝　澤田ふじ子
闇の絵巻(上・下)　澤田ふじ子
修羅の器　澤田ふじ子
森蘭丸　澤田ふじ子
大盗の夜　澤田ふじ子
鴉婆　澤田ふじ子
千姫絵姿　澤田ふじ子
淀どの覚書　澤田ふじ子
城をとる話　司馬遼太郎
侍はこわい　司馬遼太郎
戦国旋風記　柴田錬三郎
若さま侍捕物手帖(新装版)　城昌幸
白狐の呪い　庄司圭太
まぼろし鏡　庄司圭太
迷子石　庄司圭太
鬼火　庄司圭太
鶯　庄司圭太

光文社文庫　好評既刊

眼　龍　庄司圭太
夫婦刺客　白石一郎
天上の露　白石一郎
孤島物語　白石一郎
伝七捕物帳（新装版）　陣出達朗
安倍晴明・怪　谷恒生
ときめき砂絵　都筑道夫
いなずま砂絵　都筑道夫
おもしろ砂絵　都筑道夫
まぼろし砂絵　都筑道夫
かげろう砂絵　都筑道夫
きまぐれ砂絵　都筑道夫
あやかし砂絵　都筑道夫
からくり砂絵　都筑道夫
くらやみ砂絵　都筑道夫
ちみどろ砂絵　都筑道夫
さかしま砂絵　都筑道夫

前田利家　新装版（上・下）　戸部新十郎
忍法新選組　戸部新十郎
前田利常（上・下）　戸部新十郎
斬剣冥府の旅　中里融司
暁の斬友剣　中里融司
惜別の残雪剣　中里融司
政宗の天下（上・下）　中津文彦
龍馬の明治（上・下）　中津文彦
義経の征旗（上・下）　中津文彦
謙信暗殺　中津文彦
髪結新三事件帳　鳴海丈
彦六捕物帖　外道編　鳴海丈
彦六捕物帖　凶賊編　鳴海丈
ものぐさ右近風来剣　鳴海丈
ものぐさ右近酔夢剣　鳴海丈
ものぐさ右近義心剣　鳴海丈
炎四郎外道剣　血涙篇　鳴海丈

光文社文庫 好評既刊

炎四郎外道剣 非情篇 鳴海 丈
炎四郎外道剣 魔像篇 鳴海 丈
柳屋お藤捕物暦 鳴海 丈
闇目付・嵐四郎 破邪の剣 鳴海 丈
慶安太平記 南條範夫
風の宿 西村 望
置いてけ堀 西村 望
左文字の馬 西村 望
紀州連判状 信原潤一郎
さくらの城 信原潤一郎
銭形平次捕物控(新装版) 野村胡堂
井伊直政 羽生道英
吼えろ一豊 羽生道英
丹下左膳(全三巻) 林 不忘
侍たちの歳月 平岩弓枝監修
大江戸の歳月 平岩弓枝監修
武士道春秋 平岩弓枝監修
梟の宿 西村 望
海潮寺境内の仇討ち 古川 薫
辻風の剣 牧 秀彦
悪滅の剣 牧 秀彦
深雪の剣 牧 秀彦
碧燕の剣 牧 秀彦
花のお江戸は闇となる 町田富男
柳生一族 松本清張
逃亡 新装版(上・下) 松本清張
素浪人宮本武蔵(全十巻) 峰 隆一郎
秋月の牙 峰 隆一郎
相馬の牙 峰 隆一郎
会津の牙 峰 隆一郎
越前の牙 峰 隆一郎
飛驒の牙 峰 隆一郎
加賀の牙 峰 隆一郎
奥州の牙 峰 隆一郎

光文社文庫　好評既刊

剣鬼・根岸兎角　峰隆一郎
将軍の密偵　宮城賢秀
将軍暗殺　宮城賢秀
斬殺指令　宮城賢秀
公儀隠密行　宮城賢秀
隠密影始末　宮城賢秀
賞金首　宮城賢秀
鏖殺　賞金首(二)　宮城賢秀
乱波の首　賞金首(三)　宮城賢秀
千両の獲物　賞金首(四)　宮城賢秀
謀叛人の首　賞金首(五)　宮城賢秀
隠密目付疾る　宮城賢秀
伊豆惨殺剣　宮城賢秀
闇の元締　宮城賢秀
阿蘭陀麻薬商人　宮城賢秀
安政の大地震　宮城賢秀
十六夜華泥棒　山内美樹子

人形佐七捕物帳（新装版）　横溝正史
修羅裁き　吉田雄亮
夜叉裁き　吉田雄亮
龍神裁き　吉田雄亮
鬼道裁き　吉田雄亮
閻魔裁き　吉田雄亮
観音裁き　吉田雄亮
おぼろ隠密記　六道慧
十手小町事件帳　六道慧
まろばし牡丹　六道慧
ひよりみ法師　六道慧
いざよい変化　六道慧
青嵐吹く　六道慧
天地に愧じず　六道慧
まことの花　六道慧
駆込寺蔭始末　隆慶一郎
風の呪殺陣　隆慶一郎

光文社文庫　好評既刊

英米超短編ミステリー50選　EQ編集部 編
夜明けのフロスト　R・D・ウィングフィールド他　木村仁良 編　芹澤恵 他訳
零下51度からの生還　ベック・ウェザーズ ステファン・ミショー　山本光伸 訳
ホームズ対フロイト　キース・オートリー　小林司 監修　東山あかね／熊谷彰 訳
殺人プログラミング　ディーン・R・クーンツ　中井京子 訳
闇の眼　ディーン・R・クーンツ　松本みどり 訳
闇の囁き　ディーン・R・クーンツ　柴田都志子 訳
闇の殺戮　ディーン・R・クーンツ　大久保寛 訳
子猫探偵ニックとノラ　ジャン・グレープ他　木村仁良、中井京子他訳
ネロ・ウルフ対FBI（新装版）　レックス・スタウト　高見浩 訳
シーザーの埋葬（新装版）　レックス・スタウト　大村美根子 訳
ネコ好きに捧げるミステリー　ドロシー・L・セイヤーズ ほか
ユーコンの疾走　G&L・シールズベリー　山本光伸 訳
小説 孫子の兵法（上・下）　鄭飛石　李銀沢 訳
小説 三国志（全三巻）　鄭飛石　町田富男 訳
紫式部物語（上・下）　ライザ・ダルビー　岡田好惠 訳
密偵ファルコ 白銀の誓い　リンゼイ・デイヴィス　伊藤和子 訳

密偵ファルコ 青銅の翳り　リンゼイ・デイヴィス　酒井邦秀 訳
密偵ファルコ 鋳色の女神　リンゼイ・デイヴィス　矢沢聖子 訳
密偵ファルコ 鋼鉄の軍神　リンゼイ・デイヴィス　田代泰子 訳
密偵ファルコ 海神の黄金　リンゼイ・デイヴィス　矢沢聖子 訳
密偵ファルコ 砂漠の守護神　リンゼイ・デイヴィス　田代泰子 訳
密偵ファルコ 新たな旅立ち　リンゼイ・デイヴィス　矢沢聖子 訳
密偵ファルコ オリーブの真実　リンゼイ・デイヴィス　田代泰子 訳
密偵ファルコ 水路の連続殺人　リンゼイ・デイヴィス　矢沢聖子 訳
密偵ファルコ 獅子の目覚め　リンゼイ・デイヴィス　田代泰子 訳
密偵ファルコ 聖なる灯を守れ　リンゼイ・デイヴィス　矢沢聖子 訳
密偵ファルコ 亡者を哀れむ詩　リンゼイ・デイヴィス　田代泰子 訳
シャーロック・ホームズの冒険　アーサー・コナン・ドイル　日暮雅通 訳
シャーロック・ホームズの回想　アーサー・コナン・ドイル　日暮雅通 訳
アイルランド幻想　ピーター・トレメイン　甲斐萬里江 訳
聖女の遺骨求む　エリス・ピーターズ　大出健 訳
死体が多すぎる　エリス・ピーターズ　大出健 訳
修道士の頭巾　エリス・ピーターズ　岡本浜江 訳

佐伯泰英の時代小説2大シリーズ!

"狩り"シリーズ

夏目影二郎、始末旅へ!

八州狩り〈文庫書下ろし〉
代官狩り
破牢狩り〈文庫書下ろし〉
妖怪狩り〈文庫書下ろし〉
百鬼狩り〈文庫書下ろし〉
下忍狩り〈文庫書下ろし〉
五家狩り〈文庫書下ろし〉
鉄砲狩り〈文庫書下ろし〉
奸臣狩り〈文庫書下ろし〉

"吉原裏同心"シリーズ

廓の用心棒・神守幹次郎の秘剣が鞘走る!

流離 吉原裏同心(一)『逃亡』改題
足抜 吉原裏同心(二)
見番 吉原裏同心(三)〈文庫書下ろし〉
清《すが》掻《がき》 吉原裏同心(四)〈文庫書下ろし〉
初花 吉原裏同心(五)〈文庫書下ろし〉
遣《やり》手《て》 吉原裏同心(六)〈文庫書下ろし〉

光文社文庫

300

大好評! 光文社文庫の2大捕物帳

岡本綺堂
半七捕物帳 新装版 全六巻
■時代推理小説

都筑道夫
〈なめくじ長屋捕物さわぎ〉
■連作時代本格推理

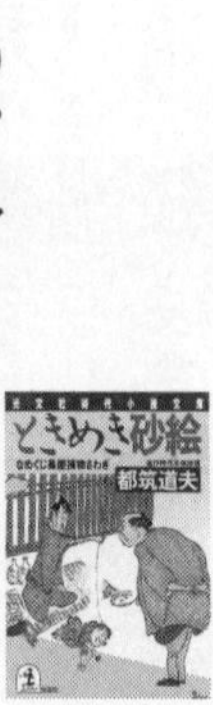

ときめき砂絵　かげろう砂絵　くらやみ砂絵
いなずま砂絵　きまぐれ砂絵　ちみどろ砂絵
おもしろ砂絵　あやかし砂絵　さかしま砂絵
まぼろし砂絵　からくり砂絵
全十一巻